異世界黙示録

マイノグーラ

Mynoghra the Apocalypsis
-World conquest by Civilization of Ruin- 02

鹿角フェフ
イラスト.じゅん
author.Fehu Kazuno・illust.Jun

～破滅の文明で始める世界征服～

「あれ……何か不味かった？」
「何奴とはこれまた古風な台詞！」
実に人間らし

「怖い？ 怖いの？
ねぇ、怖いの!? 力を得て
アハハっ! 怖い
怖いんだぁぁぁ!」

03

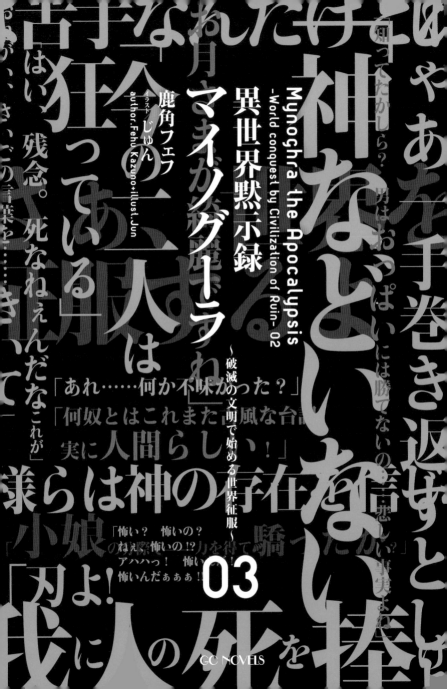

三人でこの大きな月を眺めるのだ。
そうしてあの言葉を伝えよう。
何よりも、大切な彼女に。
愛していると。
きっとその日は、
何よりも素晴らしい一日になるだろうと信じて。

第三章：月夜に祝福されし後悔の魔女

◆

Mynoghr the Apocalypsis

-World conquest by Civilization of Ruin- 03

CONTENTS

Mynoghra the Apocalypsis
-World conquest by Civilization of Ruin- 03

異世界黙示録マイノグーラ
～破滅の文明で始める世界征服～
03

鹿角フェフ
イラスト／じゅん
author.Fehu Kazuno+illust.Jun

「よし。じゃあ一手巻き返すとしようか」

「小娘の分際で——力を得て驕ったか？」

GC NOVELS

プロローグ

異世界における他勢力との同盟締結。

フォーンカヴンと呼ばれる多種族国家との薄氷を踏むかの如き接触の果て。

マイノグーラが得たものは、同盟国家という邪悪属性の国家にはおおよそ似合わぬ成果だった。

だが何事であっても旨い話には裏がある。

フォーンカヴンが持ちかけてきた難題は、大呪界にもっとも近い彼らの都市ドラゴンタンの防衛への協力依頼というものだった。

とは言え交渉においては拓斗《たくと》の方が一枚上手。

ドラゴンタンに存在する重要資源《龍脈穴《りゅうみゃくけつ》》の使用権を相手より引き出すことに成功する。

……マイノグーラの国力は着々と増加していく。

施設の建造、兵力の強化。双子の姉妹の思わぬ活躍と成長。

何より、新たなる英雄《全ての蟲《むし》の女王イスラ》の召喚。

わずか数週間の間に起きた出来事とは思えぬほどに濃密な戦略の数々によって、マイノグーラの戦力は盤石《ばんじゃく》になろうとしている。

だが全てが順調にいくと思われたその時であった。

撃破した蛮族の不可思議な消滅と、その後に残される謎の金貨。

視界の共有を行いその意匠を確認した拓斗が答えに至った瞬間。

無数の蛮族の出現が報告される。

この世界において彼だけが知ることができた全ての原因。

それは、拓斗が生前よくプレイしたゲームのものであった……。

明らかになる他ゲームからの勢力。

『Eternal Nations』とは全く違う概念のもとにドラゴンタンへと迫り来る勢力に、マイノグーラの王イラ＝タクトは決断を迫られる。


「まるで……お祭りみたいだね」

誰に向けるでもなく、拓斗はこの状況をそう端的に評価した。

自分たちが『Eternal Nations』の国家をひっさげて未知の世界にやってきただけでも予想外の出来事なのだ。

もしかして他の勢力がやってきているかもと考えたことはもちろんあったが、流石《さすが》に他のゲームからやってくるとは想像外だった。

「王道RPG。『ブレイブクエスタス』」

拓斗は、誰に向けるでもなくそのゲームの名を呟《つぶや》く。

薄れかかった記憶が鮮明に思い出され、同時にどこか懐かしい気分にさせられる。

多くの人に愛され、魅力的なキャラクターたちに溢《あふ》れ、今なおプレイされる不朽の名作だ。

『アトゥ、聞こえているかい？』

拓斗は意識を切り替え、静かに自らの腹心へと念話を送る。

すぐさま返ってくる返事に思わず破顔し……。

『じゃあ攻略方法を説明するよ。よく聞いてね』

何度もプレイし、もはや攻略法も諳《そら》んじられるほどハマったゲームについて説明を始める。

世界を超えた邪悪なる者どもの邂逅《かいこう》は、すぐそこまでやってきていた。

第一話　侵略

ドラゴンタンの街より確認された蛮族の大群。

フォーンカヴンがその脅威を確認できたのと同様に、蛮族の側でも遠くに見える獲物の様子を舌なめずりしながら窺《うかが》っている者たちがいた。

「フレマインよ。魔王様からの指令は出たカ？」

ヒルジャイアント、ゴブリン、オーク。加えて雑多なモンスター。

通常蛮族と呼称されるざまざまな魔物の中で、突如一つの氷塊が声を発した。

否——それは生物だった。

全身を氷に包まれたその異形の男は、成人男性の優に二倍はあろうかという巨体を有しており、その体躯《たいく》にふさわしい巨大な戦斧《せんぷ》を背負っている。

その姿は人と評するには歪《いびつ》で、氷塊が意思を持っていると判断した方がいくらか適当だ。

蛮族の集団にあって明らかに他とは隔絶《かくぜつ》した力量を持っていると推測されるその男は、ドラゴンタンの街を眺めながら隣にいた男へと向かって問いを投げかけていた。

「キヒヒッ！　出たさアイスロック。いつものとおり、お変わりなく。だ」

返答した男もまた、異形であった。

氷塊の男とは違って、こちらはそこらの人間やオークと変わらぬほどの背丈。

だが病的にも思える身体の細さと、何より全身を絶え間なく包み込む炎がその異質さを際立たせている。

氷塊の男は氷将軍アイスロック。

火炎の男は炎魔人フレマイン。

共に魔王軍四天王と呼ばれる存在で、ＲＰＧ『ブレイブクエスタス』においてキーとなっているボスキャラクターと呼ばれる者たちだった。

氷塊の四天王アイスロックがギシリと身体を揺らしながら口とも思えぬ口を開く。

「我ら魔王軍が突如召喚されしこの地。どのような世界か情報はあるのか？」

「ん？　ああ、前の世界とそう変わらねぇよ！　キヒヒッ。魔物がいて、魔法があって、人間どもがウジャウジャと繁殖している世界さ」

炎熱の四天王フレマインは、アイスロックを見ずに残虐な笑みを浮かべ答える。

すでに配下の者を調査と偵察に向かわせていたフレマインは、彼ら魔王軍において誰よりもこの世界を熟知していた。

……彼ら魔王軍の意識が覚醒したのはつい先日のことだった。

彼らが元いた世界において勇者と呼ばれる不倶《ふぐ》戴天《たいてん》の敵。

単身で魔王軍全てと渡り合えるほどに強力な力を有したその勇者との決戦を迎えようとしていた魔王。

一度は勇者によって滅ぼされていたものの魔王によって復活させられた二人は、自らの主の喉元まで喰らいつかんと迫る勇者とその日再び対峙《たいじ》していた。

今度こそ憎き勇者を討ち滅し、自らが信奉する魔王に勝利を捧げんと最終拠点である魔王城の広間で迎撃態勢をとっていたのだ。

やがて始まる最後の戦い。繰り返される剣戟《けんげき》の応酬と縦横無尽に駆け巡る魔法。

怒号、悲鳴、雄叫《おたけ》び。

数多くの仲間が、人が持つにしては過ぎた圧倒的な力によって斬り伏せられ、再度滅ぼされていく。

だがはたしてその時何が起こったのか、彼らの記憶は霞《かすみ》がかったように曖昧だった。

ただ紙切れのように蹂躙《じゅうりん》される仲間の魔物たちを見ながら、それでも一矢報わんと残された魔物が叫びを上げた瞬間――。

気がつけば彼らは何もない大地に佇《たたず》んでいた。

彼らの主である魔王と、特別な名前を与えられた幾人かの幹部級魔物。

そして見渡す限りの荒れ地。

彼らに残されたものは世界を暗黒に導くための栄光ある勝利でもなく、屈辱に満ちた光への敗北でもなく。

たったそれだけだった。

……それが一週間ほど前のことだ。

混乱する魔物たちは魔王によってすぐさま律され、その後の行動は迅速に行われた。

この地の調査。召喚技能による配下の呼び出し、拠点である魔王城の建築。

そして軍の整備。

彼らの目的は変わらなかった。世界が変わろうとも、理《ことわり》が変わろうとも。

あらゆる準備を迅速に行い、一つの目的を達するために用意する。

そして異常とも言える速度で全ての舞台を整え――。

かつての世界でそうしたように、この時をもって世界を蹂躙せんと行動を開始したのだった。

………

……

…

「美しい世界ダ」

誰に言うでもなく呟《つぶや》き、四天王アイスロックはゆっくりと空を見上げた。

空は晴れ渡り、気持ち良さそうに天を泳ぐ鳥の姿が見える。

大地はどこまでも続いているかのように広大で、荒れた大地ですら芳醇な生命の息吹《いぶき》が感じられる。

アイスロックはなぜ自分がこのような状況に陥っているのか理解できなかった。

そしてこの世界で何をすべきなのかも。

彼ら魔物はその全てが魔王によって与えられた命令によって突き動かされている。

濁流のように自らの内で荒れ狂う本能のままに、彼らは今までその力を存分に振るってきた。

全ては偉大なる魔王の御心のままに、人類を滅ぼし魔の世界を築き上げる。

それが彼ら全てに許された思考であり、存在理由でもある。

「我々の使命は世界を征服するコト。人間を滅ぼし、我らの楽園を築き上げるのダ」

魔王の命令は『征服しろ』。

元の世界でそうであったように、この世界でもそうあれ。

偉大なる主が望むがままにアイスロックは自らを猟犬と化す。


かつて数々の街を滅ぼし、人間たちの営みを破壊し尽くしたように。

たとえ世界が変わろうとも彼が行うことは変わりなかった。

ゆえに、アイスロックは自らの役割を十全に果たすべく、この世界における最初の獲物であろう街へと視線を向ける。

「……あれが最初の贄《にえ》カ？　我らの覇道の礎《いしずえ》となる人間どもの街」

「ヒヒッ！　フォーンカヴンという国らしいぜ。いい具合に捕まえた獣人の斥候がやけに素直に喋《しゃべ》ってくれた！」

「フンッ。悪趣味なことダ」

同じ四天王であり同僚であるフレマインと違ってアイスロックは武人としての性質を多分に有している。

その性質がフレマインの残忍なる行為を嫌い、自然と嫌味となって口から出る。

人間の街であるはずなのに獣人の斥候が存在する。

本来であれば獣人とは魔に近い存在だ。争いを好まない種族もいるが基本的に人間とは相容れないはず。

にもかかわらず人間のために斥候をしているとはどうしたことであろうか？

疑問がアイスロックの脳裏に湧き上がるがそれもすぐにどこかへと霧散した。

彼に考えるという機能はおおよそ存在しない。全て魔王の命令のまま行動するという信念がゆえ。

それが、四天王という存在だ。

否——魔王隷下の魔物全てがそうであると、アイスロックは信じていた。

だが同時に、アイスロックは何か得体のしれぬ違和感を覚えていた。

もっとも、それを細やかに分析し確認する時間などどこにも存在しない。

魔王が彼に下した命令は『世界征服』であり、まずは何をもってしても行動を起こさねばならない。

言いようのない焦燥感を覚えながら、軽く首をふって懸念を振り払うアイスロック。

やがて意を決したようにその無機質な氷の瞳を輝かせると、己が使命を思い出すかのようにフレマインへと問う。

「……マァいい。魔王様は街の攻略についてなにかおっしゃっていたカ？」

「好きにしろとのことだ！　魔物も戦略も！　オレたちの自由だ！」

「オークやゴブリンどもが我ら魔王軍に参じたのは好都合だっタ。これで世界征服もよりたやすく行えるだろウ」

彼らの軍勢がこれほどまでの大規模になっているのは、理由があった。

当初、配下の召喚では心もとなかった軍備ではあったが、思わぬ幸運が舞い降りたのだ。

それがこの地に住まう土着の魔物たちが魔王軍への恭順を願い出たことだった。

さほど強力ではないとは言え、戦力としては十分。喜ぶべき事態だ。

もっとも、それらもすでに幾たびと行われた威力偵察によって大半が消費されたようだが……。

ともあれ人間たちの情報が手に入ったのなら安い代償だろう。元々存在しなかった戦力なのだ。

ある程度人間たちの情報が判明したという結果をもってして、フォーンカヴンの戦力調査を行っていたフレマインは上々の結果であると判断していた。

「キヒヒ！　思い出すなぁ！　かつての世界で繰り広げた戦いを！　我ら魔族が人間どもの国へと侵攻し、今では名も思い出せぬ王国を一夜で壊滅させたあの始まりの日を！」

薄気味悪い喜色の声を上げるフレマイン。


アイスロックもまた、在りし日のことを思い出す。

全てが始まった日。人間たち――そして勇者との世界をかけた戦い。

魔王に全てを捧げるべく戦斧を振るったあの日々。

そして勇者との決戦。

走馬灯のように駆け抜ける記憶とともに、雪崩《なだれ》のような情報の奔流がアイスロックを襲う。

違和感が――増す。

「フレマイン。つかぬことを聞くガ……」

「あぁ？　何だ？」

「……我々の野望は、どうなったのだったカ？」

「はぁ？　何でそんなことを……」

アイスロックは拭い去ったはずの懸念を忘れきることができず、たまらず問うた。

最後の瞬間。世界の覇者を決めるための戦いに参じた自分をアイスロックはよく覚えていた。

渾身《こんしん》の一撃とばかりに放った必殺の技を難なく防御され、返す刃にて氷でできた心臓を打ち抜かれたことを。

そのまま倒れ伏し、朦朧《もうろう》とする意識の中で魔王と勇者が対峙する姿を眺めていたことを。

だがその後が曖昧だった。

自らがそのまま滅びたのかとも思ったが、おぼろげな記憶を手繰《たぐ》り寄せた限りではその答えにも少々納得がいかない。

では勇者との決着が付く前にこの世界に召喚されたのだろうか？

……それもまた、違うと感じられる。

なぜなら彼は自らが滅び意識が消失する最中、確かに魔王の身体に勇者の剣が突き刺さった光景を目にしたのだから……。

ゆえにアイスロックは恥を忍んでフレマインへと尋ねたのだ。

フレマインが他の四天王を出し抜いて魔王の側近になろうと画策していることを理解しながら、その悪知恵を借りることを選んだ。

自らの心の内に湧く、焦燥感にも似た疑問が解けることを望んで。

だが……。

「けっ！　どうでもいいことだよ！　今は目の前の獲物を頂くのが先決だろう!?　そうだろアイスロックよぅ！」

「……そうだナ」

残念ながら、フレマインからの返答は彼の期待しているものではなかった。

いや、フレマインは少しだけ考える素振りを見せていた。

おそらく自分と同じ状況なのだろう。

辺りがにわかに騒がしくなる。

魔物たちの殺気と興奮が抑えきれぬところまで来ている。およそ理性の感じられぬ唸《うな》り声や奇声が辺りを満たし、もはや悠長に会話をしている余裕などどこにもなかった。

湧き上がる問いの答えを得ぬまま、アイスロックは時間が来たことを察する。

「魔物を動かセ。まずはドラゴンタンの街とやらを滅ぼし、人間どもの絶望と苦しみを魔王様に捧げるのダ」

彼の側《そば》で控えていた副官——ローブに身を包み杖を持った魔物が仰々しく頷《うなず》く。

その魔物が何らかの魔法で空中に文字を描く。

およそ知性の感じられない魔物たちがゆっくりと前進を始めたのは、同時だった。

「オ前はどうするフレマイン？」

「ああ、オレは遠慮しとくぜ。先陣はテメェに譲ってやる。ありがたく思うんだなアイスロック!!」

「そうか。感謝スル」

氷の巨人は背中より巨大な戦斧を取り出し両手で構える。

ズシリと重量感のあるそれは彼とともに多くの敵を屠《ほふ》り去った自慢の武器だ。

この戦斧と自分を前に生き残った者はいない。

唯一の例外である勇者を除いて。

アイスロックは一歩、足を踏み出す。

ズンと大地が揺れ、その巨体から来る体重に耐えきれずたまらず地面が沈み、凍る。

彼は背中に視線を感じながら、ドラゴンタンの街へと進軍する。

フレマインは信用ならない。何を考えているのか自分にも理解できない。

だが詮無《せんな》きことだ。

最終的に世界が魔王の手に入れば良いのだ。

そして自分にはそれを実現する力がある。

自分たち以外は全て滅ぼせば良い。

魔王軍四天王らしい傲慢さと短絡さで、アイスロックはそう判断した。


………

……

……

土煙を上げながら街へと進軍するアイスロックと魔物たちを見送りながら、フレマインはひどくつまらなそうにツバを吐いた。

だがその表情もすぐさま変わる。

それは炎に包まれた鳥らしき魔物が、彼の側に降り立ち何やら報告を行った瞬間からだった。

ニヤリと喜悦に歪《ゆが》んだ表情で視線を北西へと向けるフレマイン。

独断専行、命令無視、残虐非道。

アイスロックの性格が武人であるのなら、フレマインの性格はまさしく毒蛇と言い表せよう。

報告を行ってきた魔物に何かを伝えるフレマイン。主の命を受けた鳥型の魔物はその任を忠実に実行すべくすぐさま飛びたつ。

変わらずある一点に視線を向けたまま炎の四天王は薄く笑う。

嗜虐《しぎゃく》的な笑みは、自らが絶対者であることを疑わぬもので、これから生ある営みを蹂躙する破壊者のものだ。

「ヒヒヒッ！　じゃあオレはもう一つの街とやらを頂きにいくかな！　オレの目的のために！」

視線は、確かに大呪界の方角へと向けられていた。

ブレイブクエスタス wiki

【用語】RPG

ロール・プレイング・ゲームの略。特定のキャラクターを演じ、設定された物語を体験していくゲームの総称。いくつかの種類に分かれるが、RPG と表現される場合は一般的にコンピューター RPG のことを指す。なおブレイブクエスタスはＲＰＧ（コンピューターＲＰＧ）の元祖とも言える存在で、本作の発売以降、様々なＲＰＧが発売され家庭用ゲーム機におけるブームの火付け役となった。近年においてはシリーズ展開を通じて、ソーシャルゲームやネットゲームなど様々なプラットフォームで展開されるブレイブクエスタスだが、一般的にシリーズのジャンルとしてはＲＰＧに分類されている。

第二話　決して混じらぬ悪性

数刻ほど経った頃。

氷塊の四天王アイスロックの率いる部隊はすでにドラゴンタンの街南方に陣を張り、その軍勢でもって圧力をかけている最中であった。

抵抗は皆無に等しく、威嚇のためか近づきすぎた魔物に対して散発的に放たれる矢がせいぜいだ。

もちろんある程度被害は受けるが、軍規模で判断するのであれば虫に刺された程度。

アイスロックは抵抗乏しい相手を見て、順調に街の攻略が進んでいると判断し満足気に頷《うなず》いた。

「フム。警戒していたがこの程度カ？　いや、この街の規模であるなら、想定の範囲と言ったところカ……」

動員された軍勢の数はおおよそ5千。数としてはさほど多くはないが、基礎能力が人間種よりも強靭《きょうじん》な魔物によって構成されているため戦力としては申し分ない。

更にはアイスロック配下の氷獣兵も動員されており戦力としては精強。

その能力を考えるのであればいくら守りに徹することにした街とは言え陥落させるのはたやすいと思われる。

野戦を選び、あたら兵を失う危険性を恐れたドラゴンタンの街が、迎える結果を理解しつつも守勢に回るのも当然とは言えた。

「しかし人間どもめ。なんと不甲斐《ふがい》ない、交戦する意思はあるのカ？」

だとしてもアイスロックには不満しかなかった。

せっかく先陣を切ったにもかかわらず、たいして戦闘を行わずに一方的に街を蹂躙《じゅうりん》したとあっては武を誇ることができない。

　自らの力を誇示することによって魔王へとその有用性を示そうと考えていたアイスロックとしてはこの状況は歓迎すべきものではない。

　気持ちが態度に出ているのであろうか？　全身からは白い冷気が立ち込め、行き場の失った力を持て余すかのように身体がギシリと鳴る。

　配下の魔物、その中でも知性のある人型の魔物がそれとなく距離を取る中、一人の魔族がアイスロックの側《そば》へとやってきた。

「アイスロック様。部隊の編制が整いました」

「どの魔物を用意したのダ？」

「ヒルジャイアントとオークの混合部隊でございます。これらで都市の門を破った上で、残りの魔物を街へと侵入させます」

　その言葉に呼応するかのように、巨体と暴力に覚えのある魔物たちが唸《うな》り声を上げながら部隊の前方へと出た。

　全ての準備が整ったのだ。

　号令を待つ配下に大きく頷くアイスロック。

　彼はせめて華々しく街を破壊し尽くしてやろうと大地に響かんばかりに声を張り上げ進軍を命じる。

「人間とそれに追従する愚かな者どもに目にもの見せてやろウ。――では突撃させヨ！」

「「「オオオオオオオッッッ!!!!」」」

　魔物たちより雄叫《おたけ》びが上がる。

　大地を揺らすそれは遥か彼方《かなた》まで響き、この時より偉大なる魔王によるこの世界における世界征服が始まるのだとあらゆる存在に知らしめる。

　そう、始まるのだ。この瞬間より彼らの悲願が……。

　――その瞬間であった。

　突如、空が暗転し不気味な闇に包まれた。

先ほどまでの青空はどす黒い不気味さを持つ鈍色に変貌しており、浮かぶ雲は毒性すら感じさせる紫色となっている。

広がる大地は更に異常。荒れ地だったはずのその場所はグズグズと腐敗を始め、そこかしこで腐った卵のような臭いを放っている。

まるで一瞬で世界が反転してしまったかのような現象の発生に、魔王軍に動揺が走る。

勇猛で恐怖という感情が存在しないとまで言われるアイスロックですら驚きを隠せなかったのだ。

有象無象の魔物たちが混乱に包まれるのもそう時間はかからなかった。

「何だこれは!?」

「何事か!?」

「何が起こッタ!?」

アイスロックや知性のある魔物が叫びながら辺りを見回し警戒態勢を取る。

だが見渡すかぎりの異常に対して、どのように警戒せよというのかとばかりにその表情には焦りが見て取れる。

「氷塊魔道士！　報告シロ！」

「お、おそらくは何者かによる魔法です！　ですがこのような大規模な魔法、見たことありません！　全軍が包まれております！」

アイスロックの直《す》ぐ側に付き従っていた魔族の魔法使いが信じられないとばかりに叫び声を上げる。

彼の世界において魔法とは常に対個人として存在するものであった。

このような大規模――軍や土地に影響するものなど見たことも聞いたこともない。

それがどのような影響をもたらすのかすら、彼には想像することができなかった。

「魔物どもを落ち着かせロ！」

恐慌から同士討ちが始まったあたりで、ようやくアイスロックより指示がでる。

慌てたように、知性ある配下の魔族が暴れる魔物たちの制御を試みるが、芳しくない。

もはや進軍などと言っていられる状態ではなかった。

魔物という存在は強烈な本能によって突き動かされている。

このために人類を滅ぼすという目的のもとにたやすく制御できるメリットがあったが、反面このように恐慌を起こすと手がつけられない。

強烈な本能で動くがゆえに、本能からくる恐怖に抗《あらが》うことができないのだ。

すでに魔物たちの同士討ちによって少なくない損害が出ている。

このままいけば最悪、戦力低下により街の攻略が中止にすらなってしまうだろう。

さほど数が揃《そろ》っているわけではない配下の魔族が必死に制御を試みる中、強い焦燥感を抱きながらアイスロックはこの現象を自分たちに敵対する者の行動と判断し分析を試みていた。

（……妙ダ。ゴブリンやオーク、ヒルジャイアントどもは疲弊している。逆に我らのような純粋な魔族は力が湧いているガ……）

まるで世界が闇の勢力によって塗り替えられてしまったかのような現象。

彼らが故郷とする魔界と似た性質を持っていたが、魔族以外の魔物が負の影響を受けていることが妙に思えた。

「邪悪属性」と「邪悪よりの中立属性」の違い。

『Eternal Nations』では重要な意味を持つこの違いゆえの結果であったが、そもそものような属性を知らぬ彼が答えに行き着くことは不可能に近かった。

（何か特殊な魔法でも使ったのカ？　それにこの濃密な闇の香り……一体何者なのダ？）

強い違和感にアイスロックも判断に窮す。とは言え軍に大きな被害が出ているのは紛れもない事実だ。

魔族であるアイスロックとその配下が力を増しているとは言え、その絶対数は少ない。

街を破壊し、憎き人類を抹殺するには何よりも手数が必要だ。

一匹たりとも逃がすつもりはないと息巻いていたアイスロックは、その戦略が根本から封じられたことにギシリと歯噛みする。

だが彼が内心に抱く怒りの炎にさらに薪をくべる発言が彼の配下よりもたらされる。

「アイスロック様……も、もしや、勇者では」

静かに、だが怒気を孕《はら》んだ声音でアイスロックは部下の魔族を叱責した。

「その名を口にするナ!!」

勇者――彼の脳裏に嫌な記憶が湧き起こってくる。

常に自分たちの覇道を邪魔立てせんと立ちふさがる忌々しい存在。


かつて一度滅ぼされた記憶がアイスロックをじわじわと苛《さいな》む。

ぐわんぐわんと先ほどから不快なまでに発せられるその警告を消し飛ばすように彼は頭を振るう。

自らの混乱を悟らせまいとしたアイスロックの努力が実を結んだのか、魔物たちの動揺がようやく収まってきた。

だがその士気はいやが上にも低下している。

このままではドラゴンタンの攻略に影響が出ると考えたアイスロックは、自らの戦斧を高々と掲げ宣言する。

「勇者など恐るるに足りず！　否――あらゆる敵こそ我ら魔王軍にとって障害にならヌ！　如何《いか》な者が現れようとも、この四天王の一人アイスロックが必ずや打倒してみせヨウ！」

低く力の籠もった声が魔物たちの注目を集める。

異常事態にあっても威風堂々としたアイスロックに、魔物たちも本能的に安堵《あんど》と恭順を感じ熱気が再度高まろうとした時だった。

「勇者――へぇ、やっぱりＲＰＧから来てるんですね。四天王ってことは幹部級ですか」

見知らぬ少女が、その場に佇《たたず》んでいた。

くすんだ銀色の髪に、赤い瞳。そして長く伸びた耳。

ひと目で魔に属すものの特徴を備えているとわかるその少女に、アイスロックはぎょっと目を見開く。

全く気配がなく、まるで幻のようにそこにいたからだ。

魔族が持つ強力な認識能力を超えたその現象に驚きつつも、アイスロックは静かに問いを投げかけた。

「何だ小娘。キサマ……勇者ではないナ？　魔のものか。何者だ？　どこから現れた？　なぜここにイル。それにあーるぴーじーとハ？」

少女から湧き上がる闇の波動はアイスロックを驚愕《きょうがく》せしめるものだった。

明らかにこの場に似つかわしくない少女であったが、同じ魔の者ということでアイスロックもいたずらに攻撃をせずに対話を選択した。

この地に存在する土着の魔族であるのなら友好的にすることも吝《やぶさ》かではないし、いずれ魔王に恭順するのであれば将来の仲間とも言える。

加えて情報を得ることもできるため、それなりに有用であると考えたのだ。

「もう！　質問が多いですよ。あっ、こちらからもお尋ねしたいのですがそちらのかたは副官か何かでしょうか？」

少女がアイスロックの隣で指揮をとる魔族を指差す。

戦略面で能力の不足するアイスロックを補佐する者の一人だ。

先ほどまで魔法で魔物たちの制御を行っていたその魔族は、アトゥの興味が自分に向かっていることに気づくとわざとらしい仕草で名乗りを上げる。

「いかにも、我こそは四天王が一人氷将軍アイスロック様の副官氷塊魔道士である。本来であればキサマのような小娘がべっ――――！」

青の鮮血が舞い、アイスロックの横にいた副官の魔族が貫き殺された。

地面から飛び出した神速の触腕にて尻から頭まで穿《うが》たれたその魔族は、一度二度ビクっと痙攣《けいれん》するとやがてフワリと消失しながら金貨を撒き散らす。

「キサマ！　何ヲ!!」

驚愕の表情で目を見開く将軍アイスロック。

頭脳面に才を見出して置いていた副官とは言え、今倒された氷塊魔道士は決して弱くはない。

その事実から瞬時に相手の能力を見抜いた彼は、背中から巨大な斧を取り出し怒りに満ちた表情で構える。

アイスロックは失念していたのだ。

その少女が、自らとは信念も理《ことわり》も違う、絶対的な敵対者であるという可能性を……。

否、最初から彼が気づくことはなかっただろう。

なぜなら、彼らは人間以外の敵対的存在に遭遇したことがないのだから――。

「答えろ！　キサマ、何者ダ!?」

アイスロックの怒声に少女はクスリと笑った。

同時に彼女の背後から無数の触手が伸び、近くで魔物の制御に集中していた無防備な魔族を次々と突き殺していく。

次いで魔物たちの叫び声が聞こえた。

チラリと視線を向けると、いつの間にか現れた巨大な昆虫が精強であるはずの兵士を紙切れのように切り刻んでいる。

街の方より鬨《とき》の声があがった。

見ると街の門が開き、少ないながらも部隊が出てきている。

外壁の上より矢と魔術が射出され、都市の外壁破壊を命じた魔物へと降り注いでいる。

完全に先手を取られたことを理解したアイスロックは怒りで顔を歪《ゆが》ませながら唸る。

どこからともなく現れた昆虫型の魔物は土地との相性が良いらしく、疲弊する魔王軍の魔物たちを一方的に排除している。

加えて矢と魔法の被害も馬鹿にならない。

少なくとも都市の外壁と門を破壊する作戦は失敗に終わるだろう。

当初の目測ではここまで抵抗力が存在しているはずではなかったが、どうやら意図的に防衛戦力を隠されていたらしい。

そして目の前の少女だ。

この少女に気を取られた間に、一方的な窮地に陥りこのような無様を晒《さら》している。

魔のものであることからこちら側だと油断したことが全ての始まりであった。

眼の前の小娘は必ず殺さねばならない。

むしろ殺す程度では生ぬるい。マグマのような憤怒を内に込めて、アイスロックは氷の息を吐き出した。

その態度をどう捉えたのか、少女はクスクスと相手を小馬鹿にしたような笑みを浮かべながらスカートの裾をつまんで恭《うやうや》しく礼をしてみる。

「ごきげんよう。ＳＬＧからやってきました《汚《お》泥《でい》のアトゥ》と申します。さしあたってみなさんを皆殺しにしたいと思います」

「貴様ァァァァ!!!!」

アイスロックの叫びが戦場に木霊《こだま》し、戦端が開かれる。

マイノグーラにとって初めてとなる、慣れ親しんだ戦争が始まった。

SYSTEM MESSAGE

【イベント】宣戦布告
マイノグーラが魔王軍に宣戦布告しました。
偉大なる指導者《イラ＝タクト》

～うーん、仕方ないなぁ……。

　争い事は苦手なんだけどね～

OK

マイノグーラが誇る英雄、《汚泥のアトゥ》。

そして魔王軍が誇る四天王、氷将軍アイスロック。

異なる世界に属するはずの二者の邂逅《かいこう》が成されるほんの少し前。

ドラゴンタンの街では都市長であるアンテリーゼ＝アンティークが普段は決して見せぬような荒々しい様子で指揮をとっていた。

「後のことは考えないで！　ありったけの矢を都市の外壁に持ってきなさい！　市民は北西の区画に避難！　退路を確保でき次第、都市を放棄します」

矢継ぎ早に下される指示に、伝令の獣人も大わらわで駆けずり回る。

場所はドラゴンタン南門外壁上だ。

本来であればその立場からもっと安全な場所に退避し、指揮を行うのが普通ではあったが、それを可能とせぬ事情があった。

先日のヴェスタ商会による都市庁舎襲撃事件からまだ時間が経《た》っていないため、都市庁舎の行政機能は未《いま》だ麻痺している。

むしろこのような大異変、寝耳に水の一言で彼女の手に大いに余る状況だ。

だからこそ、必死で陣頭指揮を執る。

余計な伝令を挟む人的余裕などドコにもなく、自分の目で見て判断を下すのが何よりも効率的だった。

だがこのような状況においてなお明晰《めいせき》なる彼女の頭脳は冷静に判断してしまう。

このままではそう時間が経たぬうちにドラゴンタンは落ちる。

圧倒的な戦力差を巻き返す一手が必要だ。


当然のことながらフォーンカヴン本国からの救援は期待できない。

無論伝令の早馬は出している。

携える報告書は現在市民の誘導に奔走している杖持《つえも》ちのペペのサイン入りだ。

杖持ち自らの嘆願に本国からの援軍は派兵されるであろうが、そもそも現状を鑑みるに到底間に合わないのだ。

手札で勝負するしかない。

そうせねば全て失う。文字どおり、全て失うのだ。

それだけの悪意と凶暴さが、もはや目視できるほどの距離でひしめく蛮族たちからは感じられた。

「精霊よ！　ドラゴンタン周辺の状況を教え給え！」

エルフ族に伝わる精霊術を用いた探査魔術である。

淡い光が彼女の周辺で灯《とも》り踊る。

だが一定の間隔で点滅していたそれは、しばらくして不規則に輝き始め、やがてパチンという小さな破裂音とともに消滅してしまう。

「うっぷ！　おげぇっ！」

同時にアンテリーゼが激しくむせ込み、その場で嘔吐《おうと》する。

「くっ……精霊よ、我が声に応えて！」

続けて先ほどと同じ術式を行使しようとするアンテリーゼ。

その様子を隣で見ていた護衛の兵士が慌てて彼女に駆け寄る。

「都市長！　これ以上は危険です！」

「いいから！　貴方も成すべきことを成しなさい！　後でいくらでも給金はずむから！　今は少しでも時間を稼ぐのよ！」

都市庁舎襲撃事件において運良く生き残った数少ない顔なじみの兵士に叱責しながら、彼女は叫ぶ。

だが気迫と意志だけではどうにもならぬこともあった。

事実精霊術の連続行使によって、彼女の身体は限界まで来ている。

こんなことならば断酒してでももう少しマシな身体にしておくのだったと自らの不摂生を呪うアンテリーゼに、突如背後から声がかかった。

「あまりご無理はせずに、アンテリーゼ都市長」

「うっ、モルタール老師」

いつの間にか背後にいたその男は、マイノグーラから派遣されてきたモルタールという老人だった。

暗殺を生業《なりわい》としていたダークエルフたちの中でも、その男の名前は畏れとともによく知られている。

自分には関係のないことだとどこか遠くの出来事のように感じていた人物がいざ目の前に現れると、同盟国の人であるとは言えアンテリーゼも緊張してしまう。

「ほっほ！　そうかしこまられるとやりにくいですなぁ」

カカと笑うその姿は鋭い佇まいを除けば好好爺《こうこうや》然としたものだ。

だがその内から感じられる邪悪さが、どうにもアンテリーゼに気後れを感じさせてしまうのだ。

「防衛に関しては我らマイノグーラの軍も出ておりますゆえ、都市の放棄に関する判断はいましばらくお待ち頂きたく……」

「しかしモルタール老師。貴国の支援があるとは言え、現状の戦力ではあまりに多勢に無勢。そもそも数が足りません！」

同盟国からの横やりに思わずアンテリーゼも叫んでしまう。

同盟国からの要望とあっては無下にはできない。

だが現状は緊急事態の一言。相手を慮《おもんぱか》っていて都市の住民が皆殺しにあったとなれば何より市民に申し訳が立たない。

別に名誉や金のために彼女は都市長の地位にいるのではなかった。

ここで刺し違えてでも、自らの決意を曲げない。その瞳には、決死の覚悟が見て取れた。

「モルタール老師。そちらの要求は受け入れかねます」

だが決して引かぬとばかりに抱いた決意も、更なる横やりによって霧散する。

「ギギェ」

「ん？　誰かしら？　――ってぎゃあああ!!　虫ぃぃぃぃぃ!?」

「ギェ」

突如彼女の周辺に数体の巨大な昆虫が出現したのだ。

カマキリに似た体躯《たいく》に、ギョロギョロとした瞳。口からは絶えずドロドロと液体をこぼすそれに思わずアンテリーゼも卒倒しそうになる。

ギェェェェー
ギュエエエーー

護衛の兵士がアンテリーゼを守るために慌てて武器を構える――。

「おおっ！　偉大なる王よ！　援軍感謝いたしますぞ！」

だがその前にモルタール老が喜びの声を上げた。

ここでようやくアンテリーゼたちはその巨大な昆虫がマイノグーラ配下の魔物であると理解したのだ。

「老師……こ、これは……？」

「《足長蟲《あしながむし》》……と申します我らが国家の便利屋ですじゃ」

その言葉に呼応するかのように、ガサガサと足長蟲たちが奇怪な動きを見せる。

彼らは元々がドラゴンタン周辺や大呪界で哨戒任務についていた者たちだ。

足が速いことから今回の蛮族大襲撃に関して援軍として拓斗が寄越したのだ。

足長蟲の移動力の高さはこのような緊急事態において存分にその力を発揮する。

このような事態を考慮の上で、拓斗が足長蟲たちを重用していることに気づいたモルタール老は、その知謀の偉大さに感服しながらアンテリーゼに向き直る。

「彼ら足長蟲は本来であれば斥候が主たる仕事なのですが、イスラ殿の顕現《けんげん》によってその力は此度《こたび》の戦《いくさ》に十分耐えうるものとなっております」

いくらか理解できぬ言葉があったが、アンテリーゼはモルタール老が何一つ嘘を言っていないであろうことを確信する。

何より今しがた紹介された足長蟲とやらから放たれる圧力がそれを証明している。

ここにいる数体だけでも、ドラゴンタンの防衛隊では手に負えないだろう。

たいした戦闘能力を持たぬアンテリーゼなど薄い布を切り裂くかのように惨殺されるに違いない。

だが……その恐ろしい想像は同時に恐ろしい頼

もしさとなって彼女に勇気を与えてくれる。

「彼らがいれば幾分この街の守りもやりやすくなるかと愚考いたします」

「ギギェ」

ギョロギョロと動く瞳は忙《せわ》しなく眼下に見える蛮族の大群を観察している。

どうやら足長蟲のやる気は万全らしく、後は命令一つあれば今にも飛び出しそうだ。

早速アンテリーゼが都市長としてモルタール老へと支援の依頼を行おうとした時であった。

突如その場に膝を突いたモルタール老は、何やら魔術による会話を始めた。

「ほっほっほ……細かい指揮をこの老いぼれに任せて頂けるとは、これはなかなか気合いが入りますわい」

「モルタール老師。一体どのような？」

「これは失礼しました都市長。ただいま我らが王より指令を頂きました。これより我々は蛮族の軍団へと宣戦布告し、先制攻撃を加えます」

その言葉にアンテリーゼはただぽかんと口を開けて呆《ほう》けることしかできなかった。

何もかもが規格外で、話の進みが急激すぎた。

だが彼女が呆ける間にも話は勝手に進んでいく。

「では足長蟲よ……ドラゴンタンに張り付く愚か者どもに､その身のほどを知らしめてやるのじゃ」

「ギギェ!!」

モルタール老の指示によって早速足長蟲が城壁を伝《つた》い降り、戦場に繰り出す。

目の前から嫌悪感を抱かせる虫がいなくなったことでやや精神の平衡を取り戻したアンテリーゼは、慌ててモルタールに詰め寄る。

「お、お待ちください老師！　あの数に先手を打つのは危険です！　何か策があるのですか!?」

その主張は至極《しごく》正しい。

通常であればマイノグーラの派遣軍とドラゴンタンの防衛隊で何とか都市に籠城し援軍を待つの

が常道だ。

足長蟲の参戦によって籠城作戦がやや成功に傾いたところでこの選択。

敗北を望んでいると言われてもおかしくはない愚考だ。どのような意図があるのか？

きっちり説明してもらわねば納得がいかぬ。

だが。

「ご安心を。アトゥ殿が出ております」

その言葉一つで、モルタール老は全ての説明とした。

「ア、トゥさんがお一人で!?　それはいけません！　すぐにこちらも突撃兵力を抽出して援護に向かいます！」

「必要ございません」

慌てるアンテリーゼに当然のように断りを入れる。

「なぜですか!?　いくらアトゥさんでも、この数は不可能です！」


アンテリーゼとアトゥはすでに何度かやりとりを行っている。

相手が魔の者であるというある種の恐れからややぎこちない対応であったことは間違いないが、それでも彼女は自分に隔意を持つことなく良くしてくれたとアンテリーゼは記憶している。

有り体にいえばアンテリーゼはアトゥのことを悪くは思っていなかったのだ。

であれば心優しい彼女がアトゥの状況に驚き、心配するのは当然のことである。

「ほっほっほ……かつてのワシも、今の都市長殿と全く同じ勘違いをしておりましたじゃ」

だがその心配すら、モルタール老は必要ないものとして断りを入れた。

「あのお方こそが、マイノグーラが誇りし英雄でありますれば――」

その瞳はどこか陶酔したものがあり、絶対的な自信が浮かんでいる。

どれほどの出来事があれば、それほどまでの信頼を寄せることができるのか。

どれほどのものを見せれば、そこまで絶対的な狂信を得ることができるのか。

「決して負けることはございませんゆえに」

モルタール老が告げた言葉に、アンテリーゼはただ頷くことしかできなかった。

その態度をどう捉えたのかはわからない。

だがアンテリーゼが頷いたのを確認したモルタール老は、外壁の縁に上ると己が持つ杖を静かに振り上げた。

「さて、ではこの老いぼれもそろそろ戦働《いくさばたら》きをさせて頂くとしますかな」

濃密な魔力が瞬時に彼に集まる。

経験したことのない闇の気配に、思わずアンテリーゼが後ずさりをする。

その様子をチラリと横目で見たモルタール老は、都市前方の蛮族の大群がひしめく方に向けて杖を振り下ろした。

「破滅魔法――『呪われた大地』」

ズン。と大地が揺れた。

同時に吐き気を催すほどの邪の気配が遠くの地より漂ってくる。

土地が汚染されているのだ。

空がよどみ、大地は腐る。

その地にいるありとあらゆる存在が呪われ、同時に闇の者への祝福となる。

マイノグーラが誇る《軍事魔術》が初めて実戦で使用された瞬間だった。

「これはっ……!?」

「国家機密……としておきましょうかな。どちらにせよ、悠長に話している時間は我々にはございませぬゆえ」

サッと手を上げるモルタール老に呼応するかのように彼の配下が集まってくる。

彼の言葉どおり、どうやら戦端は開かれたようだ。

何やら先ほどとは違った魔物の叫び声が、腐った風に乗せられ流れ聞こえてくる。

「こちらも部下を率いて援護射撃を行って参ります。何かあれば伝令を寄越してくだされ。では」

そう言いながら風のように去って行くモルタール老にアンテリーゼは満足な返事もできず見送った。

彼女の理解する限り、蛮族の大群の数は圧倒的。

その強さはよく知るものの、アトゥ一人で対処できるとは到底思えない。

だがふと彼女の脳裏につい先日の出来事が思い起こされる。

初めてのお使いがてらにやってきた双子の少女が引き連れた、あのバケモノのことを。

あれほどいたヴェスタ商会の荒くれ者どもをまるで子供の如く遊び散らかした存在のことを。

あの後、恐慌をきたすアンテリーゼを慰める少女――キャリアより聞いた言葉を彼女はよく覚えていた。

あの鳥頭《とりあたま》は衛生兵なのだと。

本来の任務は怪我や病気の兵士を治療することであると。

決して戦いが主たる任務ではないのだと。

あの恐怖の具現化とも言えるバケモノたちがただの衛生兵なのだとしたら、果たして英雄とはいかなる存在なのか？

恐ろしい力を持つバケモノたちの住まう国マイノグーラ。

破滅の王が率いし配下たちが英雄と賞賛するその存在がどれほどの力を有しているのか。

すでにマイノグーラという国に対してある程度の耐性ができていたと考えていたアンテリーゼ。

その認識がとんでもない間違いだったことに気づき、部下への指示も忘れぽかんと口を開けて呆ける。

ふと、怒号が更に大きくなった。

遠くこの場所からでも巨大な力がぶつかり合っていることがわかる。

空と大地が腐り、精霊は怯《おび》えきっている。

あの場所だ。

あの場所なのだ。

今まさにあの空白地点で、マイノグーラが英雄と誇る戦力がその力を振るっているのだ。

さも当然のように、個人でもって大軍を相手にとっている。

「これが……これがマイノグーラだと言うの」

ドラゴンタンの都市長アンテリーゼは、ただ呆然とその言葉だけを呟《つぶや》いた。


――魔物があらわれた。

「オオオオオォォオォォ!!」


戦斧が地面に叩きつけられ、割れた石礫《いしつぶて》が弾丸となってアトゥに襲いかかる。

ふわりとした曲芸にも似た動きでそれらを避けたアトゥは、ゆらゆらと聖騎士剣を揺らしながら笑みを浮かべアイスロックを見据える。

(なるほど、パワータイプの四天王ですか)

触手を振るい牽制しつつ距離をとり、冷静に相手を分析するアトゥ。

強さとしての評価はどの程度だろうか？　相手の由来はＲＰＧだ。であればこちらとは全く違った法則とパワーバランスのもとに存在している。

判断を見誤れば手痛い傷を負うことは明らかだ。

だが相手は所詮個人の戦闘に主軸をおいたゲームのキャラクター。

軍規模の戦闘を常とするアトゥとでは、そもそも戦闘力の規模が違うと判断できる。

事実、戦闘前にアトゥが拓斗より受けたその説明は時間が経つにつれて正しかったことが証明されていく。

　くるりと回した聖騎士剣が頭蓋を砕く勢いで振るわれる戦斧をゆうにいなしてみせる。

　そのまま舞い踊るように猛撃を躱《かわ》し、逸れた戦斧が地面を割り砕いていく。

　一見すればアイスロックの攻撃に防戦一方のアトゥとも見て取れる。

　だがアイスロックの瞳に映る現実はそのような甘いものではなかった。

「ぎゃあ！」

「ぐえっ！」

「ピギャっ！」

　舞い踊るアトゥをアイスロックが捉えようとその斧を振るう最中、彼女の背後から幾本もの触手が伸び出てくる。

　手数を増やすことによってこちらに攻撃を通してくるつもりかとアイスロックが身構えるが、なんとソレは目にも留まらぬ速度を持って周囲で見守る彼の配下へと襲いかかった。

　舌打ちをしながら触手を切り落とし配下への攻撃を止めようとするアイスロックだったが、その隙を縫うようにアトゥの聖騎士剣が突き出され、慌てて戦斧で防御する。

（ぐぅ！　我を釘付けにするつもりカ！）

　アイスロックは内心で唸る。

　相手の考えることが手に取るようにわかったからだ。

　今回のフォーンカヴン攻略軍において、最も突出した戦闘力を有するのはアイスロックただ一人である。

　逆に言えばアイスロックとその配下の魔族を除けば、後は有象無象の魔物でしかないのだ。

　よってここを抑えられると一気に不利になる。

　本能で動く魔物は軍事的な行動が不得手だ。自分たちで判断して最適な行動を取る知恵すらない。

指揮官のいない魔物の軍勢は、獣の群れにすら劣る。

ゆえに叩くのであればまずは頭脳。

だがしかし、言葉では易くても実際にそれをなせるほど簡単なことではないと、アイスロックは自らの力量を自負していた。

だからこそ、一人でそれをなしてしまうアトゥを脅威として感じ取ったのだ。

「おのれ卑怯者メ！　正々堂々と勝負をシロ！」

「ふふっ、魔王の下僕である貴方がそれをいいますか？　あまり笑わせないでください、剣筋が鈍ります」

アイスロックの挑発もアトゥは意に介さない。力量もそうであったが、相性としてもアイスロックにとっては良くない相手だった。

……配下の魔族は少ない。これ以上減らされるのは何としてでも防がねばならぬ。氷でできた表情に焦りが浮かび始めた。

一方のアトゥも魔王軍の性質を理解し、優先的に知性ある魔族の排除を考えていた。

破滅の大規模魔術によって現在戦場は呪われた大地となっている。

魔族さえ排除できれば後は弱った中立属性の魔物を排除するだけで、それは強化された足長蟲やモルタールたちダークエルフの部隊であってもさほど苦労しないだろう。

唯一の懸念として「呪われた土地」によって強化される敵魔族であったが、それも拓斗による指示のとおりアトゥが動いたことで上手く釘付けにできていた。

アトゥは準備が満足にできぬ中、最大の効果を発揮する拓斗の作戦に敬意を表しつつ、内心でほくそ笑む。

このまま行けば確実に作戦を遂行できる。だがアイスロックとて四天王の名を冠す上位魔族。

このまま終わらせるつもりはなかった。

「氷獣兵よ！　来イ！」

アイスロックが仲間を呼ぶと同時に、どこからともなく氷と白銀の体毛を持つ人狼が現れる。

血のように赤い口腔《こうこう》からはべろりとやけに長い舌が伸び、鋭い乱杭歯《らんぐいば》と鋼鉄の如き爪は他の魔物とは一線を画している。

（なるほど。スキルによる無限召喚ですか。ＲＰＧらしい能力ですが厄介ですね）

召喚された氷獣兵が一斉にアトゥに襲いかかる。

先ほどまで周辺の魔族を蹴散らしていたアトゥは、動揺することなく触手をその迎撃へと向けた。

かつて聖騎士たちと戦った時からすでに相当な時間が経過している。

『Eternal Nations』の英雄は時間経過によってレベルがあがることに加え、アトゥ自身様々なスキルを敵から奪取している。

無類の強さを誇る聖騎士が神罰術式によって強化してようやく切り落とすことができたアトゥの触手だ。


いくら四天王が召喚したとは言え、しょせん雑魚モンスターでしかない氷獣兵には荷が重かった。

「ガァァァァ！　――ギャ！」

鋼鉄を超える強度をもつ触手が、一突きで氷獣兵が持つ強靭な体毛と皮膚を突き破りその生命を奪い去る。

バラバラと金貨になり消えていく魔物を見ながら、アトゥはふと違和感を覚える。

（……？　一度に二体しか戦闘に参加しない？）

アイスロックが召喚した氷獣兵は都合五体だ。

先ほど一体突き殺したので残り四体。

だが不思議なことにアトゥに襲いかかる氷獣兵は常に二体。

一体が撃破されると、補充されるように一体が戦闘に加わっていた。

（ゲームの設定どおりというわけですね）

アトゥらがシミュレーションゲームである『Eternal Nations』の法則に支配されているの

と同様に、目の前の敵もロールプレイングゲームの法則に支配されているようだった。

ゲームのキャラクターが転移する。それも全く別のゲーム同士が……。

一体何が起こっているのかと疑問に思いつつも、先にやるべきことがあるとばかりにアトゥは目の前の敵に集中した。

今は戦闘中だ。悠長に拓斗に念話を繫《つな》げて話を聞いている余裕は流石《さすが》になかった。

「なぜ邪魔をスル⁉　貴様も魔のものだろウ。我らが魔王様にひれ伏し、頭《こうべ》をたれ、ともに世界に覇を唱えようではないカ！」

戦斧を振り回しながら、アイスロックはアトゥへと言葉をかける。

これほどの力を持ちながら自分たちに敵対するアトゥの真意が理解できなかったのだ。

それはどこか懇願にも似ており、つまるところアイスロックは自らが敗北することを予期し始めていたがゆえの行いだった。

だが世界を征服どころか、何度も破滅に導いた汚泥の英雄は意に介さない。

彼女はまるで理解できない未知の言語で話しかけられたとばかりにキョトンとした表情を見せる。

「あー、世界征服って奴ですか？」

「そのとおりダ。我らが魔族の世界を作るのだ。人間どもを根絶やしにして、この地に遍《あまね》く我らの名を轟かせん。栄光と繁栄の闇の時代が訪れヨウ！」

まるで何かの演説をするかのように語ってみせるアイスロック。

隙だらけで、今攻撃すれば悠々とその氷の頭蓋に触手を突き刺せそうだ。

そんな感想を抱くアトゥだったが、（そう言えば変身中とかイベント中の攻撃はご法度《はっと》でしたっけ？）とばかりに親切にも言葉を返してやる。

「気持ちはわからなくもないですが、それ世界征服してどうするんですか？」

「ム？」

思いもよらなかった質問にアイスロックは思考を停止させた。

その態度にため息を吐《つ》いたアトゥは、小馬鹿にしたように言葉を紡ぐ。

「私、今でも仕事が山のようにたまっていて大変なんですよ？　我が王と語らう時間すらも捧げて必死で仕事をこなしているんです。普通の一国家でこれ。……で世界？　何？　そんなに事務仕事がお好きなんですか？」

アトゥは尋ねる。

世界征服などとは大言壮語ではあるが、手段としては一定の理解を示すことができる。

ありとあらゆる外敵を駆逐した後に、自ら理想とする世界を築き上げることは何らおかしくはなく、過去においてあらゆる指導者が夢見た理想郷でもあるからだ。

無論アトゥも幾度となく拓斗とそれを達成してみせた。

だがあくまで世界征服とは手段であって目的ではない。

世界征服を果たし、何を得るか？

その後に、何を行うか？

それこそが重要なのだ。

だがアイスロックは答えに窮した。世界征服の後のことなど戯曲めいた抽象的な言葉しか浮かばず、具体的な話など考えたこともなかったからだ。

何かを言わねばと必死に頭を回転させ、結局そこに何もないことに気づく。

ゆえにアトゥは侮蔑の面持ちで吐き捨てる。

「うーん？　もしかしてあれですか？　キャラ設定が浅いので行動や思考が単一になりやすいのでしょうか？　ああ、確かにＲＰＧの中ボスって倒して終わりって感じのが多いですもんね」

ＲＰＧ『ブレイブクエスタス』は比較的古いタ

イプのゲームだ。

その歴史は長く、ＲＰＧの元祖とも言われるそれはゲーム機器が一新されるごとにリメイクを何度も繰り返している。

その度にいくらか設定は加わるものの、基本的には昔の設定を忠実になぞり物語は進行する。

古き良き時代の名残とも言おうか、物語は実にシンプルであり膨大な設定量で世界観に厚みをもたせる『Eternal Nations』とは真逆の情報量となっていた。

ゆえに、氷塊の四天王アイスロックは――。

『武人気質のパワータイプの敵』という設定しかなされていなかった。

「何をわけのわからぬことを言ってイル!?　何が言いたイ!?」

アイスロックは叫んだ。

叫ばずにはいられなかった。

目の前の少女が放った言葉はその半分も理解できる内容ではなかったが、だがその言葉が自分にとって致命的な何かを孕んでいることだけはよく理解できた。

身を焼くような焦燥感がアイスロックの全身を包む。

その焦りを知らせるかのように氷の心臓が鼓動を早め、全身からは汗の代わりに白い冷気がじわりと溢《あふ》れ出てくる。

アイスロックの混乱を見たアトゥは、再度大きな大きなため息を吐いた。

「お前……想像以上に馬鹿ですね」

「何だト!?」

巨大な戦斧が叩きつけられる。暴風のようなその一撃をしっかりと両の眼で視認したアトゥは、剣を一回転させると下段から切り上げ、その攻撃に真っ向から対抗した。

ギィン――と鈍い金属音が火花とともに散る。

アイスロックの瞳が驚愕に見開かれ、アトゥが凄惨な笑みを浮かべる。

歴戦の聖騎士が持つ観察眼をそのまま剣技とともに奪取したアトゥは、一合刃を合わせるだけで相手が持つ技量と力量をおおよそ把握する。

もっとも、これは最終確認だ。

先ほどからの戦闘ですでに相手の底は知れていた。

つまり――この程度であれば御すにやすし。

以前戦った聖騎士よりは強いが、さりとて今の自分では苦戦するほどの相手ではないというのが、アトゥが下した判断だった。

「《聖剣技》。お前のような邪悪な存在を消し去るためにクオリアが生み出した神の御業です。どうです、見るだけで恐ろしいでしょう？」

「グゥ！　なぜ魔族である貴様がそのような技を有してイル！　神にしっぽを振るとはどういうことダ!?」

「いえ、別に技術に神も何もないでしょう。こんなもの数あるスキルの一つですよ」

アトゥの考えはとてもドライだ。

元々が拓斗至上主義の彼女である。それ以外あらゆる事象に関してそもそもが興味を持っていない。

ゆえに神であろうが魔であろうが、それが使える技術であれば臆面もなく利用する。

よってダークエルフたちとも反目なく接することができるし、聖剣技も最大限に利用できる。

全ては拓斗のためなのだ。

しかしその金剛石の如き信念と、他者への無関心がアイスロックの癇《かん》に障った。

会話に割り込むように氷獣兵の口腔から鋭い吹雪が吐き出される。

アトゥはそれらをゆうゆうと躱すと、触手の一つで開かれた口から氷獣兵を貫く。

ふわりと金貨がこぼれ落ち、悲しげな金属音が戦場に響いた。

（とは言えこの物量です。足長蟲と防衛隊に長期戦は荷が重い。あまり悠長にしていられませんね）

「呪われた大地」とイスラの効果によって足長蟲は大幅なボーナスを受けている。

有象無象の魔物では相手にならないとはいえ所詮は斥候ユニットだ。あまり戦闘が長引くとダメージを負って撃破される危険性も増してくる。

ドラゴンタンの防衛隊やモルタール老隷下の部隊は更に厳しい。

遠距離からの攻撃が主とは言え、都市に張り付かれてしまえば打って出る必要が出てくる。

そうなると種族としての潜在能力に差がある人種と魔物では苦戦は免れない。

アトゥはいよいよもってアイスロックの撃破へと移ることを決意する。

相手の全てを見抜いたとあれば不測の事態によって自分たちが不利になることもないだろう。

聖騎士剣を構える。今までとは放つ雰囲気が明らかに違っていた。

「魔王がいると言いましたね」

すでに氷獣兵は全滅していた。

アイスロックが悠長にアトゥと言葉を交わしている間に全て処理されたのだ。

配下の召喚にはある程度の冷却時間が必要であり、次の召喚が可能になるまでには戦場において決して短くはない時間を必要とする。

このままでは完全に押し切られてしまう。氷獣兵を囮《おとり》に使って逃げることももはや叶わない。

見た目に騙《だま》され相手の力量を見誤ったアイスロックは己の迂闊《うかつ》さを後悔する。

四天王全員で――否、場合によっては魔王の助力を求めることとすら必要だった。

かつて彼ら魔王軍を完膚なきまでに壊滅し尽くし、ついには魔王の胸元に刃を突き立てた憎き勇者。

襲いかかる邪悪なる少女アトゥ。

なぜか見た目も性質も全く異なるその二人が……アイスロックの目には重なって見えた。

「なぜ貴方たちは世界を征服しようとするのですか？　それは本能ですか？　それとも自らの意思？　なぜ貴方がたの前に勇者が常に立ちはだかるのか考えたことはありませんか？」

蠱惑的《こわくてき》な声音が、まるで心を切り刻むかのようにアイスロックを蝕《むしば》む。

本能が嫌というほど警告を発し、だが鉛のように身体は動かない。

「何度も勇者が現れて、そして何度も滅ぼされる。同じことの、繰り返し――」

「黙レ！　黙レ！　黙レ！」

アイスロックは叫んだ。

情けなく叫んだ。

その姿はおおよそ魔王直属の四天王に相応《ふさわ》しくないうろたえようであったが、不幸か幸いか、彼の周りにすでに知性のある配下は存在していなかった。

「気づいているんでしょう？　気づかないわけがないですからね。貴方も我々と同じなら、その記憶があるはず。ああ、その表情！　素敵です！　人類と勇者に襲いかかる凶悪な魔物って、そんな表情で絶望するんですね！」

苦し紛れに戦斧が振るわれ、一回りも二回りも小さな少女に難なく弾かれる。

アトゥは嗤《わら》っていた。目の前の敵を、嘲笑《わら》っていた。

目の前に存在する者の矮小《わいしょう》さが、自分と――ひいては自らの王の偉大さを証明しているように思えたから……。

「何が言いたい！　何が言いたいのだ貴様!!」

「お前は、所詮物語に出てくるボスキャラの一人でしかないのですよ」

アイスロックは全てを思い出した。

自らがコマでしかないことを。他の四天王と同時に勇者に挑むべきだと考えたことを。

未だ力を蓄えていない勇者を、はじまりの街で迎え撃つべきだと考えたことを。

だが気がつけばなぜかいつもの場所で勇者に立ち向かっていることを。

ありとあらゆる手を考えたにもかかわらず、その全てが実行に移されることなく終わることを。

何度繰り返しても。

何度、何度繰り返しても……。

決して勇者には届かず、最後には滅びを迎えることを。

自分が『ブレイブクエスタス』という物語の、道中に存在する障害の一つでしかないことを。

アイスロックはこの瞬間に全て思い出した。

「怯えがみえますよ――魔王ご自慢の四天王さん？」

「オオオオオオォォォォ!!」

そこに先ほどまであった武人としての雄々しさはすでになく、それはただ自らの悲哀を叫ぶ獣の如き慟哭《どうこく》であった。

その光景を眺め、実に、実に楽しそうに……。

汚泥のアトゥはただ嘲笑っていた。

氷の瞳から、赤い血の涙が溢れる。

全ての記憶を思い出し、自らが自由の存在しない舞台の役者でしかないということに気づいた者の、苦痛と絶望の表情であった。

その姿を、慟哭を、苦悩を、苦痛を存分に味わいながらアトゥは喜悦に顔を歪めた。

狂信という言葉で表現するには生ぬるいほどの信仰が、拓斗に対する絶対の信頼が……。

同じゲームのキャラクターであるにもかかわらず、これほどの違いを見せていた。

「ならばこれからダ！　ここからなのダ！　ここから我らにとって真の世界征服が始まる！　今度こそ、今度こそは勝利してみせル！」

戦場にはアトゥとアイスロック。そして地面できらめく金貨の数々。

　魔王軍四天王が一人、氷塊の魔人アイスロックは彼に従う配下のほぼ全てを失い、自らの存在理由すら失おうとしている。

　だが、アトゥにとって拓斗が自己の存在理由であるように、アイスロックもまた自らが存在する理由があった。

「魔王よ！　偉大なる我らが主ヨ！　今こそ真なる勝利を捧げよう！　我が名は氷の四天王アイスロック！　全ての敵を打ち砕く者なリ!!」

　一段、気迫が強まる。

　ＲＰＧとして表現するのであればデータ上の変化は一切ない。

　しかしそこには確かに戦士としての誇り、何より意地があった。

　だが対するアトゥはそんなアイスロックの意志を、転移後にはじめて持った彼の決断を一笑に付す。


「アハハハハッ！　滑稽《こっけい》！　実に滑稽です！　その程度の認識で！　その程度の覚悟で！　その程度の力でこのアトゥを倒すと叫びますか！　世界を取るなどと妄言を吐きますか！」

　嗤う。ただただ嗤う。

　相手の持つ気高い意志など、まるで路傍《ろぼう》に落ちた塵芥《ちりあくた》としか認識していないであろうことにアイスロックは身震いをする。

　その少女は邪悪であった。

　自分と拓斗以外に本質的に価値をおいていない彼女に、アイスロックの気迫や覚悟など一切届かぬ。

　人と動物が会話をできぬように、
　動物と虫が会話できぬように、
　虫と石が会話できぬように、

　――アトゥは拓斗以外の誰とも、本質的に理解し合うことができないのだ。

「では私は貴方の全てを否定しましょう！　貴方

の信じる全てを破壊しつくしましょう！　我が名は汚泥のアトゥ！　世界に王は唯一人。我が主イラ＝タクトなり！」

それが汚泥のアトゥ。

それこそが、マイノグーラの英雄だった。

そして最初で最後の戦いが始まる。

アイスロックにとって次のない、己の誇りと意地をかけた戦いだ。

氷の戦斧が縦横無尽に振るわれ、込められた膂《りょ》力《りょく》に大地が震える。

アトゥが生きた鞭《むち》の如く触手をしならせ、聖騎士剣を軽やかに振るう。

アイスロックの初撃は優に躱され、返す刀で祝福儀礼の施された神聖な刃が鋭く迫る。

ダンッとアイスロックによって踏みしめられた大地から、半ば凍りかけた礫が弾丸となってアトゥの小さな体躯に殺到する。

ぎゅるりと触手を操り地面に突き刺したアトゥは、そのままおおよそ人ではできぬ急制動でその全てを躱し、また弾き飛ばす。

まるで神話の戦い。その再現の如く神速の攻防が繰り広げられる。

大地は戦いの余波によって端々から削られていき、空は衝撃によって絶えず震える。

その激動は遥か彼方ドラゴンタンの街まで届き、人の理を超えた戦いは成り行きを見守る全ての者を魂から震え上がらせた。

「終わらヌ！　このままでは終わらせはせヌ！　たとえここで朽ち果てようとも！　貴様に一矢報いてみせル！」

「アハハハ！　何それ!?　何ですかそれ!?　それじゃあまるで漫画に出てくる主人公の仲間じゃないですか！　センターカラーでもやるつもりですか!?」

ゲラゲラと嗤うアトゥ。その言葉にはありとあらゆる悪意が詰め込まれている。

マイノグーラは『Eternal Nations』中で最も邪悪な文明だと設定づけられている。

ならばこそ、その英雄たるアトゥが他者を踏みにじることに喜びを感じぬはずがなかった。

「ねぇ！　ねぇねぇねぇ！　ここからどうやって挽回するんですか⁉　どうやって私を倒すんですか⁉　ねぇ！　どう考えても、無理ですよねぇぇぇぇぇぇぇ!!!」

挽回が不可能かどうか、身をもって味わえと攻撃を喰らわせる余裕もなければ、戯言《ざれごと》をと笑い飛ばす余裕もない。

虚勢すらはれぬほどに逼迫《ひっぱく》した状況の中、それでもアイスロックは己の存在理由を全うするため、全力で力を振るう。

だがここに一つの悲しい事実が存在している。

ＲＰＧのモンスターという存在は一般的に行動パターンが決められている。

そもそもがゲームである。数パターンも攻撃行動が存在していればプレイヤーが楽しむために十分であり、逆にあまりにも多い行動パターンはバグやエラー行動の原因となるばかりかプレイヤーを混乱させ、ゲーム性を低下させる。

つまるところアイスロックの戦闘はあまりにも単調で、その行動を予測するのはあまりにも容易であった。

「お前の攻撃はもうわかりきってるんですよ！　アハハハハハハ！」

上段からの振り下ろしをまるで予測していたかのように身体を滑らせアイスロックの懐に入るアトゥ。

慌てて戦斧を大地につき立てて氷の礫を放つが、それすらも知っていたと言わんばかりにアトゥは蛇のように地面に這い、その全てを躱す。

もしこれがゲームであったなら、きっとアイスロックの攻撃は全て「アトゥにダメージをあたえられない」と表示されていただろう。

そしてターンが回り、アトゥの攻撃がついにその氷塊の胴を捉える。

「クリティカルヒットぉ!!　ああっ！　どうしましょう!?　思った以上にダメージが入っちゃいましたね！　大丈夫ですか!?　あとＨＰはいくつ残ってます？　すいません、攻略本持ってないから貴方がどの程度の雑魚かわからないんですよねぇ!!」

ズンと、巨大な腕が地面に沈む。

腹への一撃は何とか防げたものの、代償として腕を一本持っていかれた。

アイスロックの戦斧は両手で振るって初めてその真価を発揮するものだ。当然のごとく片手となった今ではその攻撃力は半分以下であろう。

全力であっても届かなかったのだ。ではいかなる理由があれば片手で退けることができるというのだろうか？　アイスロックは絶望的な状況に氷の表情を歪ませる。


すでに戦いの天秤は大きくアトゥに傾いていた。

だがアトゥもむやみに追撃することを控える。

言葉の刃はノーリスクだが、不用意な攻撃は相手に隙を見せることとなる。

彼女は弱者をいたぶるサディスティックな行いの中にも、決して相手を見くびらぬ冷静さを持ち合わせていた。

英雄の本能がそれを成すのか、邪悪なる心魂が甘えを許さぬのか。

ただ、アイスロックが持ち得ていた砂粒ほどの勝利の可能性が、丁寧に丁寧に塗りつぶされたことは事実だった。

だが、それでもなおアイスロックは足掻《あが》く。

そしておおよそ遅きに失した自らの秘技を繰り出すことを決意する。

「ぬぅぅぅ！　ならば喰らエ、我が必殺の一撃！」

アイスロックの全身から冷気がほとばしる。

それは彼の中心から爆発のように広がり、まるで極寒の地にでもいるかのように周囲の大地を瞬時に凍り付かせていく。

ビキリと、戦斧の持ち手の部分が軋《きし》む。

自らの武器を破壊してしまいかねないほどの力が強引に込められ、深く腰を落としたアイスロックの体躯がボコリとその膂力を表すかのように膨れ上がった。

その様子を眺めるアトゥは薄ら笑いを浮かべながら静かに構える。

刹那――彼女の背中より生える触手が聖剣を中心に集まり、螺旋《らせん》状の巨大な槍へと変化した。

「来い。自らが信じる最高の技で挑み、そして惨めに敗北しろ」

邪悪さを隠しもしない言葉と態度。

必ず殺してやるという意志がその小さな身体の端々から漏れ、その言葉を証明するかのように螺旋状に渦巻いた触手の剣がギチギチとその硬度を高めていく。


――そして、まるで物語のように陳腐な。

必殺技という名の足掻きが繰り出された。

「オオオオオ!!　氷河撃破斬《ひょうがげきはざん》！」

攻防は刹那。だがその一時《いっとき》が内包する時間は双方にとって無限にも感じられた。

アイスロックの身体から極寒の冷気がほとばしる。

それらはまるで吹雪のようにアトゥへと襲いかかり、その肌を薄氷で包み込んでいく。

地面からはまるで生き物のように凍った土が這い寄ってき、その足首を地面へと氷で縫い付けた。

吹きすさぶ強烈な冷気、ありとあらゆる生命体が思わず瞳を閉じて凍え震えるであろう極寒の中。

だがアトゥは真っ直ぐに前を見つめている。

彼女の瞳は、自らに襲いかかる氷の戦斧を確かに見据えていた。

アイスロックの決死の一撃は、アトゥにとってはただいつもより少し涼しいだけの攻撃でしかなかった。

「アハハ！　アハハハッ！　この程度の氷で動きを封じ込めようなど私も甘く見られたものですね――」

その時、奇妙なことが起こった。

アトゥが攻撃の軌跡を見切り、難なく自らの得物で薙ぎ払おうとタイミングを合わせた瞬間だ。

互いの得物が交差する一瞬の時、その何千分の一の時間。

アトゥは、決して外さないはずの攻撃を……外した。

「なっ!?」

足が動かない。

確かに彼女の足は氷によって地面に縫い付けられている。

だがこの程度の氷で動きを止められるほど、アトゥがその内に持つ力は貧弱ではない。

そうではない。

もっと別の、何らかの異質な法則によって、彼女の足は地面へと縫い付けられていたのだ。

違う――。

彼女の全身が、アイスロックへの攻撃への対処を拒んでいた。

「ガハッ！　ぐうッ!!」

一瞬の攻防の後、膝をついたのはアトゥだった。

完全に戦闘能力で相手を超えていたはずだった。

アトゥが全力で放った一撃は相手の数倍の力を秘めていたし、そのタイミングも完全であった。

本来であれば相手の攻撃をいなし、返す刃でアイスロックへ致命的な一撃を見舞うはずだった。

それを防がれ、あまつさえ反撃の手を許す。

アトゥの瞳が驚愕に見開かれ、ギョロギョロと状況を把握し推測するかのように動き回る。

アイスロックは必殺技を放った反動か、まるで金縛りにあったように動きを止めている。

アトゥの身体を覆っていた氷はパキッと小さな

音を立てて全て砕け散っている。

身体は動く。意識も明瞭だ。何らかの精神的攻撃を受けた形跡もない。

何かが起こった。今までの経験ではありえなかった。何らかの攻撃を受けた。

そして彼女はマイノグーラの英雄たる戦闘センスにおいて、一つの答えを導き出す。

(――――ッ！　馬鹿な！　必中攻撃だと!!)

強大な衝撃がアトゥに襲いかかる。

高速思考によって止まっているとさえ誤認されるほどの時が終わり、彼女の結論どおりの結果がその身体にのしかかる。

マイノグーラの英雄は軍団に匹敵する戦闘能力を持つ一騎当千の猛者だ。

だが、だからといってダメージを受けないわけではない。

加えて先の攻撃は彼女の予想外、そのダメージは計り知れないものとなっていた。

ストーンゴーレムから防御力を強化する《石の皮膚》のスキルを奪取していなかったらまずい状況になっていたかもしれない。

自らが持つ幸運に手早く感謝を済ませ、アトゥは状況の分析という名の罵詈雑言《ばりぞうごん》を己が内で撒き散らす。

(《反撃や迎撃が不可能な必中攻撃》ってことですか!?　こちらがＳＬＧの影響下に置かれているのだとしたら、相手はＲＰＧの影響下か！　システム的に回避が不可能な攻撃なんて、反則でしょう！)

腹から胸元まで大きく裂けた肌からボロリと内臓がこぼれ落ちる。

ようやく技を使用した反動から解放され、アトゥの方へと向き直ったアイスロックは思わず表情を変える。

内臓を吐き出して無事な生命体は存在しない。アイスロックのような魔族でさえ、致命的なダメージを負うのだ。

けして叶わぬと考えていた相手に己の一撃が確かに通じた事実に、アイスロックはかすかな希望を見出した。

だが、ボトボトとこぼれ落ちる少女の臓腑に変化が起きる。

邪悪なる英雄に似つかわしくない真っ赤な血とともに腹より溢れていた内臓がどんどんとその色をどす黒く変色させたのだ。

やがてそれはドロドロとした汚泥となり、足元よりアトゥに再度吸い込まれていく。

気がつけば、最初から傷などなかったかのように……。

汚泥の英雄アトゥはその場に佇んでいた。

「このアトゥを舐《な》めてもらっては困ります」

「こ、これでも倒せぬとハ……」

こちらの番だ。アトゥはギョロリとアイスロックを睨《にら》みつける。


ＲＰＧでは一般的に相手のターンが終わればこちらが攻撃を放つことができるターンとなる。

ＳＬＧのルール下にいる存在が相手ゆえに少々変則的な部分はあるだろうが、それでも必殺技を放った後だ、先ほどのような手痛い反撃は不可能であろう。

そう判断したアトゥは、再度自らの触手に力を込める。

螺旋状の触塊がギチギチと奇っ怪な音を立て、まるで次はこちらの番だと言わんばかりにその内に力を込めていく。

やがて、限界まで引き絞った弓矢が放たれるかのように……。

「死ね――ＲＰＧの敵らしく、軽快なサウンドとともに死ね!!」

アトゥの渾身《こんしん》の一撃が放たれた。

「ああ、魔王様……バンザ――」

後に残るのは、キラキラと光の粒子になりながら消え去るアイスロック。

続いて思い出したかのように、大量の金貨が辺りにこぼれ落ちる。

それらをくだらないものを見下すかのように一瞥《いちべつ》しながら、アトゥは激高する。

「この世に王はただ一人。我が王イラ＝タクトのみ！　全ての敵対者には等しく滅びを！　善も悪も、我が王に頭を垂れぬ者はその存在を許されぬ!!」

爆発するかのように縦横無尽に触手が繰り出された。

一個人が振るうにはあまりにも強大な戦力が戦場に残った魔物に襲いかかった。

長弓の如き射程、巨人の如き攻撃力。

そして何より一切の慈悲を許さぬ冷酷さで、その触手の群れは遠くで戦いを見守っていたアイスロック隷下の魔物に襲いかかった。

………


……

…

「――魔物のむれを倒した、と」

時間にして数分だった。

アイスロックの喪失によって統率を失っていた魔物たちも、分が悪いと見たのか本能に逆らえなかったのか逃走を開始する。

気がかりであったドラゴンタンの防衛隊やマイノグーラ側の戦力も多少の被害こそあれど健在だ。マイノグーラの英雄たるアトゥ本人はいくら魔物が押し寄せようが問題ない。だが脆弱《ぜいじゃく》な人となると話は違う。

最悪、人的被害や街への被害も覚悟していたため、アトゥはホッと胸をなでおろす。

「魔物は退《ひ》くか……。指揮官を失ったら当然とは言え、恐慌状態に陥って街へ向かったりしなかったのは幸いですね」

誰に伝えるでもなく独りごち、アトゥは腹を押さえる。

ズキリと鈍い痛みがジクジクと彼女のプライドを刺激していく。

戦いのために生まれた英雄ゆえに痛みなどどうとでもなったが、不覚をとって傷をおったという事実が彼女にとって何よりも屈辱であり、激しい痛みを幻視させんばかりの怒りを湧き起こしていた。

「あれほど警戒してこの体《てい》たらく。不甲斐《ふがい》ない……不甲斐ない！　これでマイノグーラの英雄とは、拓斗さまの英雄とは！」

ギリッと歯を噛み鳴らし、眼前を見据える。

魔物の逃げた先、その先にＲＰＧの勢力、その主力が待ち受けているのだろう。

「しかし別ゲームとは厄介ですね。私たちと別の法則で動くゆえ、予想がつきません」

アトゥは高速に頭を回転させ今回の状況を判断する。

転移したこの世界は、自分たちと同じＳＬＧの法則が支配していると考えていた。

だがＲＰＧの勢力が来たとなると判断はまた変わってくる。

むしろアトゥごときの浅知恵でことを推測して判断する方が危険だと思われた。

彼女の脳裏に敬愛する王の姿がよぎる。

今回の出来事をどう説明するべきか、何より自らが手傷を負ったことで落胆されやしないか。

もちろん自らの王がその程度で気分を害するほど器が小さくないことをよく理解している。

だができれば万全の状態で任務完了を報告し、称賛の言葉をもらいたかったというのが本心であった。

アトゥは戦闘に入る前に『ブレイブクエスタス』というゲームについて簡単な説明を受けている。

相手の攻撃の特徴は、慎重さを欠かなければ予測することができたのだ。

少なくとも、もう少しマシな対応ができたであろう。

にもかかわらずこの有様。

他ならぬ自分自身に対する怒りが止めどなく溢れてくる。

自責の念と、失態を報告することの恐れ。主はこの程度気にしないだろうという信頼感。そして何にも代えがたい賞賛の言葉。

様々な思考がぐるぐると回転し、袋小路に追い込まれていく。

「ああっ！　もうっ！」

やがて彼女は大きな声を上げて顔を左右にふる。まだまだやるべきことは数多くある。このまま頭を悩ませている余裕などなかった。

気がつけば自らの回りに足長蟲が待機しているのが確認できた。

対応していた敵の魔物が逃走したため、指示を乞うためにやってきたのであろう。


「足長蟲！　敗軍を適当に間引いて経験値を稼いでおきなさい！　あとで拓斗さまにアップグレードしてもらいますよ！」

「「ギギギェ!!」」

ザザザッっと恐ろしい速度で魔物たちが逃げ去った方向へとかけていく足長蟲。

今回の防衛戦で多くの経験値が稼げたため、アップグレード機能によって強力なユニットへと変化することが可能となっている。

敗者は全てを失い、勝者は全てを得る。

この段階における上位ユニットの獲得は、マイノグーラという国家にとっても非常に有益な成果と。

「私も追撃に移りたいところですが……どうしたものか。――いえ、その前に拓斗さまに報告ですね」

モルタール老含め、マイノグーラから出向している兵への指示もある。

何より拓斗への報告がまだなのだ。

猪突猛進で自分まで追撃に走っていては指揮官の名どころか英雄の名すら返上しなくてはならないだろう。

そう考えたアトゥは、すぅっと大きく深呼吸して気持ちを落ち着かせ、拓斗へと精神のチャンネルを合わせて念話を送る。

声にならぬその声は、先ほどアイスロックと戦った時に放った荒々しいものに比べ、実に愛らしい少女のものだった。

『拓斗さま！　ドラゴンタン防衛の任、無事完了いたしました。四天王なる敵勢力が進行してきましたが無事撃破。この程度、このアトゥの力を持ってすれば鎧袖一触《がいしゅういっしょく》。なのですが、あの、いやまぁちょっと油断をしたというか……。あとご報告もいくつか。けどその前に、何ていうか、遠方で頑張るこのアトゥめにお褒めの言葉を頂きたいなぁ、なんて……』

もじもじと少し恥ずかしそうに彼方を見つめ会話を始めるアトゥ。

拓斗へ挨拶をする際にペコペコと頭を下げていたのは日本人である拓斗譲りか……。

だがコロコロと愛らしい口調と花が咲いたような笑顔で主との会話をおこなっていた彼女の顔が一瞬で曇る。

『……えっ？』

瞬間。先ほどまでの少女の顔から、邪悪なる英雄のそれへと移り変わる。

――マイノグーラ本拠地への敵戦力の侵攻。

拓斗から報告された事実は、アトゥの心胆を底冷えさせるに十分なものだった。

ブレイブクエスタス wiki

魔王軍

ブレイブクエスタスシリーズにおいて、魔王軍と表現される場合は主として初代ブレイブクエスタスにおける魔王軍を指す事が通常である。発売当時のゲーム文化の成熟度もあり、その仕組みは実にシンプルである。首魁たる魔王の元に四天王と呼ばれる魔物が存在しており、その他の設定に関してはゲーム中では特に言及されていない。

・首魁

魔王

・四天王

炎魔人フレマイン／カラクリ怪人オルドメカニク／呪いの踊り子レディウィンド／氷将軍アイスロック

第三話　奇手

「不愉快……だね。考えが甘かったと言える」

自然と呟《つぶや》かれた言葉にイスラは静かに主の心中を慮《おもんぱか》る。

同盟国であるフォーンカヴンを悩ませている蛮族。

散発的であったはずのその襲撃が突如巨大な波となって襲ってきた。

加えてそれらは別のゲーム由来と来ている。

常識や通例という概念を当てはめるのは愚行で、さりとて判断材料が乏しすぎてどのような対応が最善手かすら見えてこない。

無論時間は待ってはくれない。

マイノグーラの本拠地。つまり彼らの平穏を脅かさんと今まさに敵の軍勢が歩みを進めているのだ。

状況は逼迫《ひっぱく》していると言えた。

「まさかこの場所が露見《ろけん》するとは……敵勢力との接触は時間の問題ですわね。――しかし主さま？　初手で敵勢力、魔王軍に対して攻撃の手を取られたことは英断でございましたわね」

イスラはさりげない言葉で自らの主が行った決断の根拠を探る。

結果はどうあれ、今回の軍事行動に関して拓斗の指示はいささか性急に思われたからだ。

相手が未知数でありその対処に速度が求められることは理解できる。

またドラゴンタンの街が相手の軍に攻撃を受け、何をもってでも死守が必要であったことも理解できるところであった。

だが相手の素性や性質を判断せぬまま、ドラゴンタンで戦端を開いたことが少々腑に落ちなかったのだ。

結果として敵将の撃破と、ドラゴンタン侵攻軍の撃退という戦果を得ることができた。

そこに至る道筋で、自らの知らない何らかの判断材料があったのだろうかとイスラは考え、問うたのだ。

「まぁ……ね。結果としてここに敵が侵攻してきているんだから失策にも等しいけど」

イスラの記憶が正しければ、拓斗は慎重な性格をしていたはず。

また、何をもっても平穏と内政を第一とするその性格から今まで戦争は極力避けていたことも特徴的であった。

利さえあればドラゴンタンの放棄さえ選択肢に入れるほどの慎重さを有すのが今までの拓斗であったはず。

にもかかわらず、なぜこうもすばやく相手との戦端を開いたのか。

それが彼女には疑問であった。

「ただ、相手の力量がこちらの想定範囲内だったことには安心したよ。四天王であのレベルだったら、魔王も何とかなりそうだ」

そう独りごちる拓斗。

先だってアトゥより得ることができた情報により、魔王軍のおおよその力量や性質が判明したことは僥倖《ぎょうこう》だった。

まだ絶望的な状況には陥っておらず、対処さえ間違えなければこの難関を乗り越えることができるであろうとわかったからだ。

だからこそイスラは己の懸念を払拭できずに拓斗を見つめる。

その瞳の奥にはどのような思惑があるのか、はかりきれぬイスラは思い切って自らの内でくすぶっていた強い疑問を直接ぶつけることにした。

「僭越《せんえつ》ながら、件《くだん》の敵勢力、首魁《しゅかい》たる魔王とやらも主さまのようにプレイヤーである可能性もあるかと愚考しますが、いかがでしょう？」

イスラの懸念は一つである。

つまり、相手も拓斗と同じプレイヤーではないのか？　であれば有する力は未知数。拓斗のように歴戦のプレイヤーである可能性もある。

いくらこちらの世界でマイノグーラの指導者になったからといって、故郷の同胞と刃を交えるのは心苦しいものがあろう。

相手の真意はどうあれ、ある程度の被害は覚悟の上で一時停戦を求め、情報の更なる収集と対話へ舵を切っても悪い判断ではない。

そう考えての質疑だった。

だがその思惑は大きく外れる。

「そもそも、同じプレイヤー……同じ世界由来の人間だとして。――どうしてそれだけで仲間だと言えるの？」

あっけらかんと言い放たれた言葉に、イスラは思わず息を呑んだ。

その言葉には有無を言わせぬ圧力があった。

表情は柔らかな笑みを浮かべているが、決して瞳は笑っていない。

自らの王が何を考えているのか。それは彼の側《そば》で数多くの世界を征服してみせたイスラですら計り知れない。

もしかしたら彼が真に信頼するアトゥならばその胸の内を打ち明けられるのかもしれないが、残念ながらアトゥはドラゴンタンの防衛に専念しており、この場にはいない。

ゆえにイスラは黙して頭を下げることによって王の方針に従う。

どちらにしろ、彼女に選択肢はないのだ。

あったとしても、はじめから王に逆らうつもりなどは到底なかった。

ダークエルフたちがイスラやアトゥに対してある種の畏怖《いふ》と隔意《かくい》を有しているように。

イスラもまたイラ＝タクトという存在と同じ場所に立ち、その全てを理解しているわけではなかった。

「……ともあれ、方針は明確だ。相手がプレイヤーだろうが何だろうがここまで来て和睦は難しい。こちらに相手の出方を座視する戦力的余裕もない。であれば全力で潰すだけだよ」

「ええ、ええ、おっしゃるとおりかと」

現状を考えるとこれ以上の疑義を挟むのは時間の無駄だ。

何よりマイノグーラの王たる拓斗がそうせよと判断したのだ。

であれば何をもってしてもその意思を遂行するのが配下の役目。

意識を完全に切り替えたイスラは大きく頷《うなず》き、臣下の礼をとる。

「不必要な迷いは時として自らに牙をむく。一度決めたら無意味に振り返らないのが策を成功させるコツの一つだよ」

「仰せのままに、我らが王よ」

拓斗は頭の中で戦略を巡らせる。

過去の記憶を掘り起こし、今まで何度も繰り返された戦争の軌跡《きせき》を辿り、この状況において最も効果的で効率的な作戦を検討していく。

無論予想外の出来事も考慮済みだ。

ここは『Eternal Nations』の世界ではないのだ。未知は山ほどあり、思惑どおりにいかぬ事象など無数に存在している。

思わず興奮で心臓の鼓動が早くなっていることを感じる拓斗。

何だかんだ言ってこの状況を楽しんでいることに、何か奇妙なむず痒《がゆ》さを感じていた。

「大変です王よ！　ここマイノグーラ王都に向かって敵の軍勢が！」

拓斗が脳内で今後の方針を固め、指導者の権能を用いて戦士団へと指示を送り始めた頃だった。

伝令役のダークエルフが血相を変えて玉座の間へと転がり込んできた。

マイノグーラの配下全ての状況を把握することができる拓斗は、もちろん戦士団が発見した敵の侵略部隊の情報についても把握している。

だが万が一の伝達不足を懸念した戦士長のギアが確認のために伝令を送っていたのだった。

「知ってるよ」

本来であれば許可なく玉座の間へと入ることは刑罰に当たる行い。

だが状況が状況であるため拓斗は何かを言おうとするイスラを手で制して簡潔に言葉を返した。

伝令がその言葉にある種の圧を感じヒッと息を呑む様を見届けながら、拓斗はイスラへと目配せを行う。

それだけで主の考えを受け取ったイスラは普段より幾分柔らかな声音でその労をねぎらい指示を出した。

「此度《こたび》の敵軍侵攻、すでに王の知るところにあります。無論戦士長ギア含め、主たる者たちに王自ら指令を伝達済みです。我々も指揮のため宮殿を出て都市の市民庁舎へと移動します。貴方も急ぎ持ち場へと戻りなさい」

「はっ！」

現場と首脳部の意思疎通システムは完璧に運用されている。

各部隊の状況を把握し、直接指示が行える『Eternal Nations』のシステムは自らの手足のように軍を動かすことを可能にするだろう。

戦士長たるギアの対応も満足いくもので、拓斗が指示を出す前から戦士団を集めて市民の避難誘導を行い、簡易の防御陣地を作っている。

マイノグーラ固有の衛生兵ユニットである《ブレインイーター》が都市治安を改善する能力を有していることもよく働いている。

突発的な事態にもかかわらず国民に混乱が起こらないため、素早い迎撃態勢が取れるからだ。

ゲーム以上に良く動く手足を持ったことに感激すら湧き起こってくる拓斗。

敵の数が未知数だが、足場と視界が悪い大呪界であるのならそう大規模な軍事行動も取れない。

加えて森林はダークエルフにとって、呪われた土地はマイノグーラの国民全てにとって有利に働く。

状況は危機的である。だが決して乗り越えられないものではなかった。

「とは言え……」

「少々後手に回ってしまったのは事実でございますわね」

小さく呟いた言葉にイスラが返す。

本来であれば本拠地に戦力を送られるなど愚の骨頂だ。

これが観劇なら観客からブーイングが起こり、ゲームならコントローラーを投げ捨てられているだろう。

だが残念ながらこれは現実で、だからこそ決まる覚悟もある。

「よし。じゃあ一手巻き返すとしようか」

おそらく、相手は自分のことを知らないのだろう。

拓斗は静かに嗤《わら》う。

『Eternal Nations』においてマイノグーラを率いて難易度ナイトメアを制覇したイラ=タクトという存在を。

であれば教育してやらねば。

前人未踏を踏破した。その言葉が持つ意味を。

どこか人間味の薄れた表情で、拓斗は静かにその玉座から立ち上がった。

………

……

…

マイノグーラの宮殿とダークエルフたちが住まう街とは多少距離がある。

すでに木々が切り倒され、簡易の道が舗装されているその場所を護衛のイスラとともに歩きながら、拓斗は頭の中で作戦を組み上げる。

「こちらの戦力を確認するよ。まずはギア率いる戦士団が100。数としては1ユニットにも満たないね、だが士気は最高だ。加えてブレインイーターが三体。兵の回復能力を持つ彼らは攻守共に重要な存在だ」

「私めが生みました《子蟲《こむし》》もおりますわ。労働用の子たちですが補正が効いておりますのでそれなりに戦えるかと」

「数は？」

「およそ200。スタックにして4となります」

「頼もしい戦力だ。イスラがマイノグーラで最も強力な英雄と呼ばれる所以《ゆえん》だね。労働用の子蟲は本来ならば戦闘力0。けれどもイスラの補正で戦闘力2のユニットとなり防衛も可能となる……」

拓斗はチラリと視線を下に向け、地ならしされた道を見る。

イスラを召喚してからそれなりの期間が経過している。

彼女の能力《子蟲産み》で産み落とされた労働用昆虫ユニットはすでに都市の建築や開墾などでその力を十分に発揮していた。

戦闘力2ともなると弱いながらも戦力に数えることができる。

ゴブリン程度のモンスターならば撃破することが可能で、露払い、雑魚狩りとしては十分すぎるだろう。

イスラという英雄ユニットが持つ冗長性がいかんなく発揮されていた。

「同時に戦闘用の子蟲も生産していれば防衛に関しては盤石《ばんじゃく》でしたのに。災難というのはいつも最悪のタイミングで来るものですわね」

「これより悪い状況がないと考えるなら、むしろ安心できるさ」

確かに災難ではあるが、この場にイスラがいることが拓斗にとっては何よりも心強かった。

流石《さすが》にイスラの召喚が間に合っていなかったら泣き言を言っていただろう。

彼にとってマイノグーラの英雄とはそれほどに信頼のおけるものであり、彼が生前過ごした日々がどれほど強烈にその心に残っているかを端的に示してもいた。

「ええ、ええ、おっしゃるとおりかと。さて主さま。ギアの方はいかがでしょうか？」

イスラの言葉によって思考を切り替えた拓斗は、瞬時に国内の情報を確認する。

アトゥの帰還が間に合わないであろう現状、手元にある札で勝負を決めなくてはいけない。

一つの抜けも見落とせない。

小さなミスが大きな傷となり、やがてそれは亡国のきっかけへと変貌するからだ。

「都市の状況は悪くないね。非戦闘員は行政庁舎に避難が完了しているし、都市の守りも簡易の防御陣地がすでに完成して兵の配備もバッチリだ」

「呪われた大地に森林補正、土地のボーナスもございます。守るに易く攻めるに難し。戦力と国力さえ整っていれば良い経験値ボーナスでしたのにねぇ……」

城や砦を落とす際の一般論として、攻め手は守り手の三倍の戦力を用意しないといけないと言われている。

シミュレーションゲームである『Eternal Nations』でもその定説は有効なことに加え、様々なファンタジー的要素を含んだボーナスがあるため守り手は非常に優位となっていた。

だがそれも確かな準備がなされている場合の話である。

国力や兵力も未《いま》だ乏しく、防御用の施設の生産すら後回しにしてしまっていたマイノグーラでは、いくら強力な土地のボーナスが存在するとはいえ決して楽観視できる状況とは言い難かった。

「ギアより連絡がはいった……大呪界に入り込んだ敵兵力はおよそ1千。うーん、間違いなく敵将はいるし、ＲＰＧモンスターの性能もまだ詳しくは把握しきれていない。こりゃあ厳しい戦いになりそうだね」

「ですが我らが偉大なる主さま？　すでに戦略は考えているのでしょう？」

全てわかっているとでも言わんばかりの態度でイスラが問う。

危機的状況ながらも自らの主がこの状況に対する回答をすでに有していることを見抜いていたのだ。

全滅の危険性があるのであればダークエルフたちを率いてドラゴンタン方面へと撤退すれば良い。未だ国民の数が少なく、森林に強い特性を持つダークエルフたちならば問題なく逃げ切ることができるだろう。

その上でアトゥや、モルタール老含めた魔法部隊、ドラゴンタンの防衛隊と合流して敵に当たるのがもっとも安全かつ最大限の効果が得られる。

国土は焼かれるかもしれないが、大呪界には山ほど木材がある。

都市もまだまだ成長段階のため、復旧は容易だろう。

だが拓斗の判断は撤退ではなく撃退だった。

現にアトゥもマイノグーラへと戻すのではなく、ドラゴンタン侵略軍への追撃を命じている。

勝利を得ることができると確信するに足る手を隠しているのは明らかだった。

どこか楽しむかのように問われた言葉に、拓斗もよくぞ聞いてくれたとばかりにニヤリと笑う。

そして采配《さいはい》が振るわれた。

「こういう時のために魔力資源があるんだよねぇ。

むこうがＲＰＧのお約束さながらどこからともなく魔物を出現させることができるのなら、こちらだってシミュレーションの本領を発揮してみせるさ」

「ふふふ。緊急生産の実行にユニット生産制限がなかったのが僥倖でしたわね。魔力のある限り作り放題だなんて、随分我々に甘いルールだこと」

拓斗が魔力の単語を用いただけで、イスラは自らの主がどのような戦法を用いようとしているのか予想してみせた。

通常のゲームプレイであれば緊急生産は一定のインターバルが必要だった。

だがこの世界ではその制限がないことを今までの検証で把握している。

であれば最もコストの安い《足長蟲》を保有する魔力の限界まで消費して大量生産する戦法で決まりだ。

イスラの能力で戦闘力３になったこのユニットは、斥候として本来持っている高い移動能力や踏破能力も含め戦力として破格のステータスとなっている。

加えて高い視界もあり戦況の確認が容易だ。

マイノグーラが保有している魔力から生産できる足長蟲の数を計算したイスラは、自分が懸念である敵将と当たれば問題なくこの難局を乗り越えることができると判断する。

――だが。

「イスラ。命じる。マイノグーラが保有する全ての魔力を君に与える。最大限までレベルアップして敵を全て打ち払え」

一瞬の間、思考の隙を突かれたかのようにイスラは口を開けた。

もし彼女が人ならば、おそらくぽかんとした表情を見せていただろう。

そして思考が現実に追いつく。

その後にイスラを待ち受けていたのは、体中を駆け巡る強烈な歓喜だった。

「ふっ、ふふふ！　っふふふふっ!!　まぁまぁ主さま！　何と意地悪で、何と憎いお方！　まさかそのような命令を与えてくださるなんて！」

イスラは全てを察する。

この難局、マイノグーラの都市を脅かさんとする脅威の排除を……、その全てをイスラに任せると拓斗は言ったのだ。

あらゆる手があっただろう。イスラが考えるとおり《足長蟲》の大量生産以外にもいくつもの案が拓斗には存在していたはずだ。

にもかかわらず、他の無数の手を押しのけて……。

イラ＝タクトという王はイスラに一言、やれと命じた。

何という信頼！　何という栄誉！　拓斗が持つイスラに対する絶大な信頼がその命令の端々から感じ取れる。

拓斗には気負いも悲壮感も、達観も決意も何もない。

つまるところそれは、選んで当然やれて当然の出来事なのだ。

その事実が、無上の歓喜でイスラを包み込んだ。

「アトゥがすでに敵将の一人を撃破しているのは知ってるね？　詳しくは確認できていないけど、ＲＰＧの法則に基づいた攻撃にだけは気をつけてね」

「ふふふ、そういえばアトゥちゃんは後れをとったのですね。ですが私めにおいては主さまのご懸念が現実のものとなることはないでしょう」

「おお、大きく出たね」

「事実でございます。ええ、ええ、純然たる、決して驕《おご》りや傲慢ではない事実。ありのままを申し上げたままでございますわ」

拓斗はその言葉に無言で頷く。

通常のプレイでは一つのユニットに魔力を注ぎ

込んで強引にレベルアップするなど誰もしない。

非効率的であるし、魔力は通貨や資源に似た性質を持つため様々な面で必要となってくるのだ。

施設の維持や生産にも必要だし、科学技術の研究にも必要となってくる。

であるからこそ『Eternal Nations』の全プレイヤーは魔力の収支を常に監視しながら慎重にその配分を行う。

その道理を覆す常道を無視した一点集中運用。

しかも緊急生産に利用するのではなく英雄のレベルアップに使うという常軌を逸した判断。

ゆえに、その結果は目をみはるものとなる。

拓斗が絶対の信頼をその配下たる蟲の女王に寄せているのだとしたら。

その信頼に応えることを誉れとするのもまた彼女だけに許された権利。

そして当然のことながら……。

——イスラはその期待に応えるだけの力を持つ英雄だった。

「イスラ」

「はい。此度のレベルアップで能力を二つ獲得できます。主さまはこのイスラめにどのような力を授けてくださるのでしょうか？」

「《捕食》と《寄生産卵》」

拓斗の命令にイスラがギチチと奇怪な笑い声を上げる。

全て繋《つな》がったからだ。

拓斗が此度の戦いで何をしようとしているのか、敵にとっての地獄を、どのように現出させるつもりなのか。

……英雄はレベルアップの際、特定の能力を更に得ることができる。

それぞれ独特の効果を持つそれらは、通常でも強力な英雄を更に強化する効果がある。

そして英雄しか持ち得ない能力を上手に運用することが、プレイヤーの腕の見せ所だ。

拓斗の選択は、イスラが知りうる限り最も効果的で、最も凶悪なものだった。

「ご存じですか主さま？　その戦法はかつて『Eternal Nations』のプレイヤーに『蟲ラッシュ』と呼ばれ大変忌み嫌われ、恐れられたのでございますよ？」

ギチギチと昆虫特有の甲皮が軋《きし》む音が鳴る。

急激なレベルアップと能力の付与によってイスラの筋肉が膨れ上がり、役目を終えた外皮が悲鳴を上げているのだ。

ピシピシとひび割れた外皮の内側から、新たな甲皮が現れる。

独特の文様が入ったその皮は以前にも増して凶悪な様相を有しており、彼女のうちに秘めた力が更に増したことを如実に表している。

「ああ、もちろんよく知ってる。――僕もよく使ったからね」

拓斗は少しだけ感心した様子でイスラを見上げた。

もしかしたら目の前で成長する自らの英雄の姿に感じ入るものがあったのかもしれない。

どこか虚無感のある表情は少しだけ嬉しげにも見えた。

マイノグーラの持つ全ての魔力がイスラへと注入される。

決戦兵器の異名を持つにふさわしい存在へと成長したイスラは、大きく羽を広げ高らかに叫ぶ。

赤子の叫び声にガラスをこすり合わせた音を混ぜ合わせたような奇怪な声は、大呪界の隅々まで響き渡り聞くもの全てに畏怖を抱かせる。

ここに準備は整った。

なぜ『Eternal Nations』の英雄がゲームの象徴とされているのか。

なぜ英雄がゲームの戦局を変えうる存在と呼ばれ、全てのプレイヤーに信頼されると同時に脅威とみなされるのか。

「ふふふ、では、全ての蟲の女王と呼ばれたその力。マイノグーラが誇る必殺の殲滅《せんめつ》戦法。とくとご笑納くださいませ」

その理由が明らかになる時が来ようとしていた。

Eterpedia

全ての蟲の女王イスラ

戦闘ユニット

戦闘力：16　移動力：1

《邪悪》《英雄》
《子蟲産み》《捕食》
《寄生産卵》

※このユニットは世界に存在する全昆虫系ユニットの戦闘力を＋２する。
※このユニットに遭遇した昆虫系ユニットは、即座にイスラを有する国家の支配下に置かれる。

解説

～この世全ての蟲は彼女より産まれ出で、世界に満ちた。小さき子たちは、母なるイスラの号令を今も静かに待ち望んでいる～


イスラはマイノグーラの英雄ユニットです。

このユニットの特徴は全昆虫系ユニットの強化と、《子蟲》と呼ばれる昆虫ユニットの生産です。

子蟲はレベルアップせず戦闘力が弱いという特徴がありますが土地の開墾等の労働行為、及び農地・鉱山地区での生産活動を行うことができるという特徴があります。

大量の子蟲を用いた敵国土に対する蹂躙作戦や攪乱作戦などが可能ですが、生産力充実を図ることも可能です。

閑話　はるか遠き地より来たりし者

そこは何もない地であった。

荒れた大地は一面平坦で起伏がなく、砂塵が舞うでもなく、ただ虚無のごとく広がっている。

生命はおろか、時ですら存在していないのかと思われるほどの歪《いびつ》さを持つ土地。

イドラギィア大陸南部——通称「暗黒大陸」。

マイノグーラやフォーンカヴンが居を構える場所より更に南の果て。

未開領域と呼ばれるその不毛の土地は、まるで設定が存在していないかのように空虚で、存在感がなかった。

そんな価値も意味もない土地で、一人の男が静かに大地を見下ろしていた。

不思議な男だった。

年齢は不詳。だが肌に刻まれたシワから相応に歳を重ねているようにも思える。

ところどころ裂けと破れが見てとれるくたびれた黒色の外套にすっぽりと身を包み、ともすれば浮浪者のようにも思われる格好だ。

だがその容貌がこの男が只者《ただもの》ではないことを示している。

短く切りそろえた黒髪に、鋭い眼光。

布越しにわかる体躯《たいく》は戦いに身を置く者のそれで、だがしかしその瞳には知性の光が燦然《さんぜん》と輝いている。

男はじっと大地を見つめる。静かに、ただ静かに。

「ああ！　偉大なる魔王様！　何をご覧になられているのですか？」

静寂を打ち消す者がいた。

女だ。薄い緑を基調とした踊り子にも似た衣装に身を包んだ青白い肌の女は、確かにその男に向かって〝魔王〟と呼びかけた。

現在拓斗たちマイノグーラを悩ませる南部からの蛮族侵攻。

その全ての元凶がこの男であり、この現象《ゲーム》であった。

RPG『ブレイブクエスタス』。王道の人気ゲームの最奥に構え、プレイヤーを待ち受ける最終試練。

名前も何もない、魔王とだけ呼ばれる存在。

それが男に与えられた記号だった。

「……大地を見ている」

男――魔王は女の言葉に静かに応えた。

瞳は相変わらず地面に固定され、何を考えているのかその態度からは想像もつかない。

女もまた、魔王が何を考えているのか計りかねているのだろう。

芝居めいた態度ではあったが、どこか困惑が見て取れた。

「まぁ！　大地を？　この世界の大地に、何かご懸念が？」

「いや、違う。素晴らしい土地だなと、感心していたのだ」

遠くから流れてくる草木の香りが、空を飛ぶ鳥が、ときおり吹き抜ける風が、大地の力強さが、魔王の五感全てを満たしていた。

軽く息を吸い込むと清涼な空気が肺を満たし、活力となって全身に行き渡る。

暗い空に焼けた大地、そして肺を冒す毒霧……彼が知る世界のどれとも違う。

それは魔王にとって非常に感慨深い体験だった。

彼は今まで魔王城の奥深くに座し、その場から一歩も外に出ることはなかった。

生まれ落ちてから、死にゆくまで。

魔王という存在がその居城である魔王城より外

に出ることは設定されていなかったのだ。

もちろん大地や空という存在は知っている。だが知っていることと経験することでは大きく違う。その違いが彼に無上の感動を呼び起こしている。

滑稽だと思われるが、彼は初めて外の世界に出たのだ。

その喜びが如何《いか》ほどか……。

理性を放棄して感情のままにこみ上げる激情を語ろうかとも思った魔王であったが、彼の四天王である女がその感動を決して理解できないであろうことを思い出し口を閉ざす。

「ああ、素晴らしい！　魔王様はこの地がお気に召したご様子！　ええ！　ええ！　命令を頂ければ、今すぐこの地を魔王様に献上してみせましょう！　どうぞご采配《さいはい》を！　我らが王として全ての従僕にご命令を！」

事実、四天王の女は大げさな態度で両手を広げると、まるでこの世界を全て征服し、自分たちのものにせんとばかりに息巻いている。

その従順な態度は配下として好ましいものであったが、残念ながらこの時において魔王の心を揺らす類《たぐい》のものではなかった。

何より彼女のそのような態度はすでに見飽きて興味すら湧き起こさなかったのだ。

空を見上げた。この美しい世界で、どうすれば良いのかとふと疑問が湧く。

「我は、どうすれば良いと思う？」

その言葉に女はキョトンとした表情で眼を瞬かせた。

「は？　あっ、いっ、いえいえ！　申し訳ございません！　突然のことで少し驚いてしまいましたわ。そうですわね、全くそうですわね！」

魔族の王として不適切な言葉であったことは重々承知している。

だが魔王はあえてその質問を投げかけることにした。ゆえに女がいささか不敬な態度をとったとしても不問に処した。

もっとも、彼自身は配下が自分にどのような態度をとろうと興味などなかったかもしれないが……。

ともあれ問いは投げかけられた。後は答えを待つだけだ。

魔王は静かに大地を見つめながら女の返答を待つ。

やがて何か気まずさに身じろぐ気配がした後、女はようやく先ほどの返答を行った。

「先ほどの問いでございますが、――もちろん！　それは魔王様のなさりたいように！　魔王様のなさりたいこと、それが法でございます！　さしあたってはこの世界を手中に収めるなどよろしいかと！　ええ！　よろしいかと！」

大げさで、仰々しく、多分に媚びが含まれ。

――そして予想された、実につまらない返答であった。


「そう……か。そうだな。いや、そうだろう」

それっきり、魔王は押し黙ってしまう。

女は自らが何か失態を犯したのかと肝が冷える思いだったが、さりとてこの場で口を開いて自らの非を詫びるような胆力は持ち合わせていなかった。

万が一にも勘違いであれば、その謝罪こそが魔王を不快にさせる要因となってしまうからだ。

ゆえに女は引きつった笑みを浮かべながら冷や汗をかくばかり。

人類の絶対脅威であり多くの国と街を恐怖に陥れた四天王と言えど、所詮魔王の配下でしかない。絶対者である魔王の前では、情けなく右往左往する小心者でしかなかった。

「ゆけ、我はこの大地をしばらく眺めることにする」

ややあって、魔王は思い出したかのように女へと命令する。

その言葉にほっと胸をなでおろしたかのように緊張の表情を和らげた女は、いつもどおり仰々しい口上でもって退去の挨拶をし、颯爽《さっそう》とその場から姿を消した。

……魔王は思索にふける。

四天王の女がその場から去ってからもなお、視線を大地へと向け、静かに己が内へと没頭する。

彫りの深い端正な顔立ちに何を思うか、その内情を知るものはいない。

だが誰もいないことをその超常的な感覚で確認した魔王は、まるで自分に問いかけるようにポツリと言葉を漏らした。

「――は確かに言った……」

果たしてどのような意味を持っているのだろうか？

それは確認のようにも思えたし、自らへの問いのようにも思えた。

もしこの場に四天王が全員揃っているのならば、その真意を問うものがいたであろう。

だがこの場には魔王しか存在していない。

存在していないからこそ、魔王は先の言葉を呟《つぶや》いたのだ。

それは決して聞かれてはならない秘密を、どうしても我慢できずに思わず口にしてしまったかのようにも思われた。

「ここにこそ平穏が、我の求める平穏があると」

またポツリと、言葉が漏れ出た。

なぜか悲しげに紡がれた言の葉は風に乗って空へと流れていく。

誰に聞かれることもなく、誰に理解されることもなく。

遠く、魔物たちの声が聞こえる。

人外――それも魔すらも超越した存在のみがなし得る聴力によって把握したのは、遥か遠くにて人間を蹂躙《じゅうりん》せんと猛る魔物たちの雄叫《おたけ》びだ。

どうやら今回も世界征服が始まったらしい。

長い旅の始まりだ。終わりのない、長い長い旅の……。

魔王は思索に耽《ふけ》る。

静かに流れる雲だけが、ぽつんと佇《たたず》む魔王を眺めていた

第四話　潜むモノ

　森では数々の魔物がひしめき合い、マイノグーラの首都を破壊すべくその歩みを進めていた。

　だがしかしその速度はお世辞にも速いと言えるものではなかった。

　元々が組織だった行動に不得手な魔物で構成されているからだろうか、大呪界の複雑に隆起した地表も相まってその動きは緩慢で、おおよそ行軍とは言えない有様だ。

　その中でもフレマイン配下の知恵ある魔族だけは己がなすべきことを正しく理解し、慣れないながらも必死に魔物たちの統率をとろうと奮戦していた。

「しかし、『森を焼くな』とはボスも難しい話をしやがる……」

　燃えるような赤いローブに同じく燃えるような赤い髪をなびかせ、大剣を背負った火炎騎士と呼ばれる魔族がため息交じりに愚痴をこぼした。

　その言葉を聞くのは同じ風貌の男だ。こちらは宝玉のはめ込まれた杖を持っており、火炎魔導士と呼ばれる魔法タイプの魔族だった。

　二人の魔族は鬱蒼《うっそう》と生い茂る森に辟易《へきえき》しながら、遅々として進まぬ状況に愚痴を吐きつつ気を抜けばバラバラに動き回る魔物たちへと指示を送っている。

「焼いてしまえばもっと簡単だったろうに、今までそうやって来たのに、どうしてこうして今回だけはこんな面倒な指示を出すんだ？」

　この未知の樹海にあるという都市を攻略するに当たって、フレマインは約１千の兵力を用意している。

偵察により判明した相手側の街の規模がほとんど村レベルであったことが理由の一つであるが、何よりも進軍の露呈を危惧したための采配《さいはい》だった。

「あんまり目立ちたくないんだとさ。まぁボスは裏でコソコソするのがお好きだからな。今回もそういう類《たぐい》の作戦なんだろうよ」

「お前それ、本人の前で言ったらぶっ殺されるぞ？」

「だから本人のいないところで言ってるんだろうが」

自分たちの背後に続く魔物……ゴブリンやオークと言った大して知恵の回らぬ者たちの様子をチラと確認し、火炎騎士は相棒へと向き直った。

彼のボス――四天王の一人、炎魔人フレマインは狡猾《こうかつ》で残忍な人物だ。

加えて気難しく癇癪《かんしゃく》持ちと来た。

有能であるがゆえに簡単に処罰されないとは言え、反感を買わぬよう気を使う必要はある。

そのため彼らが受ける日々の心労はなかなかに辛《つら》いものがあった。

ゆえにこうやって息抜きがてらに愚痴を言い合うのが二人なりのストレス解消法だった。

もっともそのストレスの原因については、今回ばかりは主だけが原因というわけでもなかったようだが……。

「しかし燃やすなとは言われたが……不気味な森だな。俺たちの故郷でもここまで瘴気《しょうき》を放つ森はそうそうないぞ」

彼らは知らなかったが、すでに彼らの部隊はマイノグーラの影響下にある場所まで侵攻していた。つまり辺りの景色は大呪界のそれから、マイノグーラの影響によってより凶悪に変貌した呪われた大地へと変わっているのである。

ねじれきった木々に、腐敗し異臭を放つ大地。原色の汁をこぼす草花に、辺りに漂う濃密な瘴気。

魔族ゆえに瘴気で体調を崩すことはなかったが、

それでもこの光景だけは彼ら魔族の精神性をもってしても異質なものとして受け取られたようだった。

「ああ、たしかにこの光景は異常だ。ボスの命令ではこの先に魔王様の障害となる敵がいるとのことだが……一体何者なんだろうな？」

「まぁ勇者ではないことは確かだろうな」

「ははっ、違いない！」

乾いた笑いが大呪界に響き、近くで警戒していた下級の魔物が何事かといった様子で二人の様子を窺《うかが》う。

笑いの後になぜか奇妙なほどの沈黙が訪れ、無言で二人の視線が交わる。

『ブレイブクエスタス』の魔王軍において、勇者の名を出すことはご法度《はっと》である。

理由なく口に出すことでも厳罰は免れないのに、冗談でそれを言うとなると余程の無謀者か、はたまた何らかの意図があるかの二つしかない。

火炎騎士は、後者の意味で勇者の名前を出した。自らの相棒がこれから行う危険な話をするに値する人物かどうかを、その冗談一言で見定めたのだ。

そしてどうやら、その試験に火炎魔導士は合格したらしい。

「ボスが魔王様を裏切ろうとしていることは知っているか？」

「おいおい、いきなりどうした？　冗談で言うにはちょっと刺激が強いぞ？　それこそボスに知られたら冗談抜きでぶっ殺される」

「この作戦も、どうやら魔王様の許可を得ていない可能性がある」

「オイ、それって……」

火炎魔導士が抱いた驚愕《きょうがく》は想像していた以上のものだった。

試すような物言いをしたからには何か重大な秘密を打ち明けられるのだろうとは予想していたが、

魔王への裏切りとは予想以上だった。

彼が知る限り魔王軍の結束は盤石《ばんじゃく》で、狡猾で残忍なフレマインといえどその忠誠に疑いはないはずだった。

まずいことを聞いた、というよりも、なぜそんなことに？　という驚きが大きかった。

「いや、やめよう。俺もボスの雰囲気がいつもと違うからと勘ぐっているだけかもしれん」

「焦らすなよ！　ここまで言ったら一蓮托生《いちれんたくしょう》だ。それに二人だと何か気づけることがあるかもしれない。俺たちが今後どうなるかも含め、相談できる人物はいた方が良いだろう？」

興奮のあまり思わず大声を出しかけ、慌てて声量を落として相棒を説得する。

その言葉に重大な秘密を告白した火炎騎士も納得したのか、硬い表情で頷《うなず》きながら自らが確信に至った経緯を話し始める。

「俺たちがこの世界に来た時のことを覚えているか？　おそらく気がつけば皆と一緒に同じ場所にいたと思うんだが……」

「ああ、間違いないな。俺もそうだ。後から召喚した魔物とは違って、俺たちのようなそれなりに地位のある魔族や魔物は最初から皆と一緒にいたと記憶している」

「だが魔王様やボスは違うらしい。どうやらこの世界に来る前に何かがあったみたいだ」

「四天王とかの幹部級だけが知っているってことか？」

「いや、わからん。ボスは『選ばれた』とは言っていたが……とにかく、それがボスにとって大きな決心をさせる出来事だったというのは確からしい」

火炎騎士がフレマインから聞き取れた話は断片的であった。

だがいくつかの情報をつなぎ合わせる限り、何らかの出来事があったのは確かだった。

狡猾で決して自らの内心を打ち明けることのないフレマインが思わず部下に漏らしてしまうほどの衝撃的な出来事。

普段から不評を買わないようにとその顔色を近くで窺っていた火炎騎士だからこそ、その細かな違いに気がつくことができたのだ。

だがそれもあくまで憶測でしかない。

本人から裏切りの言葉を聞いたわけではないのだ。

加えて、フレマインや魔王が遭遇した出来事というのが、どうしても受け入れがたくどこか非現実的なものだった。

「何だ、やけに歯切れが悪いな！　いい加減教えろよ、この状況であんまり気を抜くのもまずいんだぞ。その場所で、何があった？」

焦れたように火炎魔導士が声を荒らげる。

その言葉で我にかえった火炎騎士は、自らの意を決するかのように頷く。

結局、自分一人で考えているだけでは埒《らち》が明かないのだ。

ゆえに全てを洗いざらいさらけ出し、相棒の意見も聞いてみようと考えた。

「ああ、そうだな。実はボスや魔王様たちはこの世界に来る前、ある存在にあったらしいんだ……それで、その存在は自分のことを――」

ゴクリと息を呑む。

打ち明けられた火炎魔導士とて魔王軍の中ではそれなりの地位に位置している。

そんな自分が知らないどころか、魔王たちが隠すように沈黙を貫いている。

すなわちそれは、その場所で起こった出来事に重大な意味が込められている証左だ。

自分たちのこれからについて感じる不安と、一体自分たちに何が起こっているのか？　という好奇心。

二つの感情を持て余し気味にしながら、食いつくように火炎騎士の言葉を待つ。

　だが隠された真実のヴェールが取り払われる前に、事態が動く方が早かった。

「待て、先遣隊が戻ってきた。何かあったらしい」

「くそっ、いいところで……まぁいい。何か情報を得ることができたか？　敵はどのような存在なのだ？　都市があるとのことだが、発見はできたか？」

　ガサガサと枝が揺れ、先遣隊として遣わせていたオークの見慣れた体躯《たいく》が明らかになってくる。

　いくら彼ら魔族が自らの力に自信を持っているとは言え、相手は未知数だ。

　用心するに越したことはない。

　相手側にどのような戦力がいるのか把握するためにもいくらかの魔物を調査に放っていたのだ。

　ゆったりとした、警戒を微塵も感じさせないその動きに、会話ができるとは言え所詮知能の低い魔物かとため息を吐《つ》きそうになった火炎魔導士だったが、視界に入った光景に目を見開いた。

「おい、貴様！　何があった!?」

　驚愕に思わず声を荒らげる。

　目の前にあらわれたのは確かにオークだった。

　決して運動能力が高いわけではない。だがそれなりに意思の疎通ができることと、戦闘能力がある程度あることから偵察に向かわせていたが……。

　帰還したその魔物の有様はひと目見て異常とわかるほどに奇怪だった。

「オデ？　ナニ？」

　普段のオークからは決して想像できないような、喉を無理やり絞り潰して出したようなしわがれた声が吐き出される。

　オークは大柄の成人男性にそのまま人と豚の中間のような顔面を載せた亜人の魔物だ。

　だが今の彼の顔面は、その眼球があったところに巨大な肉の塊が突出しており、まるで中で芋虫が脈動しているかのように赤、緑、黄色のケバケバしい警告色が蠢《うごめ》いていた。

何らかの攻撃によって怪我を負っているわけではない。

未知の病気に罹患《りかん》したという線も薄い。

明らかに、何かに寄生されている。

その事実に気づいた二人の魔族は、慌てて自らの武器を取り出し、辺りへの警戒を強めた。

「ドコ？　オデ、目、見エナイ……」

「それ以上近づくな！　全員待機しろ！」

火炎騎士が叫び、周りの魔物が混乱をきたして騒ぎ始める。

知能の低い魔物ゆえに一度混乱すると統率が取れない。火炎魔導士がサポートするかのように指示を繰り返すが、より混沌《こんとん》とした状況に拍車をかけるだけだ。

二人の魔族とて所詮は戦闘要員である。この場で冷静に判断を下して部隊の混乱を治めるにはいささか経験が足りていなかった。


結果、警戒のあまり様子見に徹し、異常な外見を持つオークが近くの魔物へとフラフラ近づくことを許してしまった。

「オデ、オデ、オデ、オデデデデデ」

「グッ!?　グァァァァァッ!!」

「「なっ!!」」

バリと、皮が張り裂けるような音が鳴り、突起物の中から巨大なアリに似た蟲《むし》が飛び出してきた。

歪《いびつ》な顎《あぎと》を持つその昆虫は、驚き尻もちをつく魔物へと飛びかかると正確無比にその首元へ噛みつき首ごと噛みちぎってしまう。

断末魔とともに小気味良い金属音を鳴らして金貨がその場に散らばった。

聞き慣れた音色と、木々の間から差し込む光を反射してキラキラ光るその様にようやく我にかえった魔族の二人は、慌てて大声を上げる。

「敵襲！　敵襲だ！　備えろ！」

バラバラと上空から同じ蟲が降り落ちてくる。

森の奥からは先遣隊の残りがゆらゆらと歩いてきている。

飛びかからんとする蟲を切り裂いた火炎騎士は、下級の魔物たちがあっけなく噛み殺される様を視界の端に収めながら苛立《いらだ》ちを込めて叫ぶ。

「くそっ！　場所がまずいぞ！　森を燃やさなかったのが仇《あだ》になった！」

いくら叫んでも彼我《ひが》の戦力差はいかんともし難かった。

彼らが連れてきた魔物も決して弱いわけではない。

寧《むし》ろ単体の戦闘能力で見れば精強の一言だろう。

だが場所とタイミングが悪かった。最悪に等しかった。

部隊が混乱をきたしている状況で、視界の悪い戦闘場所。

瘴気のせいで一部の魔物は能力が低下している。

加えて相手は小型で捉えるのが難しい。

得意の炎も自らの主によって禁止されている。

全ての状況が、彼らにとって不利に働いていた。

苦境は、更に彼らを苛《さいな》む。

「おおっ！　森を燃やすとは何たること！　この慈愛に満ちた大呪界を破壊しようとは！　人間として許せぬなっ！」

「――っ！　何奴!?」

その言葉に森の奥より人影が躍り出てくる。

都合三体。

身体中に人皮をくくりつけたそのバケモノは、血で錆びた鈍い刃物を振りかざしながら、ゲタゲタと大凡《おおよそ》理解できない口上を述べ始める。

「何奴とはこれまた古風な台詞。実に人間らしい！」

「ああ、確かに！　しかも見ろイチロウ！　彼らの皮を！　未《いま》だ見ぬ人皮を研究すれば、我々はまた一歩人間に近づけるのでは？」

「おお、おおっ、ジロウ！　実に妙案だ！　これは王に感謝せねばならんな！　このような！　素晴らしい！　舞台を用意してくれた！　我らが王に！」

　それは……マイノグーラが誇る衛生兵ユニット、《ブレインイーター》。

　始めから本気を出すつもりなのだろうか。それとも必要ないと判断したのだろうか。

　いつもの特徴的なペストマスクを外した彼らは、その悍《おぞ》ましい正体を晒《さら》しながら手近な魔物を八つ裂きにする。

「な、何だコイツは……人の皮を被《かぶ》っているのか!?」

「何を考えている。こいつら頭がおかしいのか？　おい相棒、気をつけろ！」

　その異様な有様に驚愕の声を上げる火炎騎士、同じ魔のものであっても価値観が違うのは、元とするゲームが違うゆえか。

「魔族が人道を語るとは笑止千万！」

「人の趣味を否定するとは言語道断！」

「我らブレインイーター。王の命によりて貴様らに引導を渡そうぞ！」

　互いに闇の属性のため呪われた大地によるブーストがかかっている。

　単純な戦闘能力では火炎騎士と火炎魔導士の方が上。だが戦いの天秤は変わらず均衡を保っている。

「シィッ!!」

「むっ！」

　ズンと鈍い音とともにブレインイーターの腕が切り落とされる。

　紫の血しぶきをまき散らしながらくるくると宙を舞うそれを器用につかみ取ったブレインイーターは、大きく跳躍して距離を取ると、仲間にその腕を渡す。

「おやこれはまずい。頼めるかサブロウよ」

「んむ。実に名誉の負傷だ。今度お嬢様がたにお見せしてやろうぞ」

「実に良い案だなサブロウ」

次の瞬間、もう一体のブレインイーター……が歪に歪んだ器具と糸のようなものを取り出すと、あっという間に切断された腕を縫合してしまったのだ。

「ちぃっ、回復魔法……技術か！　厄介な！」

「倒せん相手ではないが……配下の消耗が激しくなるな」

これこそがブレインイーターの真価であるダメージの回復。

元々が軍規模の兵力の治療をするための能力だ。この程度の治療なら瞬時にできるのだろう。

通常の手術ではない。明らかな能力の発動を感じた火炎騎士たちは状況の更なる悪化に歯噛みする。

「どうする相棒？　状況は悪い。このままではジリ貧だぞ」

「一旦引く。俺たちでは手に負えん。ボスに報告だ」

「魔物を足止めに使おう。どうせ無限に湧いてくる——ちっ、とは言えボスには小言を言われそうだ」

「しかたないさ。こんなところで死にたくはないからな」

自らの主に似たのか、冷静かつ冷酷な判断を瞬時に下した二人は早速魔物たちに殿《しんがり》を務めるよう指示を出す。

「しからば我らが言う台詞はただ一言。——逃がしはせぬ」

「ふんっ！」

飛びかかってくるブレインイーターと刃を交わし、隙を見て踵《きびす》を返す。

フレマイン配下の魔族、火炎騎士と火炎魔導士はその戦闘能力もさることながら逃走の手際も一級だ。

所詮衛生兵でしかないブレインイーターでは逃げに徹した彼らを止めることはできず。

撤退を許してしまう。

「……何とか逃げ出せたか。不気味なバケモノだ」

「ああ、これは一筋縄ではいかないな。業腹《ごうはら》だがボスにも一度戦力の立て直しを進言しないとだめかもしれん」

歪に伸びる木々の間を駆けながら、二人の魔族は次なる方針を語り合う。

大呪界は悪路ではあるが逃走に特化するのならそれなりの移動速度を出せる。

魔物たちが殿を務める以上、未知の脅威が迫っているとは言え特に問題なく逃げおおせることはできるだろう。

加えて自分たちは魔王軍の中でも精鋭に分類される者だ。

そこらの凡百とは比べ物にならない力を有しているし、事実勇者たち一行とも何度か刃を交わした記憶がある。敵がどのような存在であれそうそう遅れは取らないだろう。

今回は慣れない土地での奇襲で痛手を受けたが、次は問題なく対応できる。

そんな自負が二人には存在していた。

そんな驕りがあったからこそ、本当の脅威に気づくことができなかった。

「——あらあら、何ということでしょう」

異質を体現した大呪界に突如響き渡るその声音は、貞淑《ていしゅく》な深窓の淑女を思わせる品のあるものだった。

「何者だっ!?」

言葉と同時に武器を構える。

精強たる自分たちに一切悟らせることなく現れたそれは、先ほど戦った人型のバケモノを超える脅威。

何より辺りに立ち込める不気味なまでの圧力が二人の魔族の内で最大限の警鐘を鳴らしている。

「皆さまは栄光ある魔王軍なのですよね？　いわゆる世界の平和を脅かす、光に対なす闇の存在」

「何者かと聞いている!?」

火炎魔導士が思わず狙いを定めず火の魔法を放った。

完全な命令違反ではあるが、この場に至ってはそうも言っていられない。

幸いなことに大呪界が放つ瘴気と湿度のせいか木々が燃えることはなかったが、そんなことを気にする余裕などすでに二人の魔族には存在しなかった。

「いけませんわねぇ。そんな体たらくでは」

ズルズルと音が近く、大きくなってくる。

明らかに何かが近づいてくる。

生存本能が警鐘を鳴らすが、魔族としてのプライドが二度目の逃走を躊躇させる。

加えて相手がどこから来ているかがわからない。

鬱蒼と生い茂る呪われた木々が、彼らの方向感覚を知らずのうちに歪めていたのだ。

「もっと闇の者らしく、美しく、残酷で、絶対的でなくては……」

そしてついに遭遇の時は訪れる。

ズルリと……木々の合間から巨大な蟲が降り立ってくる。

質量を感じさせるズシンという音とともに二人の間に立ちはだかったそれは、今まで二人が見たどのような魔物よりも不気味で、異次元の恐怖を湧き起こすものだった。

巨大な昆虫の体躯に、張り出た乳房。

虹色に輝く羽に鋭く尖《とが》った鎌のような腕。

ギチギチ耳障りに鳴らされる警告音と、歌姫が奏でる名曲のように心地よく耳へと流れる声。

それら全てが、巨大な圧と恐怖となり二人の目の前に出現する。

《全ての蟲の女王イスラ》。

気がつけば、フレマイン配下の魔物たちは女王のテリトリーの奥深くへと入り込んでいたのだ。

ブレイブクエスタス wiki

火炎騎士／火炎魔導士

HP：350　MP：100
こうげきりょく：25
ぼうぎょりょく：20
まりょく：13　すばやさ：18

火炎山で遭遇するフレマイン配下の中ボス。
火炎騎士が物理攻撃、火炎魔導士が魔法攻撃を行う。

火炎魔導士の全体攻撃が強いので、先にこちらを倒すこと。
水属性の魔法を使える仲間がいると楽に倒せるが、火炎攻撃によるダメージが大きいため気を抜くと簡単に敗北してしまう。

特にたいしたアイテムも落とさないので、労力の割には見返りが少ない中ボスである。

第五話　防衛

バリ、バリ、バリ――。

「んー……？　あんまり栄養がないですわねぇ」

硬い頭蓋が噛み砕かれ、柔らかな肉が引きちぎられ咀嚼《そしゃく》される音が響き渡る。

自らの副腕を器用に使い人型の何かを喰《は》んでいたイスラは、まるでソムリエがワインを品評するかのようにふむと小首をかしげると落胆した様子でその死体――火炎騎士を放り投げた。

「雑味があって、味にまとまりがないですわ……しかも筋張っていて変な小骨が喉に残って不愉快ですね」

木々には鋼鉄の強度を誇る糸が張り巡らされ、身体の一部を失った魔物が吊《つ》されている。

ねじれた木々の先端には、まるで百舌《もず》の早贄《はやにえ》の如くかつては生命を宿していた何かのパーツが突き刺され、滴り落ちる血液が呪われた大地に染みこんでいる。

かと思えば、ぬらぬらとした粘液に含まれた卵が大地や枝のあらゆるところに産み付けられ、どくどくと新たな生命の存在を感じさせる脈動を繰り返している。

地獄という光景がこの世に存在するのであれば、この場所こそがまさにそれであると、もしこの場に善なる者がいれば言うだろう。

もしくはこの場所こそが天国であると言いはる狂人が世界のどこかにはいるかもしれない。

確かに言えることは、この場所にかつて存在していた『ブレイブクエスタス』の魔物たちは、そのことごとくが蟲《むし》たちの食糧となっているということだった。

Eterpedia

《捕食》

スキル

敵を撃破するごとにHPを10％回復する。

※《捕食》は主に魔獣ユニットが有しており、高い継戦能力を実現します。
ただし《非生命体》などのスキルを持つユニットはこの能力を無効化します。

「主さま曰く、それなりに強い敵だ――とのことだったので期待していたのですが、王には失礼ながらいささか落胆でしたわね。手ごたえも歯ごたえも」

はぁ……と落胆にも似たため息を吐《つ》いたイスラは、気品のある仕草でそっと口元の血を拭うと、ぐるりとその巨体を一方へと向ける。

愚かな敵が全て死に失せ、身の丈に合わぬ野望が全て潰《つい》えたかと思われたその場所で、後からこの場所に到着し、唯一生き残っていた男が苛立《いらだ》ちを隠せぬ様子で舌打ちをした。

「やはり人間しか相手にしたことない魔物たちはこういう時に弱いのでしょうか？　食糧としては――そう、三十点位ですわねぇ」

無機質な昆虫の視線が向く先にあるのは一人の男。

その見た目からして『ブレイブクエスタス』由来のキャラクターだが、彼はこの地獄を前にしても決して冷静さを欠いている様子はなかった。

だが強い苛立ちを抱いていることだけははっきりとわかる。

「貴方の部下のことですわよ？」

その男は、炎魔人フレマインといった。

「おぅおぅ、ご機嫌じゃやねぇかバケモノ。オレの部下はお気に召さなかったようだけどなぁ――キヒヒ」

男が嘲笑《わら》う。

見た目は痩せた体躯《たいく》の男であった。

だが餓死寸前にも思われる骨と皮の身体からはゆらゆらと炎と熱気が絶えず立ち込め、その縦に裂けた赤の虹彩は鋭くイスラを睨《にら》みつけている。

ガサガサと、木々の間に隠れ様子を窺《うかが》っている子蟲たちが打ち鳴らす耳障りな音を背景曲にしながら、この二人は奇妙な沈黙を貫いていた。

「……………」

沈黙の理由は明白。互いの実力を見極めているのだ。

フレマインは相手が持つその濃密な魔の気配と圧。そして散らばる配下の死体から……。

イスラは相手の見た目から何らかのボスキャラクターであるという推測、そして予想以上に損耗が激しい自らの子蟲たちから……。

……この遭遇は、長らく既知の世界で過ごし続けた二人にとって未知のものだ。

相手の力量は、目にしなくとも気配でわかる。

二人は、互いに互いを軽視できぬ相手であると判断していた。

「名乗れ」

フレマインが何らかのスキルを用いて炎を身にまとい、警戒しながら問う。

すでに彼の配下は全滅している。

配下でも随一の力量を誇る火炎騎士と火炎魔導士に部隊のほとんどを任せたため、自らの護衛や供回りにも事欠く状況だ。

流石《さすが》に不意打ちなどを喰らってはひとたまりもないと考えての警戒だったが、対するイスラはそのような小細工を弄する必要などどこにもないとばかりに朗々と名乗りを上げた。

「偉大なる破滅の王イラ＝タクトが治めし国《マイノグーラ》。その英雄が一人、《全ての蟲の女王イスラ》と申します」

「魔王四天王が一人、炎魔人フレマイン」

互いに知らぬ相手。

そして互いに知らぬ世界から来た存在。

相手が別のゲーム世界からの来訪者――つまり自分たちと同等の存在であるということを理解しているイスラはもちろんのこと、未《いま》だこの世界に関して何ら情報を持たぬフレマインですら、相手に対して奇妙な感覚とともに決して相容れぬという確信を抱いている。

「四天王ですか！　そういえば、アトゥさんの報告でも聞いた名前ですわねぇ。確か――アイスロックさん、とおっしゃいましたか」

「ああ、あいつは死んだか。まぁ頭の中身がないただの筋肉バカだからな」

あえて激突の結果に関しては明言を避けたが、フレマインは相手の言い草で自らの仲間がこの未知のバケモノたちに敗北したことを理解し歯噛みする。

あっけなさすぎる。

フレマインとてここまで相手が厄介な存在だとは思ってはいなかった。

四天王は役職としては一応対等ではあるが、その力量には明確に序列が存在している。

確かにアイスロックは四天王の中でも最も弱い者だった。

自分と比べてもその力量に開きはあるだろう。

だが彼らは魔王軍だ。

世界にその名を轟かし、生きとし生けるものが恐れ逃げ惑う悪意の徒なのだ。

勇者という、邪悪に対をなす存在をもって初めて抵抗が可能な、生粋《きっすい》の破壊者たちなのだ。

それがこうもあっけなく打ち破られる。

（それなりの数がいたはずだが……まさか全部やられたってわけじゃないだろうな。……くそっ、この状況じゃ確認もできねぇか）

ドラゴンタンの街への侵攻は召喚によって生み出された魔物を含め、アイスロック配下の魔族たちも数多く参加していた。

その数はフレマインが魔王に隠れて動員した数よりも圧倒的に多い。

いくら彼ら四天王からすれば吹けば飛ぶような脆弱《ぜいじゃく》な魔物でも、彼らが今まで戦ってきた人類からすれば脅威の一言だ。

その数も考えれば都市一つを落とすのに過剰とは言っても過言ではない。

それら魔王軍の先陣とそれを率いる四天王がこうもあっさりと……イスラの言葉を事実だと認めるには、さしもの知恵者であるフレマインであってもほんの少しばかり時間が必要だった。

（けどまぁ……雑魚は所詮どこまでいっても雑魚ってことだわな）

だが仲間が全滅した危機的状況をもってしても、フレマインは自身の力量によせる絶大なる自信から、この状況を切り抜けることができると確信していた。

……『ブレイブクエスタス』の魔王軍にとって、魔物とは所詮コマでしかない。

軍事行動に慣れておらず、このようなあっけない無様を見せてしまうのは何も彼らが無能だからというわけでは決してない。

つまるところ、いくら大群を率いたところで個の力で容易に覆せてしまうのだ。

その最たる例が勇者であり、魔王である。

戦争とは、互いの個で決着をつける究極の果たし合い。

軍を用いた行動というのは彼らの世界においてあくまで副次的な要素でしかない。

いわば後詰めや消化試合といった感覚だ。

ゆえにフレマインはこの場所に残った。

自らが目の前の敵を撃破すれば、先の戦果も容易に覆せると思っていたからだ。

事実魔物の召喚コストがゼロに等しい『ブレイブクエスタス』魔王軍において、その考えは決して間違いではなかった。

「まぁアイツは所詮四天王最弱だ。このオレに比べればレベルが二回りほど違う。……同じ感覚でいると痛い目をみるぜ。キヒヒ」

「あら、随分と自信がおありで……自分はそうではないと？」

「少なくとも、てめぇをぶっ殺してこの奥にいる親玉を玉座から地面に引きずり下ろす位は訳ないぜ。何だっけ？　――イラ＝タクトさまだっけ？　ハハハ！」

安い挑発だった。

だが挑発であったとしても、その言葉はマイノグーラの配下にとって禁句である。

いわんやその英雄ならば。

「あら……我らが偉大なる主さまに対して――よく吠えましたね。このゴミクズが」

ギチリと、苛立つように牙が噛み合わされ、形のない圧が膨れ上がる。

普段の淑女然とした彼女からは想像もつかないほどの怒りが噴出するのと、女王の怒りに触発された子蟲の数々がフレマインに殺到するのは同時だった。

痩せ細った体躯が蟲の群れに埋もれる。

ガサガサと気味の悪い羽音とともに、人の形をした黒色のオブジェが一瞬でき上がる。

「…………」

イスラはその様子に沈黙を貫く。

突如、その中心から爆発と同時に強烈な炎が噴き上がった。

「なるほどなぁ……！　キヒヒッ！　それにしても虫けらとは好都合だ、ここらは燃やすものにこと欠かねぇ。羽虫らしく盛大に燃やしてやるぜ！」

現れたるはフレマイン。

その身体に纏《まと》う炎はさらに勢いを増し、彼に殺到した子蟲を焼き払っていた。

ギィギィと断末魔の悲鳴を上げながら灰となり消えていく子蟲たちの様子にフレマインは酷薄に嘲笑う。

「どうぞいらっしゃいませ。荒々しい殿方も嫌いではありません。とは言え女性を相手にするのですす。優しくリードしてくださることを期待しておりますわ」

対する女王イスラもまた嘲笑う。

絶対的な力を持つバケモノたちの輪舞曲《ロンド》が、今まさに始まろうとしていた。

……


……


……

「王さま……何考えてるのー？」

「何かお手伝いできること、ありますですか？」

「いや……ちょっとしたことだけど」

マイノグーラの都市。木々によって入り組んだ街の片隅にある広場で、配下の状況を確認していた拓斗は、二人の少女に顔を覗《のぞ》き込まれたことに気が付きその思考を中断させた。

彼女たちの名前はメアリアとキャリア。

拓斗専属のお世話係であり、将来の幹部候補であるエルフール姉妹だ。

本来ならば非常事態ゆえに非戦闘員は一箇所に集まって避難しているのだが、拓斗の侍女を命じられている二人は再三の指示も拒否してこうやって拓斗と行動を共にしている。

侍女の務めを果たすとは二人の言葉だが、何もできない自分たちに歯がゆい想いを抱いているであろうことは明らかだ。

いつの間にか彼女たちの直属の部下のようになったブレインイーターたちが出撃しているという事情もあるのだろう。

ゆえに強く言い聞かせる機会を失い、一応護衛の兵もいることからと有耶無耶《うやむや》に同行を許可する形となっている。

そんな彼女たちに心配される。つまりは顔に出ていたらしい。

拓斗は自らがそこまで思考の迷路に陥っていたことに内心驚きながら、状況を整理するためあえて情報を口にする。

「ＳＬＧのキャラクターと、ＲＰＧのキャラクターだと、圧倒的にＳＬＧが優位だ。特に『Eternal Nations』は設定からしてぶっ飛びだから互いにゲーム準拠だとすればその戦力差は順当なんだけど……」

二人の顔を交互に見比べながら、空を見上げ唸《うな》る。

「現在イスラは炎魔人フレマインと交戦中。ブレインイーターも万が一を考慮して後方警戒とバックアップに待機。余った子蟲は大呪界を広く警戒中」

全てが順調に思われた。

アトゥから受けた報告も踏まえて作戦を考慮しているし、戦力分析も戦闘推移も全て想定範囲内だ。

「ギアたち戦士団は街の入り口に築いた防御陣地での待機、及び役所に待避しているダークエルフたちの護衛」

見上げた顔を下げ、今度は床の木目をじぃっと眺める。

「後はフレマインを撃破すれば相手側の戦力は壊滅する。そしてアイスロックの戦闘力から計算するにレベルアップしたイスラで十分対処が可能……」

思わずぎゅっと目を瞑《つぶ》り頭をガシガシとかきむしる。

その行動に思わず双子の少女も不思議そうに首を傾《かし》げた。

拓斗が何について悩んでいるのか、それが全くわからなかったからだ。

「うーん……」

拓斗を思考の海に突き落とし、先ほどから唸らせるのは一つの疑念だった。

何かを見落としている。

そのような根拠のない小さな不安が、彼の胸中にしこりのように残っているのだ。

戦力差は圧倒的……だ。

天変地異を起こし、空を突くほどの巨大な兵器や万単位の軍勢を動かす『Eternal Nations』の世界設定と、あくまで冒険ベースで魔法と言ってもせいぜいが個人レベルである『ブレイブクエスタス』の世界設定ではその規模が違う。

RPGからの来訪者ということで最大級の警戒をしたが、蓋を開けてみれば問題なく対処できるレベル。

唯一の懸念はアイスロックが使ったという回避不可能の戦闘スキルだ。

確かに記憶の中のゲームプレイにて、アイスロックがそのような攻撃をしてきたことを覚えている。

ゲーム的には少し嫌な攻撃といった認識であったが、実際に起こると厄介極まりない。

だがそれはあくまでアイスロックという四天王の話だ。

記憶の蓋を開けてみても、フレマインが何か特殊な戦闘スキルを有するというデータは存在しない。

強力な魔力から繰り出される火炎魔法が厄介で、適切な属性防具を用意しないと通常プレイでは攻略がほぼ不可能という特徴はあるが……。

逆に言えばそれだけなのだ。

今のマイノグーラであれば油断しなければ撃破は可能であり、唯一の懸念である出どころ不明の蛮族も、ＲＰＧ特有の魔物召喚や出現だと考えればすでに対処も完了したも同然だ。

だが違和感が拭えない。

何か喉の奥に小骨が刺さったような、そんな恐れにも似た感覚が先ほどから自分の心の奥で警《けい》鐘《しょう》を鳴らすのだ。

再度全ての作戦の状況を確認し、配下の情報を精査する。

アトゥとモルタール老はすでに敵軍団の撃破を終え、掃討戦にかかっている。

再度アトゥに念話を繋《つな》げてアイスロックと戦った時の状況を尋ねようかと思ったが、掃討戦とは言えまだ戦闘中だという懸念があり保留とする。

むしろ無理に彼女に相談したところで、解決しないどころか余計に状況を混乱させるだけだろう。

拓斗は何度も何度も思考を繰り返し、その原因を探る。

だがどこをどう考えてみても、この奇妙な不安感の正体がわからなかった。

「虫の知らせっていうのかな？　二人は何か気になることはある？」

何とも言えない感覚に囚《とら》われ、すがるように自らに侍《はべ》る二人の少女に尋ねてみる。

キャリアとメアリア。二人の侍女はその言葉にお互い目を合わせると、困った様子で同時に首を横に振るのであった。

Eterpedia

《寄生産卵》

スキル

・生命ユニットに攻撃するたびに低確率で《寄生》のスキルを付与。
このスキルを与えられたユニットは操作不能となり、
一定時間の後に子蟲を生み出して消滅する。

※《全ての蟲の女王イスラ》専用スキル

第六話　自由の果てに

「やべぇな！　やべぇな！　マジでやべぇ！　こんなバケモノがいんのかよこの世界！　こんなふざけた奴がいるのかよこの世界はよぉ！」

歓喜にも似た感情がフレマインを満たす。

今まで幾度も過ごしてきた生において、ここまで興奮と輝きを持ったことがはたしてあっただろうか？　何度も同じ相手と戦い、そして予定調和のように討伐される。

戦いなど本質的に無価値であると根拠のない確信を抱いていた彼に突如訪れた未知の戦い。

脳内を幾度となく駆け巡る危機への警鐘と、敵を打ち倒せと高鳴る激憤が、彼に光の如き生を与えていた。

「バケモノなどとは心外ですわ。女性に向けて良い言葉ではありませんわよ」

「いいやバケモノだね。正真正銘のバケモノだ！」

フレマインの言葉もある種納得できよう。

イスラの体躯《たいく》は昆虫にしては規格外とも言える大きさであり、その膂力《りょりょく》は異常の一言。

加えてその能力も未知数であり、決してまっとうな法則から生まれたものではないことが容易にわかる。

さらにはその性質。普段は淑女として振る舞っているが、英雄である彼女が戦闘を好まないはずがなく。

自らの国家、そして王のために戦えるという歓喜で動く彼女はまさしくバケモノと言えた。

だが対するフレマインもまた、バケモノと呼ばれるにふさわしい存在である。

身体からは無尽蔵に炎を吐き出し、その狡猾《こうかつ》さ

は毒の牙となって敵に喰らいつく。

『ブレイブクエスタス』の世界では数多くの国の滅亡がこの魔人の仕業だとされ、勇者一行もこの魔物を倒すのに多大なる犠牲を払うという設定がなされている。

事実プレイヤーの中ではこのキャラクターを嫌うものも多い。

痩せた男性の見た目とは裏腹に、その内に秘める狂気と悪意はまさにバケモノのそれであった。

「淑女にむかってバケモノだなんて、いけずな方。――そうだ、そのよく喋《しゃべ》るお口を閉じて差し上げましょう。喉を潰せば、もう少し可愛らしいお声を聞かせて頂けますわよね？」

力の奔流がまるで小枝を散らすかのように大木を破壊していく。

ヒラリヒラリと舞いながら放たれる業火は、まるで巨大な龍の如くうねりながら辺りを焼き尽くす。

「おお、おお、気がみじけぇことで！　どうやら早い決着をお望みのようだから叶えてやるわ。テメェの丸焼きでな！」

戦いは膠着《こうちゃく》状態。

だが辺りに広がる被害は加速度的に増えていく。

木々は倒れ、燃やされる。

無数の子蟲が卵より生まれ出で、女王を補佐するかのようにフレマインへと殺到する。

軽く手を振り、生み出した凶悪な炎によってそれらを焼き尽くしたフレマインは、その顔を喜悦に歪《ゆが》めながら大げさに手を広げる。

「クハハハッハ！　自分だけ手駒を使うのはフェアじゃねぇなぁ！」

――フレマインが魔物を呼び寄せた。

口から炎の息を吐く犬。

絶えず燃え続け、奇妙な踊りを踊る藁《わら》人形。

穂先に炎を纏ったやりを持つ赤い肌のオーク。

様々な魔物が虚空より出現し、彼を守るかのように陣形を取る。

　だが次の瞬間、何かに弾かれるようにその魔物たちはフレマインの側《そば》より離れた。

「ちぃっ！　――オレがこのバケモノの相手をしている！　テメェらはその余計な羽虫どもを燃やせ！　炎の魔法も何でもありだ！　もう何もかも知ったこっちゃねぇ、壊し尽くせ！」

「可愛い私の子供たち。その魔物たちの相手をしてておやりなさい。必ず複数で当たるのですよ」

　バケモノの配下たちが各々戦闘を始め、大呪界の破壊が加速度的に進む。

　あちらこちらで人外の気勢が上がり、同時に破壊音が響き渡る。

　すでにこの場所は森林破壊という言葉では生ぬるいほどに荒れ果て、見るも無残な惨状となっていた。

　木々はことごとくが切り倒され燃え落ち、地面は爆発でも起こったかのように掘り起こされている。

　辺りには焼けただれた子蟲の死体と、血を吐きながら悶絶する絶命間際の魔物が放つ嫌な臭いが立ち込め、あちこちに場違いな金貨が美しく光を放っていた。

「それにしても、コストもなしで召喚とは――酷《ひど》く法外ですわねぇ」

「知らねぇな。できねぇお前が悪い。弱いヤツは死ぬ、できないヤツは死ぬ。強いヤツや何でもできるヤツが生き残るのは世の道理だろ？」

　その言葉にイスラは――ごもっとも、と一言返答する。

　世界は残酷だ。

　そこに配慮や手心といったものは存在せず、ただ奪う者と奪われる者が存在している。

　惰弱《だじゃく》なルールはひと欠片《かけら》も存在せず、ただただ暴力だけが支配する世界。

　イスラもフレマインも……そのような世界から

やって来たのだ。

どのような手段で勝利し、敗北しようとも、その理由は「負けた者が弱かった」の一言で済まされるものだった。

とは言え、やはりこれだけの事象を起こしてみせるのだ。

配下の無限召喚という事柄に一切の制限なしという好都合は存在せず……。

「あらあら、そちらのルールも少々厄介なご様子ですわね……」

「……けっ！」

必ずデメリットと呼ばれるものは存在していた。

……『ブレイブクエスタス』の魔物は、戦いにおいて必ず数の制約を受ける。

つまりは乱戦という状況が存在せず、戦う相手を決定しなくてはならない。

そしてその制限は何らかの戦闘終了判定がなされるまで解除されない。

先ほど召喚した魔物がフレマインの側より離れた原因がこれだ。

敵グループの最大数の制限に引っかかったため、イスラとの戦闘行動が許可されなかったのだ。

いくら無限に召喚が可能とは言え、マイノグーラが有する軍勢を相手にするには致命的とも言える欠点だ。

もちろんフレマイン自身もこの致命的な制約から逃れることはできない。

加えて彼の場合、ボスキャラクターという設定のため逃走という手段も禁止されている。

つまりは決着がつくまでイスラとの戦闘を継続しなければならない。

反対にイスラは自由自在に戦闘行動を組み立てることができる。

常に軍勢という単位で戦闘を行う『Eternal Nations』のキャラクターは、その戦闘描写が曖昧なこともあって、彼ら『ブレイブクエスタス』

ほどの制限を受けてはいなかった。

「――ゆえにこうやって邪魔をされるのですわ」

「ちぃっ！　くそがぁっ!!」

今も無数に生まれた子蟲がフレマインに殺到し、その視界を奪う。

その一瞬の隙をついたイスラは、子蟲との戦闘に入り制約上完全に無防備な状態だった魔物をその副腕で掴《つか》み取ると、尻から突出した凶悪な針で一突きする。

ビクビクと魔物が痙攣《けいれん》し、その眼球が異常に膨らみ、警告色を放ちだした。

「ははは！　おいおい、何だそれ！　そうやって適当な相手に卵を産み付けるのか？　誰でもいいのかよ、下品にもほどがあるだろアバズレ！」

嘲笑《わら》うフレマインの表情に余裕はない。

賢《さか》しい彼の頭脳はすぐにその能力から相手も無限に兵力を用意できることを理解したのだ。

こちらが手勢を召喚すれば無防備な相手を捉え卵を寄生させ、新たな配下を生み出す。

これではフレマインがわざわざ相手の戦力増強を手助けしているようなものだ。

いくら無限に『ブレイブクエスタス』の魔物を召喚できるとは言え、フレマイン自身にはもちろん限界は存在する。

相手を攻撃する炎の魔法もマジックポイント《MP》を消費して放たれている。ボスのため、通常であればMPの枯渇などは発生しないはずだが、ここまで戦闘が長引いてはその前提も崩れる。

かといって配下の召喚をやめることもまた難しい。

雑魚とは言え処理するにはいささか手間な子蟲が、フレマインに殺到することによって天秤がイスラに傾くからだ。

ゆえに他の手段は取れず、焦りにも似た思いがフレマインの心を占める。

そんな彼の胸中を知ってか知らずか、暴風の如き力の奔流が辺りの木々をなぎ倒しながらフレマインに襲いかかる。

だが、その無秩序に振るわれる暴力がふと緩んだ。

「一つ、お聞きしてよろしいでしょうか？」

「ああ？　水を差すんじゃねぇよ。どうせオレとお前は殺し合う運命なんだよ、余計な言葉はいらねぇ」

「まぁそうおっしゃらずに、我が王も是非聞いておけとおっしゃっているのです」

その言葉に牽制の炎を放ちながら距離を取る。

作戦を練り直す余裕ができた……と、フレマインは内心で安堵《あんど》のため息を吐《つ》いた。

強い言葉を使ってみたものの、戦況がジリ貧だったことは確かだ。

ここで一呼吸おいて態勢を立て直せることは非常にありがたい。

加えて相手への強い興味があった。

フレマインは考える。

相手が自分たちと似たような由来の存在であることは明らかだ、であるとすればどのような世界からやってきたのか？　彼らは何と戦い、そして何を目的としてこの世界にやってきたのか？　単純な好奇心と、相手の情報を収集しようと考える賢しさがそこにはあった。

「なぜ我々を、そしてドラゴンタンの街を攻撃なさるので？　いくら世界に闇をもたらす魔王軍といえども、突然攻撃を仕掛けてくる合理的な意味が見いだせません」

その言葉に初めてフレマインは狡猾さと残忍さ以外の感情を見せた。

一つが驚き。もう一つは、最大限の侮蔑だった。

「――あぁ。ハハハハ！　そうか、お前は知らねぇんだな！　それともお前の王とやらに隠されてるのか？　そうか！　そうか！　……哀れだなぁ人形！」

フレマインはこの瞬間、自身が情報の面で圧倒的優位にいることを理解する。

とは言えその事実が戦闘に一切寄与しないのもまた事実だった。

「ご忠告どうも――しかし、その程度の言葉では私の忠誠は揺れませんでしてよ」

「んなことわかってんだよ」

イスラの言葉は真実だ。彼女の忠誠心に揺らぎはなく、王への信頼は決して彼女の動きを止めることはない。

王のことを疑ったことなど一切なく、よしんば自らが王に謀《はか》れていたとしても喜んでその命を差し出すだろう。

イスラが抱いた懸念は一つ。

彼らが自分たちが知らない重要な事柄を知っているということだった。

（主さますら知らない何かを知っている……ということでしょうか？　我々がこの世界にやって来た原因は不明で、その根本的な事象は未知数。彼らがどのようにしてその一端を垣間見たのかわかりませんが、情報を吐かせることができるほど容易《たやす》い相手ではないというのが歯がゆいですわね）

イスラは忸怩《じくじ》たる思いを抱く。

戦闘行動中では流石《さすが》に拓斗に意見を伺うわけにもいかない。

戦力差ではこちらが有利とは言え、侮って良い相手でもないのだ。

寧《むし》ろ一瞬の油断や余計な考え事が命取りにすらなりうる。

「お前らは……自分自身のことをどう思う？」

そう尋ねるフレマインの表情は、なぜか乞い願うような雰囲気があった。

突如相手側から投げかけられた質問に思わずイスラも首を傾《かし》げ、だがはっきりとその質問の答えを返す。

「自己のあり方に疑問をお持ちで？　――私はマイノグーラの英雄イスラ。王たるイラ＝タクトさまの忠実なる下僕。それ以上でもそれ以下でもございません」

「はっ！　ははははは‼　人形め。傲慢で、誇りが無駄に高くて、信念を持ってる。『はい』しか言えない木偶人形《デク》め」

その言葉にイスラは大きく頷《うなず》いた。

まるでその事実こそが彼女を彼女たらしめる唯一の真実で、最も特別視すべきことであるとでも言わんばかりに……。

「気に入らん」

だがその答えは、フレマインが求めるそれとは決して相容れぬものだった。

「ああ、そうか……何でこんなにテメェがムカつくのかわかったぜ」

静かに語り始める。だがその言葉には明確な怒りが存在していた。

「結局、お前らは自由なんだ。自分の意志で自らの王に仕え、自分の意志でその場所に立っている。自らの王を裏切ることもできるのに、それでも自分の意志で支えている」

何が彼の怒りに触れたのか、イスラには薄《うっす》らとわかった。

イスラは、拓斗より『ブレイブクエスタス』というゲームについてそのあらましを聞いている。

そしてＲＰＧというゲームが抱える致命的で恐ろしい欠点を見出したのだ。

否――欠点というには些《いささ》か横暴だろう。

なぜならそれがＲＰＧというゲームの目的……すなわち、役割を演じる遊びなのだから。

「なぁどういう気分なんだ人形？　自分の意志で誰かに仕えるのは？」

ゆえに、イスラは初めて目の前の相手を嘲笑の眼差《まなざ》しで見下ろした。

「至福の光が私を包み込んでおりますわ。――それで、自由がなく、ただ役割だけを押し付けられる気分はどうなんでしょう、可哀想なお人形さん？」

「くそったれな気分だよ！」

戦いは再開する。

まるでビデオテープを巻き戻したかのように、同じ光景が繰り返され、ただただ互いの配下と大地が消費されていく。

もはや戦いは互いの舌戦すらも含めるようになっていた。

「だがな！　ここでテメェをぶっ殺せばオレにも自由ができるんだよ！　オレはここで初めて、ようやく！　自由になれるんだ！」

「なるほどっ！　それが貴方の意志ですか！　貴方の願いですか！　ああっ、どうしたことでしょう。今の貴方は――なかなか素敵ですわよ！」

「うるせぇ羽虫が！　さっさと燃えて消えろ！」

戦況はイスラに有利である。

凡百の戦士であるのなら、時として驕《おご》りで足を掬《すく》われることもあるのだろう。

だが英雄たるイスラが持つ強靭《きょうじん》な精神力は、決してそのような過ちを許しはしなかった。

反対にイスラが警戒する相手であるフレマインは、未知の敵が持つ不可思議な法則に困惑と同時に強い焦燥感を覚えていた。

（くそっ！　燃えねぇ……っ！　なぜだ、相性《あいしょう》差でもあるのか？）

先ほどから何度も何度も火炎魔法による攻撃をイスラに加えている。

その威力は客観的に評価しても壮絶の一言で、火炎耐性を持つ鎧《よろい》ですら一瞬で溶かすほどの火力を有している。

加えて相手の種族は虫。――見た目からして虫の規格を超えているが種族としては昆虫としか言いようがなく、通常このような虫属性の魔物は炎が弱点だ。

にもかかわらず。フレマインの炎はイスラの硬い外皮による守りを貫くに至らなかった。

否——直撃した表面はブスブスと黒ずみ煙を上げていることからダメージが入っていることは確かだ。

だが彼が想像するよりも遥かに、そのダメージの量は少なかった。

（まさか……属性相性すらオレたちとは別ってぇのか？　だとしたら面倒にもほどがあるぞ！）

フレマインが想像し、決して信じたくはないと考える推測。

残念ながらそれは正鵠《せいこく》を射ていた。

通常、『ブレイブクエスタス』の世界において弱点とはキャラクターに乗るものである。

例えば「ほのおに弱い」「ぶつり攻撃によわい」といったものである。

これはシステム的な制限で、実際フレマインも「みずに弱い」「こおりに弱い」という弱点を有している。

逆に『Eternal Nations』の世界では弱点とは攻撃に乗るものなのである。

すなわち。

「このユニットは氷系ユニットに10％の追加ダメージ」

「この魔法は邪悪属性のユニットに1．5倍の効果」

といった具合である。

加えて『Eternal Nations』では、そのスキル量が膨大かつ複雑であることから、あまり弱点等に重きをおいていない。

どれだけ強い敵であっても弱点を突けば勝利をもぎ取れる、などといったことはないのだ。

強いユニットはひたすら強い。

都合の良い弱点や、攻略法など存在しない。

比類なき存在は、圧倒的であるがゆえにその地位に君臨しているのだ。

その差を覆すなら圧倒的を超える戦力をぶつけるか、戦略を用いて何とか地道に相手を削るしかないのだ。

その違いが一見すると相性が最悪とも思われる二人の間に、圧倒的な差を生み出すことになっていたのだった。

そして彼らの法において、強いということは敗者に有無を言わせぬ圧倒的な正義であった。

「ちぃ！　追加の魔物だぁ！　早くこい！」

――魔物があらわれた。

「火力が足りねぇ！　手伝え雑魚ども。順番にかかれ！　相手が削りきれるまで攻撃しろ！」

わずかに存在する自グループの戦闘枠に召喚した配下を詰め込み、片っ端からイスラへとぶつける。

だがその瞬間から、バリバリと無造作に配下の魔物が食われていく。

等しく彼女の胃袋の中だ。

同時に火炎魔法でくすぶっていた腕がみるみるうちに回復していく。

先ほどから確認していた回復能力だ。この能力がある限り、何度強力な魔法を打ち放とうとも決して相手の息の根を止めることはできない。

腹が膨れれば止まるかと一縷《いちる》の望みにかけるが、この現象は能力によるもの。決して限界は訪れない……。

すでにこの場におけるフレマインの手札は残っていない。

戦闘においてフレマインはその圧倒的な火力で今まで敵を葬り去ってきた。

氷の四天王であるアイスロックのような特異な能力を有する必殺技はない。

戦闘前に策を用いて相手を貶《おとし》めるのが、彼の最も得意とするやり方だった。

無論彼とて四天王としては上位のステータスを有しており、その力量は何ら劣るところはない。

彼の相手がアトゥであれば、また話は違っていたかもしれない。

回復手段を持たず、拓斗のこととなればより激高しやすい彼女ならその隙をついてダメージを与え、何らかの形で引き分けなどに持ち込むこともできただろう。

だが今彼の相手をしているのは《汚泥のアトゥ》ではなく、《全ての蟲の女王イスラ》という名の英雄。

つまるところ……相手が悪すぎた。

それも圧倒的に。

「私、イスラがどうして守勢の英雄と呼ばれるのかご存じでしょうか?」

朗々と語るそのいけ好かない顔に特級の魔法を放とうと手のひらを突き出すフレマインだったが、何の現象も起きないことに気づき、次いでＭＰが完全に枯渇したことを理解する。

すなわちそれは……。

「都市の防衛力に、《捕食》による回復、《子蟲》による戦力補充と……今回は間に合いませんでしたが防御罠の作製。そして敵を倒せば倒すほど経験値を獲得し強くなる。都市を落とすには戦力の三倍差が必要とは戦《いくさ》の常道ではございますが、私を打ち砕くのなら」

「――せめて五倍は持ってきていただけなければ困りますわぁ」

フレマインの敗北が決定した瞬間でもあった。

「はっ！　えらくごきげんだな！　もう勝ったつもりか?」

ＭＰの枯渇が気力にも影響しているのか、フラフラと先ほどとは打って変わった弱々しい態度でフレマインが虚勢を張る。

その瞳の奥に未《いま》だ意志の光が灯《とも》っていることを確認したイスラは、ギチチと嘲笑《わら》うと、はたして昆虫がこのような表情をみせるのだろうかと思われるほどに凄惨な笑みで一つの事実を語り始める。

「マイノグーラの王は、領内全てを見通すことができます。それはすなわち、この呪われた土地に入った瞬間から一挙一動全て我が王の手のひらのうちということなのです」

フレマインの瞳が驚愕《きょうがく》で見開かれる。

その様をじっくりと舐《な》め回すように眺めたイスラは、心底嬉しそうに頷く。

「ええ、ええ。そうなのです。奇襲、破壊工作、諜報活動。このマイノグーラの地においては全て無意味。民が行う夜の営みすら我が王の知るところ――精鋭を別途分けて、暗殺や重要人物の人質を考えていたみたいですわねぇ」

「くそがぁ！　羽虫がぁっ！」

「ご苦労さまでした。全員、綺麗に解体されたとのことですわ」

その言葉からフレマインは最後の切り札として用意していた手段がかなり早い段階で見破られていたことを理解する。

このタイミングで明らかにしたのはただの嫌がらせだ。

フレマインは歯噛みする。

得意の召喚能力で呼び出した精鋭の配下に都市に潜入し襲撃することを命じていたのだが、まさかこのような手段を用いて対処されるとは思いもよらなかった。

いくら強力な存在であると言えど――否、強力であるからこそ国家の防衛は最重要の懸念事項。

都市襲撃の報が知らされれば自分との戦いで必ず何らかの隙を見せると考えていたのだ。

無論、相手が鋼の意志で戦闘を続行したとしても都市とその住民に重大なダメージを与えることができる。

今までの戦闘とその最中での会話などから相手がマイノグーラと呼ばれる国家への従属に強い意味を持っていることを推測したフレマインは、その暴力的な力の源泉を破壊することで間接的にこの戦いに勝利しようと画策していたのだ。

だが……その作戦も全て水泡に帰す。

まさか、敵の首魁《しゅかい》が国家そのものであり、国の全てを見通し配下に指示を出す能力を有しているなど反則にもほどがある。

先の戦いでイスラはフレマインの配下召喚能力を法外と評したが、何を言おう、法外はそちらの方ではないか。

国家や軍という単位で全てを動かすSLGと、あくまで物語として話が進行するRPGとの差が、如実に表れる結果であった。

フレマインは大きく息を吐く。すでにMPは切れ、満身創痍《まんしんそうい》だ。

むしろ強力な魔法をあれほど連発したのだ、良く持ったと言う方が正しいだろう。

じり、と後ずさりをするフレマイン。

そんな彼の足を不可視の力が地面に縫い付けた。

『ブレイブクエスタス』の戦闘において、ボスモンスターからは逃げられない。

すなわち――ボスは逃げることができない。

ここに、戦いは完全なる決着を迎えた。

敗者は『ブレイブクエスタス』の四天王が一人、炎魔人フレマイン。

勝者はマイノグーラの英雄。全ての蟲の女王イスラ。

そして勝者にはあらゆることが許され、敗者はあらゆるものを奪われる。

「我が王、イラ＝タクトさまより伝言ですわ」

ゆっくりとした、まるで淑女がスカートの裾をつまみ上げて挨拶するかのように優雅な所作で両腕の巨大な鎌を振り上げる。

「作戦は悪くなかったけど、単純に弱かったね。――だそうですわ」

「はっ！　はははは！　そうかよ、そうかよ！」

……自由が欲しかった。

なぜか自分が大きなうねりの中に存在していることをフレマインはよく理解していた。

この世界にやってくる直前、あの謎の空間で世界の真実を告げられた時、初めて彼は自分の人生における出来事全てに理由をつけることができたのだ。

そして自分が置かれた、決して逃れることのできない運命も……。

……自由が欲しかった。

誰の命令でもなく、誰の意志でもなく、自分自身の意志ですらなく。

フレマインという枠からすら外れて、自由が欲しかった。

目の前にある世界を取れば、それが叶うと信じていた。

マイノグーラという国家、未知の国家を滅ぼせば。

一つの世界を滅ぼすことができれば……それが叶うと、そう約束された。

だがその願いが叶うことはなかった。

その機会は永遠に失われてしまった。

(ああ、そうか。結局オレは――――)

ニヤリと笑う。

なぜか清々しかった。

自らを人形であると受け入れると、途端に今まで意固地になって自由を求めていた自分が馬鹿らしくなってきた。

自分はどこまでいっても勇者に敵対する四天王で、残忍狡猾な炎魔人フレマインである。それ以上でも、それ以下でもない。

なら十全にその役割を果たそう。

最後まで演じきってみせよう。

だから――――。

「ならオレからもそのイラ=タクトさまとやらに伝えてくれよ」

「何でしょうか？」

巨大な鎌が自らの頭上に迫る。

すでに満身創痍で、その攻撃をよけることはおろか視認することすら難しい。

だがフレマインは、己の中に残る最後の熱とともに、まるで世界に宣言するかのように吐き捨てた。

「クソくらえってな！」

左右から挟み込むように刃が迫り……。

フレマインの胴体は上下に分かたれた。

——炎魔人フレマインを倒した。

「ふぅ……」

イスラが吐いたため息に答えるものはもういない。

先ほどの戦いが嘘だったかのように辺りは静まり返り、破壊された大地と死体の山がその戦いの凄《すさ》まじさを無言で語っていた。


それらの光景を眺め、滞りなく全てが終わったことを確認したイスラは誰に言うでもなく独りごちる。

「ふむ——防衛完了ですわね。子蟲の損耗が痛いですが、これで私のレベルも上がりましたし。今後はより強力な能力も使用できるようになるので、トントンと言ったところでしょうか。まぁ子供たちには可哀想なことをしましたが……」

子蟲と、戦場となった土地の損耗を考えれば少々痛いと言えた。だが突発的な襲撃への対処としては完璧とも言える結果だろう。

子蟲も大地も後ほどいくらでも補充や修復ができくし、更には今回の戦いでイスラのレベルが上がるに至った。

この戦いに収穫があるとすれば、これこそが最も喜ぶべき成果と言えた。

イスラはレベルアップによって得ることのできる新たなる能力に思いを馳せる。

敵から能力を奪うことを主とするアトゥとは違って、イスラなどの他の英雄はレベルアップによって新しい能力を獲得することができる。

今回取得できる《群生相》や《罠設置》《王位継承》などがあれば今後のさらなる戦力増加に寄与することができるだろう。

そう考えたイスラは早速拓斗へと連絡を行うため、思考を集中させる。

何をもってしても自らの主への相談が第一だ。

今は戦闘も終わっていて、特別注意を払う必要もない。

辺りに敵の気配はなく、気を抜いても問題ないだろう。

先ほどフレマインへと向ける最後の言葉を拓斗より受け取ったばかりだし、すぐに連絡をとっても特に問題はない。

そう考えた。

……だが。

彼女は失念していた。

いや、イスラはおろか拓斗すらもその事実を忘れていた。

フレマインの設定を。

RPGというゲームの性質を。

『主さま。聞こえますか？　万事滞りなく処理いたしましたわ。その上で相談がございます。此度《こたび》の戦闘で私のレベルが上がりましたので、どの能力を取得しようかと思いまして……』

イスラが念話で拓斗へと連絡を行う。

自らの主へ勝利を捧げることの喜びと、褒章の言葉を受け取ることを期待しながら……。

『主さま。お聞きでしょうか？　主さま？　いかがなされまし――』

〈！〉通信エラー

現在イベント再生中です。

チャットコマンドは実行できません。

「――――は？」

炎魔人フレマイン。

この敵は『ブレイブクエスタス』のプレイヤーの間では非常に有名で、このゲームについて聞かれた際、最初に彼の名前を口にする者も少なくはない。

それどころかゲームメーカーが行ったアンケートによる最も嫌いな敵ランキングでは堂々の第一位ですらあった。

――理由は簡単だ。

彼の所業によって……。

勇者の大切な仲間が、
その命を落としているのだから。

致命的なミスが明らかになる。

傲慢の責任と、楽観の代償を支払う時が来た。

自分たちの知る法則を盲信したがゆえのツケが、ここに来て回収されるのだ。

運命が急速に回転を始める。

抗《あらが》うことのできぬ絶望が、背後より忍び寄ってきていた。

ブレイブクエスタス wiki

炎魔人フレマイン

HP:4200　MP:16000
こうげきりょく :22　ぼうぎょりょく :30
まりょく :55　すばやさ :24

こうかつ で ざんにん な魔人。多くの街をほろぼした ちょう本人だ。ぜったいに油断しちゃいけないぞ！

四天王の一人。

ブレイブクエスタスシリーズにおいて最も嫌われているキャラクター。

特別な技はしてこないが単純に戦闘力が高く、しっかりと仲間を育成していないと撃破は難しい。

できれば全員に「炎の指輪」(火ダメージ軽減)を装備させておきたいところ。

第七話　罪と罰

形容しがたい空気が漂っていた。

この世のあらゆる有機物をないまぜにして腐敗させたような、表現することも憚《はばか》られる異様な気配だ。

——気配はあらゆるところから漂ってきている。

何か良くないことが起きる。そんな致命的な予感がひしひしと己の内側から絶えず湧き起こり、だがしかし確信めいたものを抱きつつも何も行うことができない。

（何が……起こっているのですか？）

辺りは静寂に包まれている。

何もおかしなことは存在しない。

だが先ほどから忙《せわ》しなく鳴らされる警鐘と、自らの主への連絡が途絶したことがイスラを今までにない焦燥の海へと突き落としていた。


「……あれぇ？」

「えっと、ここはどこなのです？」

この場に似つかわしくない、そして決してあってはならない可憐な声がした。

「——っ!?　貴方たち！　なぜここに来たのですか！」

「わからないー」

「王さまと一緒にいたはずなのですが……ど、どうして？」

その場にいたのはエルフール姉妹だった。

拓斗の身の回りの世話を行っているダークエルフの侍女で、イスラが最も目をかけている、悲しい過去を持つ二人の少女だ。

彼女たちは現在マイノグーラの都市で他の非戦闘員とともに避難しているはず。

本来ならこの場所にいるはずがない。

幻術や偽物かとも一瞬疑ったが、イスラの超生物的五感から受け取った情報が、二人が本物であることを語っている。

突如――何らかの法則によってこの場に強制的に呼び出されたのだ。

危機的な異常事態が現在進行形で発生しているのは間違いなかった。

そのように判断したイスラの次の行動は早かった。

「我が子らよ！　その双子を守りなさい！」

周辺にいるであろう子蟲《こむし》や、予備の足長蟲を呼び寄せる。激戦の余波を免れ、未《いま》だ孵《ふ》化《か》していない卵へも強制的に覚醒を命じる。

だがしかし、何も起こらなかった。

「ブレインイーターよ！　聞こえているのならすぐにこちらに来なさい！」

空に向けて首をあげ、轟かんばかりの大声で衛生兵たち――先ほどの戦闘において別働隊を処理していた者たちへと連絡を行う。

だがしかし、何も起こらなかった。

「偉大なる王よ！　我らが指導者イラ＝タクトよ！　お応えください！　我が声にお応えください！」

最も信頼し、この場において唯一打開策を示してくれるであろう自らの王へと念話を送る。

――だがしかし、何も起こらなかった。

「なっ……なぜ！　なぜ連絡がとれないのですか!?」

「大丈夫？」

「あっ、キャリーたちはどうすれば……？」

まるでこの場所が空間ごと切り取られてしまったかのように、全ての行動が無為に終わる。

双子を抱き寄せ、この場を脱出しようと考えたが、腕を動かした瞬間に不可視の力によってそれらの行動がはじめから無かったようにかき消される。

焦燥感がどんどんと増していく。

何が起こっているのかはわからず、だがこのまま状況の進行を許せば間違いなく後悔するであろうことだけは確信できる。

いわば行動不可能。強制的な待機状態。

双子の少女が不安そうに自らを見上げる。

彼女たちを安心させようと、イスラがその副腕で頭を撫《な》でたその時。

「くひっ！　くははは！　ギャハハハハハ！」

八方塞がりの中、停滞していた時間を動かしたのは耳障りな笑い声だった。

声の主は前方。その声色はつい先ほどまで聞かされていた覚えのあるもの。

瞬時に事態を判断したイスラは、その巨体に似つかわしくない動き……カマキリが獲物を狩るときのような俊敏さで、笑い声の主——フレマインを突き刺した。


「はい、残念。死なねぇんだなこれが」

死したはずの男が応える。

事実、その男の胴体はすでに半分に切り裂かれ、次いで放たれた攻撃によってその頭蓋は完全に破壊されている。

だがそれでも、それでもなお、フレマインは平然と言葉を発していた。

その異常な現象にイスラは思わず距離を取る。

「なぜ……確かに、殺したはずです！」

驚愕《きょうがく》のあまり、思わず冷静さを欠く。

拓斗の指示が得られぬ状況。明確な行動指針が定まらず、ただ時間を浪費し狼狽《うろた》えてしまう。

ある種孤立無援となった『Eternal Nations』由来ユニットの脆《もろ》さが、ここに来て顕著となっていた。

「ああ、死んだ。そうさ死んだ。一切の余地なく、オレは死んださバケモノ」

フレマインの死体は語りだす。

その頭蓋は割れ、脳髄がこぼれ落ち、眼球がはみ出て虚空を見つめている。

どのような生物であっても死は免れない。

たとえアンデッドであっても、活動の停止を余儀なくされるだろう。

だがそれでも、その男は平然と言葉を口にしていた。

「いやぁ……アレの言ったとおりだったわ。この世は糞《くそ》だ。糞の塊が自分たちが生きてるって信じて糞みたいな人生歩んでる糞みたいな世界だ」

独白を無視し、イスラが再度俊敏なる動きをもってフレマインの死体を突き刺す。

〈！〉自動防衛実行
キーキャラを保護し、イベントを継続します

だが今度は不可思議な力場《りきば》が発生し、まるでこれ以上の死体損壊は予定外とばかりにその攻撃を防いだ。

「ははっ！　殺せねぇよ……いやまぁ、死んでるんだがな！　ハハハ！」

フレマインが笑う。死体が笑う。

この世界に来て初めての、……いや、『Eternal Nations』ですら経験したことのない出来事にイスラはその正体が掴《つか》めずにいる。

もしかしたら、拓斗ならその洞察力で現在起こっている現象の理由を推測することができたのかもしれないが、自らの王へ指示を仰ぐという手段が封殺されている今、彼女にできることはそう多くはなかった。

「お母さん……」

「ど、どうすれば。その、お手伝いできることがあったら……」

ダークエルフの双子が不安げにイスラに縋《すが》る。

この二人は非戦闘員だ。

イスラのように驚異的な防御力を有しているわ

けでも、法外な回復能力を有しているわけでもない。

ちょっとしたことで傷つき、あっさりと死ぬ。そんな脆弱《ぜいじゃく》な生命体だ。

その事実が今まで感じたことがないほどイスラを不安にさせる。

だが母たる彼女はその不安全てを押し殺し、二人に優しく語りかける。

「あらあら、心配性な二人ですね。大丈夫ですよ。ここにいれば安心です。この私が二人には手出しなんてさせませんもの……」

だが現実はいつだって残酷だ。

否——物語は常に悲劇を求め、叙事詩は凄惨さをアクセントとする……と表現した方が正しいかもしれない。

事態は確実に逼迫《ひっぱく》していた。

「いやぁ！　泣けるね！　麗しいね！　愛だね！　よし決めた！　やっぱりその二人にしよう！　それが一番だろう？　なぁバケモノ」

最初、その言葉の意味がわからなかった。

だが次いで起きた現象に、初めて言葉の意味を理解する。

二人の姉妹が、なぜかイスラの胸元から離れてフラフラとフレマインの死体へと近づいていったのだ。

その動作はさも当たり前のように自然で、全神経を警戒に張り巡らせていたイスラをもってしても、一瞬の思考の空白を強いられてしまった。

「何をしているのです！　隠れていなさい！　なぜ前に出たのです!?」

「あっ、あれー？　ちがうよー」

「なっ！　な、何で!?　足が勝手に！」

イスラが叫び、手をのばす。

双子が慌てて足に力を入れ、後退《あとずさ》りをする。

——その全てが、徒労に終わる。

近づく双子の姿を、中身を失った眼孔で捉えながら、フレマインが砕けた顎を歪《ゆが》めて嘲笑《わら》った。

「抗《あらが》えねぇだろ？　逆らえねぇだろ？　いいか、今からいいこと教えてやる。――テメェの大切な者が死ぬ。間違いなく死ぬ。どれだけ強かろうが、どれだけ偉大だろうが、どれだけ大切だろうが必ず死ぬ。ああそうさ、死ぬのさ。わかったか？　わかったらハイわかりましたって言えよ笑顔でな」

この時点でイスラはこれが何らかのゲームシステムに由来するものだと確信を得ていた。

マイノグーラのキャラクターは『Eternal Nations』のシステムの影響を受ける。

それはダークエルフたちを自らの陣営に加え、邪悪な属性に存在を書き換えることができたように、ゲーム以外の存在にも影響を及ぼすことができた。

であるのなら、その逆もまた然り。

フレマインの由来である『ブレイブクエスタス』のシステムが、何らかの法則をもってこの場を支配していることは明らかだった。

とは言え――。

「馬鹿な！　なぜこんなことが起きるのです！　ありえない！　そんなこと――ありえない！」

このような無法。イスラは到底受け入れることができなかった。

彼女たちの世界では力が全てである。

それは単純な武力や戦闘力もそうであるし、また知力や財力といった直接的な形を持たない力もその範疇《はんちゅう》に含まれる。

唯一の法則は、力を持つものが全てを手に入れ己の意志を通すことができ、力を持たぬものはただ奪われるだけという無常なもの。シンプルであるがゆえに絶対的な法則だ。

だからこそ、今起きている現象が許せなかった。

フレマインの死がこの現象を引き起こしていることは容易に推測できる。

だが戦闘で勝利を得たのはイスラだ。力を示したはずの彼女がこのような危機的状況に陥らねばならぬとしたのなら、果たして力とはどんな意味を持つのだろうか？　運命が最初から決められているのだとしたら、勝利とは一体何なのだろうか？

「いやぁ、まぁオレもおんなじ気持ちだわ。どれだけ足掻《あが》こうともどうにもならないってことは確かにあるんだよなぁ。だがテメェのそのいけすかねぇ顔を歪めることができるのなら、これもありかなって、そう思うんだわ」

砕けた顔面から放たれる嬉々とした煽《あお》り文句もイスラは意に介さない。

今はそれどころではなかった。

王であり指導者である拓斗との連絡が取れぬ今、まさに死の淵にいる二人の少女を救えるのは他ならぬイスラだけだったからだ。

彼女は己を縛る不可視の力に対抗すべく、自らの筋力を限界まで酷使し暴れる。

だが不可能だ。

「グッ！　ガッ！　ガァァァァ!!　こんなもので、このイスラを縛れると思うなァァァ!!」

「いいかバケモノ、最後にいいことを教えてやる。よく聞けよ、オレはねぇ……このくそったれな仕組みを――」

世の中には、どのように足掻いても決して覆せない道理が存在している。

それこそが……。

「『強制イベント』って呼んでいるんだわ」

現在、着々と進んでいる絶望的な状況の正体だった。

「……テメェがどんな世界から来たかは知らねぇ。ただ、オレより自由な世界だったことはわかる」

男の声は、どこか達観が籠もっていた。

激しい焦りと、激情の中であってもなお耳元までよく響くその声は不思議と同情が込められているようで、思わずイスラはその言葉に耳を傾けてしまう。

「だがな、知ってるか？　世界には、どう足掻いたって絶対に避けられない出来事が設定されているんだ。オレたち人形は、その運命からは決して逃れることはできないんだわ。できることは一つ――ただ諦めることだ」

彼が今まで何を見てきたのかはわからない。

そしてどう足掻いて、やがて諦めてきたのかもわからない。

だがそれを押しつけられて、受け入れることなどイスラには到底できなかった。

運命だと頷《うなず》くことなど、到底できるはずがなかった。

「お母さん……ど、どうしよ？」

「イスラお母さん！　た、助けてなのです……」

二人を前にして、諦めることなどできるはずがない。

彼女は母であり、そして助けを求めるのは愛しい我が娘なのだから。

「アアアアアァァァァァ!!!」

ミシミシと筋肉がきしみを上げる。

行き場のなくなった力が体内で暴れ、鋼鉄を超える強度の外皮が割れ緑色の血が溢《あふ》れる。

だがそれでもイスラがその力を緩めることはない。

「ああ！　そうだよなぁ！　大切だよなぁ！　守りたいよなぁ！　見逃せねぇよな！　がんばれ！　がんばれ！　もしかしたら奇跡が起きるかもよ！　まぁ今までそんなの一度も見たことねぇがな！」

フレマインの死体、そして双子。

その間に広がった距離が死刑宣告の砂時計に思え、少女たちが一歩進むごとに刻限を告げるかのように危機感を煽ってくる。

「無理だよ。無理なんだよ……。ここに来てドカン、それで終わりだ。本来なら瀕死のオレが勇者の隙をついてって感じなんだが、まぁ細かいところは適当にやるらしい」

二人の少女がイスラの方へと顔を向け、その瞳が交差する。

それは果たしてイベントとして設定されていた動作なのか、それとも上半身だけは動くと気づいた二人が見せた最後の抵抗だったのか……。

だがイスラは二人の怯《おび》える少女に向け、とびっきりの優しい微笑みを浮かべる。

「大丈夫です……必ず、必ず助けますわ」

動かぬ身体に必死で力を入れ、己が持つあらゆる能力を試す。

何か打開策はないかと必死で思考を回転させ、だが一向に出て来ぬ答えに苛立《いらだ》ちを増す。

「ああ、どいつもこいつも！　馬鹿ばっかりだ！　自分に意志があって、信念があって、そうやって自らの思うままに動いていると勘違いしてやがる！」

一歩。

「勇者も！　魔王も！　何もかもだ！　自分が騙《だま》されてるって思いもよらねぇ！　所詮は遊技場のコマで、誰かの思いどおりにならないとたやすく捨てられることを理解していねぇ！」

一歩。

「もういいだろ？　もう楽になっても、もういいじゃねぇか、オレは十分がんばったよ。自分の役割を全うしたよ！」

また一歩。

「クソがっ！　どいつもこいつも馬鹿にするのも大概にしろ！　オレの人生は勇者の物語のためだけにあるのか？　ふざけんじゃねぇぞ！」

終局へと歩みは近づいていく。

もはやフレマインの独白を聞くものはいない。

イスラも、エルフール姉妹も、そしてこの場の異常を察知したイラ＝タクトすらも、この後訪れるであろう確定された悲劇を回避するために全力を尽くしていた。

聞くものがいないと理解しているのか、それとももはや怒りでまともな思考ができないのか、フレマインの罵声はこの場にいないナニカに向けて放たれていた。

「テメェもそうさ！　聞いているんだろ！　どうせ見ているんだろ！　何が『世界を征服すれば、君たちは自由になれる』だ！　最初からそんなつもりはねぇくせによぉ！」

無論、その言葉を聞く余裕がある者はこの場にいなかった。

いや……もしかしたら一人だけ聞いている者がいたのかもしれない。

だがそれを確認する術《すべ》はどこにもない。

少なくとも、この舞台に登場している参加者たちには不可能な話だった。

「というわけで最終章だ！　テメェらをこのくそったれな地獄に道連れだ。お前の大切なガキどももも道連れだ！　聞いてるんだろイラ＝タクトさまー！　お前もプレイヤーなんだろ？　アイツと一緒で、どこかでオレたちの物語を読んでいたのか？　オレが必死こいて勇者と戦っている様を見ながら、『このボス倒したら装備新調しなきゃ』とでも考えていたのか？」

応える者はいない。

「ふざけんな！　オレはここにいる！　オレはここで生きている！　だからよぉ！　オレからの精一杯の嫌がらせだ！　お前のお気に入りをここで殺してやる！　これはそういうイベントだからなぁ!!」

フレマインは笑っていた。ただ狂ったように笑い転げていた。

そこにはかつて狡猾《こうかつ》で残忍と言われた男の面影はなく、ただただ己の運命を呪い、人生に絶望した哀れな男の悲哀しか存在しない。

もはやこの行動すら彼の本心から出たものかす

らわからない。

唯一わかることは、彼の望むとおりに事が進んでいるという事実だけだった。

やがて、二人の少女が死体の前へと到着する。

その顔は死への恐怖で歪み、瞳からはボロボロと涙がこぼれ落ちている。

キャリアはもちろん、普段から感情をあまり顕《あら》わにしないメアリアですらそのような有様だった。

自分たちの運命を呪い、ずっと死にたかったはずの少女たちがいざ死を前にして怯え立ちすくむ。

否……新たな家族のぬくもりと、新たな母の優しさを知ってしまったからこそ。

死ぬことが恐ろしくなったのだ。

それは、同じく己の運命を呪い、終《つい》ぞ理解者が現れなかった目の前の男とあまりにも対照的だった。

カチリ、と。何かのフラグが立った音がした。

それは誰にも聞かれることもなく、誰にも理解されることなく、ただ終局が訪れ運命が確定しきったことを告げる。

死はあらゆる存在に等しく訪れる。

絶望はあらゆる存在に等しく訪れる。

それらはたとえ相手が想像の範疇から外れたバケモノであっても分け隔てなく扱う。

決して逃れることはできない。

「待つのです——待ちなさい！　待って！」

イスラは、一縷《いちる》の望みをかけて悲鳴にも似た叫びを上げる。

「嫌だね！　絶対イヤだ！　テメェだけは！　オレはテメェが嫌いなんだ！　だから最後のプレゼントだ、テメェらが大嫌いなんだ！　受け取ってくれよなギャハハハハッハハ!!」

だが、現実は無情だ。

「「お母さ——」」

フレマインが一瞬光り輝き、ほどなくして筆舌に尽くしがたいほどの熱量と破壊力を持つ爆炎が全てを包み込んだ。

辺り一帯が灰燼《かいじん》と化し、熱気をもった風が嵐となって何もかもを吹き飛ばす。

すでに耕し尽くされた大地は再度掘り返され、舞い上がった土埃が太陽を覆い隠し真夜中のような暗闇をもたらす。

バラバラと木片が大地に雨の如く降り注ぎ、焼けた空気がゆらゆらと静かに揺らめく。

やがて真の静寂が訪れ、誰も勝者になれぬまま……。

定められた運命は、定められたとおりに寸分違いなくその物語を紡ぎ終わった。

第八話　決して戻らぬもの

「別に……ついてこなくても良いのですよ？」

無骨な岩石が見え隠れする荒野を駆けながら、アトゥは背後から追従してくるモルタール老ら、マイノグーラの兵へと不機嫌そうに告げる。

アトゥの脚力は人のそれではない。

その細足から繰り出される力は大地を割るほどで、足のひと踏みで膨大な距離を駆け抜ける。

マイノグーラの祝福を受け邪悪なる存在となったダークエルフたちとは言え、あくまでそのベースは人のそれである。

にもかかわらず彼らがまがりなりにもアトゥとともに行軍できていたのは、彼女がゆく先々で『ブレイブクエスタス』の魔物たちを鏖殺《おうさつ》していたからだ。

彼女が持つ触腕はその見た目以上に攻撃範囲が広い。

加えて同時に捉えることのできる目標の数もだ……。

一振りで数多《あまた》の魔物が上下に分かれ、一突きで数多の魔物が脳天より突き抜かれる。

まるで苛立《いらだ》ちをぶつけるかのように蹴散らされていく魔物たちに、モルタール老は敵でありながらほんのわずかな憐憫《れんびん》の情さえ抱いてしまう。

「――まだいたのですか？」

苛立ちがこちらに向かってきた。

くるりと振り返ったその瞳はまるで射殺《いころ》さんばかりのもので、少しでも言葉を間違えれば彼女の背中で揺れ動く触手によって突き殺されてしまいそうな威圧感がある。

人外の――それも英雄と呼ばれる存在が放つ重

圧。

心の内で冷や汗をかきながら、モルタール老は決して相手の不興を買わぬよう静かにその言葉に応える。

「王より『ともに進軍せよ』との命を受けております。なんらお力になれずとも、王の命令に背くわけにはいきませぬ」

「ふーん、では遅れない程度についてきなさい」

「ははぁ！」

やがてアトゥの興味が失われたのか、それとも新たな獲物が見つかったのか、彼女はぷいっと顔をそむけるとまた受けた指示のとおり道を歩き始めた。

その先々で魔物の絶叫が微かに流れてくるあたり、どうやらまだまだ彼女の怒りをぶつける相手には事欠かないようだ。

「も、モルタールさま……」

「言うな。わかっておる」

モルタール配下の魔術師見習いが小声で名前を呼ぶ。

彼が何を言わんとしているのかはわかりきっていたが、その先の言葉を口にしてはならぬとばかりに遮る。

いくら小声で話そうとも相手には聞こえているのだ。

いらぬ怒りをかっていたずらに命を落とす趣味はない。

（しかし……何という怒り。側《そば》にいるだけで焼き尽くされてしまいそうじゃ……）

モルタール老は内心で独りごちた。

彼女の態度の変化は先の戦いで敵の四天王アイスロックを倒してからとなる。

正確にはその報告を自分たちの主であるイラ＝タクトに行ってからだ。

マイノグーラ首都への敵の強襲。

それはその場にいた全員を十分に驚愕《きょうがく》させるも

のであり、同時に強い危機感を抱かせるものであった。

未《いま》だ国力が十分とは言えないマイノグーラ。そこに加えて今回のドラゴンタンへの派兵に戦力を割いているという状況がある。

首都の防衛には同じく英雄であるイスラがあたっているとは言え、万が一が起こらないとの保証はどこにもない。

加えてかの地には非戦闘員も多数いるのだ。

もし数で押されて防衛が突破でもされようものなら力を持たない市民に被害が及ぶだけではなく、最悪の場合王であるイラ＝タクトの身さえ危ぶまれる。

彼女たちの慢心をあざ笑うかのように起こったその出来事が、アトゥが持つ狂信的とさえ言える拓斗への忠誠と心配を、怒りへと転じさせていたのだ。

「早く拓斗さまのもとへと向かわなければいけないのに……このっ、ゴミどもがぁっ!!」

逃げられないと悟ったのか、悲壮の表情でこちらへと向かって来たヒルジャイアントを無造作に切り伏せる。

すでに彼女の戦闘力はヒルジャイアント程度では歯牙にもかけぬほどのものとなっており、現在も進行形で処理される魔物たちが経験値という形でその力を彼女へと明け渡している。

彼女がこれほどまでに怒り狂う原因が、この眼の前で処理される魔物たちだった。

アトゥが拓斗へと連絡を取り、マイノグーラ本拠地への敵襲の報を聞いて動揺した際のことだ。

すぐさまマイノグーラへの帰還を申し出、イスラに加わる形で都市の防衛と敵の撃破を提案した彼女だったが、拓斗の判断は否だった。

代わって彼女に伝えられた指令は、このまま追撃を行いドランゴンタンより南下、撤退する敵の軍勢を蹂躙《じゅうりん》する形で魔王軍の発生場所と思われる地区へ進撃し、魔王の撃破することだった。

それは『ブレイブクエスタス』をプレイしたことのある拓斗が、四天王とアトゥの戦力差から魔王軍の完全な撃破が可能であると考えたためだ。

つまりこのまま時間を浪費して事態に不慮の問題を発生させるよりも早期の収束を図ったのだ。

マイノグーラ都市と自分の防衛はイスラに任せる。

そのように伝えられた時の彼女の思いは果たしてどのようなものだったか……。

無論、アトゥに反論する権利など存在していない。

説明を受け、英雄としてのセンスも戦力的に問題ないと判断している。

だがその意図は理解すれども、納得がいくかはまた別の話である。

そもそもアトゥという英雄は国家はもとよりイラ＝タクトという存在に強く従属している。

彼女にとって何よりも大切な者が拓斗であるがゆえに、自らの主が危機に瀕している状況での別行動を良しとするには強い拒絶反応があった。

たとえそれが拓斗が決め、命じたことだとしても……だ。

今すぐ敬愛する王のもとへ戻り、その身を自らの手によって守り下劣な敵勢力を粉砕したい。

仲間であるイスラとともに、英雄としての役割を十全に果たしたい。

だが現実は違った。選ばれた作戦は別のものだった。

その葛藤ともどかしさは純粋なる怒りとして発露し、哀れな魔物たちは憤怒のはけ口として無残にもその生命を散らされていく。

――歴史にＩＦ《もしも》は存在しない。

ゲームならやり直しができるが、現実にはそのような機能は存在しない。

だから、こんなことを論じても無意味なのだろう。

あの瞬間。拓斗がアトゥをマイノグーラに戻す判断をしていたのなら、この結果は起こり得なかったなどと断じるのは……。

「う、うそだ……」

突然、本当に突然のことだった。

先ほどまで怒り狂っていたアトゥがピタリとその歩みを止め、わなわなと震えだしたのだ。

「……むっ？　アトゥ殿。いかがなされたか？」

その変化を最初に感じ取ったのはやはりモルタール老であった。

アトゥの怒りを買わぬようある程度距離を取っていたため何が起こったのかはわからぬが、異変が発生したことだけはよくわかった。

すでに陽が落ち始め、時間は夕暮れに差し掛かっている。

オレンジ色の陽の光が背後からアトゥの身体を赤く照らし、その色がまるで血でも浴びたかのように人外の少女の身体を濡らしている。

一歩、モルタール老がアトゥへと近づいた。

そうして再度彼女に声をかけようとして……。

「いかんっ！　皆のもの、伏せよ！　岩陰に隠れるのじゃ！」

すんでのところでその異変に気づいた。

「嘘だっ！　嘘だ嘘だ嘘だ！　ありえない！　そんなことがあるはずがない！」

地面が爆発した。

アトゥの持つ触腕が彼女の怒りを表すかのように縦横無尽に振るわれる。

まるで幼児が縄跳びを振り回して遊ぶかのように扱われるそれは、周囲の形あるありとあらゆるものを砕きながら、ビュンビュンと空気を切り裂く耳障りな音を奏でている。

「英雄だぞ!?　マイノグーラの英雄が！　それが、

なぜ!?　こんなところで!?」

　慌てて近くの岩場の陰に隠れることができた者は幸運だろう。

　そして幸いなことに、まるで神に祝福でもされているかのように、その場にいたダークエルフたちの近くには身を隠す岩場が存在した。

　薙ぎ払われた石が弾丸のように降り注ぐ中、モルタール老は自らの幸運を噛み締めながら、大声でアトゥの怒りを諫《いさ》める。

　そうせねばいずれ目の前で自分たちを守る岩さえ削り尽くされ、その暴力が襲ってくるであろうことは明らかだったからだ。

「我らが英雄アトゥよ！　どうかその怒りをお鎮めくだされ！　その力はむやみに振るわれるものではなく、マイノグーラとイラ＝タクト王のためにこそ使われるべきもの！」

　アトゥの激昂はその場にいる全てを破壊し尽くさんほどに膨れ上がっていた。

　もし言葉を間違えていれば、モルタール老はおろか、その場にいるダークエルフ全員この場から消え去っていただろう。

　怒りに狂う英雄を止めたのは一つの言葉だ。

　イラ＝タクト。

　彼女が全てを捧げる、絶対無二たる主の名前が、暴れる意識を繋《つな》ぎ止め、冷静の縁へと帰還させた。

「…………取り乱しました」

　ポツリと呟《つぶや》き、先ほどの怒気が嘘であったかのように力を抜く。

　暴れ狂っていた触腕がだらりと力なく垂れ下がり、やがてシュルシュルとその背へと収納されていく。

　茫然自失としているアトゥを慎重に観察したモルタールはようやく修羅場を越えたことを確認すると、ほぅと小さく安堵のため息を吐《つ》いて部下に合図し呼び寄せる。

　すでに彼女の瞳には冷静さが戻っている。

であるならマイノグーラの英雄たるアトゥがその力を無闇矢鱈《やたら》に仲間へと振るうことはないだろう。

とは言え、先ほどの光景はすぐに忘れることのできるようなものではなかったが……。

何やら異様な空気が流れ、集まったダークエルフたちが心配そうにアトゥを見つめる中、モルタール老が意を決して尋ねる。

「一体……何が起こったのですかな？」

空気が張り詰める。

今までこれほどまでに取り乱したアトゥを見たのは初めてだったし、これほどまでに意気消沈しているアトゥを見たのも初めてだった。

危機的状況が発生したのは明らかだった。先にアトゥが発した言葉から、その内容の推測もある程度は可能だ。

だが理性が納得しても、心は決して納得していなかった。

だからこそ、アトゥからその言葉を聞かねばならなかった。

「イスラが……」

ポツリと、その場にいる全員が知る英雄の名が出た。

そして同時に、次に語られる言葉の内容も推測できてしまった。

「イスラが死にました」

苦渋の表情とともに、その言葉はようやく絞り出された。

マイノグーラの英雄たるイスラの死。

国家の剣であり、破滅の王たるイラ＝タクトの力の象徴でもある英雄の敗北。

その場にいる誰しもが、その事実を受け入れることができなかった。

「…………え？」

その瞬間、拓斗はやけに馬鹿みたいな声を漏らした。

彼がいる場所はマイノグーラの街の一角、建設済みで入居者が決まっていない住宅を臨時の指揮所として改造した場所である。

普段の住まいである宮殿ではいざという時に防衛が困難という理由で市民たちの避難場所と近いこの建物に来ていた彼であったが、その言葉を聞いている者がいなかったのは幸いだろう。

「そんな、まさか」

事態の急変は一瞬だった。

双子の姉妹と一緒に事の成り行きを見守っていた拓斗。

ＳＬＧプレイヤーとしての力量を存分に発揮すべく、逐一戦況を確認し、兵への配置や指示を行い、イスラへ相手の特徴や技を伝え攻略方法を伝授していた。

戦闘の変遷は彼の脳内の予想どおりに進み、まるで詰め将棋のように行われた行動の数々は、最終的にイスラの勝利という形で組み上げられていく。

やがて予想どおりの、なんの問題もない無難かつ当然の勝利が彼とイスラにもたらされ、その後の反省会でも行おうと思っていた時のことだった。

イスラとの連絡が途絶し、自らの側《そば》にいた双子の少女が消失し……。

予想外の出来事が起こったと理解した時には全てが終わっていた。

「イスラ。返事を……」

通信は途絶している。

普段なら問題なく行える視界の共有も行えない。

最後の光景では双子があの場所に召喚されている。不穏な会話がなされていたこともよく理解している。

次いで周辺にいるであろう子蟲《こむし》やブレインイー

ターたちへと視界の共有と念話を試みるが失敗に終わる。

マイノグーラの指導者であるイラ＝タクトは自らの民全てと視界の共有が行える。

無論彼の侍女たる双子の少女ともだ……。

慌てて視界を双子の姉へとつなげる。

反応は返ってこない。

次いで、妹へとつなげる。

反応は、返ってこなかった。

「そ、そんな……まさか。どうして？　なぜ……。な、何かジャミングでもされているのかな？　あ、あ、その前にあの状況だ。す、すぐに救援を送らないと……」

声が震える。間違いだと、そうであってくれと信じながら。

再度イスラへの念話を試みる。

配下のユニットへと念話を試みる。

双子の少女へと念話を試みる。

きっと大丈夫だと。あんな理不尽な死に方をするはずがないと。

まずは無事を確認し、謝らなきゃと。そうして自分の油断と不甲斐《ふがい》なさが彼女たちを傷つけてしまったことを許してもらわなければと。

そしてすぐにでも救援隊を編成し、傷ついた彼女たちを助けなければと。

〈！〉通信エラー
ユニットが存在していません

「そ、そんな……」

だが過去は決して戻らない。

下した決断の結果は、正しく自らに返ってきた。

「イスラ、キャリア、メアリア……」

情けなく、ただそれだけを呟く。

この世界はゲームではない。

『Eternal Nations』の世界ではない。

リセットも、ロードも存在しない。
死んだら、死んだままだ。
だから、これは拓斗が受け止めるべき現実であった。
変えようのない、現実だった。
――この日、拓斗が愛する存在は世界から失われた。

SYSTEM MESSAGE

《全ての蟲の女王イスラ》が破壊されました
～世界から一つ、脅威が取り除かれました～

OK

第九話　慟哭

——かつての日々、とある日のこと。

蛮族の問題もまだそこまで深刻ではなく、あくまでドラゴンタンへの派兵で事足りるだろうとマイノグーラの誰しもが考えていた頃。

「おっきな月ー」

「月なんて、まともに見たのは久しぶりなのです」

二人の少女が、とある巨木の頂で夜空を眺めていた。

マイノグーラの森はその特性によって現在呪われた土地となっている。

木々は不規則にねじれ、登ることはおろか満足に足場を確保することすら難しい。

だが森の民であるエルフ——その近縁種であるダークエルフならこの程度お手のものだ。

街のはずれにあるひときわ高い巨木に登ることも、彼女たちにとってはまるで近所を散歩する程度のことであった。

……とは言え二人の立場や年齢を考えるとこの時間にこんな場所で油を売っていることはゆゆしき問題である。

特に彼女たちの母親代わりとなっている、少しだけ過保護で心配性な英雄イスラから小言を食らうことは間違いないであろう。

だからこれは二人の小さな冒険だった。

平和で幸せな生活が、少しばかり二人の少女を勇敢にしてみせたのだ。

ひときわ高い場所から見渡す景色は、自分たちが知っているそれとは大きく違っていた。

辺り一面には毒々しい色合いの木々が海のように広がり、反対に雲一つない空は宝石箱の中身をばらまいたかのようにキラキラと輝いている。

そして何より特徴的なのは……まるで太陽の如く辺りを明るく照らし、だが慈愛の籠もった温かな光で彼女たちを見つめる巨大な月の存在だった。

マイノグーラの宮殿よりその明かりを見つけたことが、この小さな冒険の発端であり最終目標だった。

「お月さまが綺麗ですね」

久しく見ていなかった月をキラキラとした瞳で眺めていた妹のキャリアは、姉のメアリアが突然口にした言葉に首を傾《かし》げた。

確かに月は明るく二人を照らし、美しく輝いている。

だが姉の言葉は自然と出たものというより、何か定められたセリフめいたものがあったのだ。

「お月さまは綺麗ですけど……それって何なのです、お姉ちゃんさん？」

「んー？　王さまが言ってた。『月が綺麗ですね』って言うと、『貴方を愛してます』っていう意味になるんだって」

妹の問いに、姉は珍しく柔らかな笑みを浮かべるとキャリアの方へと顔を向けた。

それは何時《いつ》のことだったか、自分たちの王が月を見上げて不思議そうに「ここにも月があるんだ」と呟《つぶや》いていたことに端を発する。

すでに王とは親しい関係になっていたメアリアが好奇心のおもむくままにその意図を尋ねたところ、望んでいた答えとは別に返ってきたものがその逸話だった。

誤魔化された……と少女なりに理解はしていたのだが、それ以上に王が語った話が興味深く面白かったため不満よりも感動の方が強く、ゆえに心に残っていた。

だからこそ、この場で美しい月を見た時に不意にその言葉が口をついてでた。

「わぁ！　初めて聞いたのです！　王さまは物知

りなのです！」

「うんー。私も初めて聞いた。王さまは何でも知ってるー」

特別な王さまとの秘密を、同じく特別な妹と共有する。

自分が初めてその逸話を聞いた時のように目を輝かせて喜ぶ妹を見て、普段捉えどころない姉のメアリアは珍しく誰が見てもわかるように笑顔を浮かべる。

それは歳頃の少女そのもので、二人が悲しく辛《つら》い過去を抱きながらここまで生きながらえたことを忘れさせてくれるようでもあった。

……マイノグーラの国民となり、そして王の侍女となり……。

二人の心の傷は確かに癒えつつあった。

かつての逃避行、その際に彼女たちは自らの母親の肉を、命を長らえるために食べている。

それは彼女たちの母親が自ら言い出したことであり、食糧難に陥ったダークエルフの仲間を救う献身的な行いだった。

だがその実は病に冒されこのままでは死を待つ他ないと判断されていた自らの子を助けるための取り引きであり、足手まといになるであろう彼女たちの身の安全を部族の中で保障させるための最後の手段でもあった。

二人の子供は、歳不相応な賢さがあったがゆえにその裏に気づいていた。

結果、姉のメアリアは心を閉ざし、妹のキャリアは自らに罰を与えるかのようにその肌に刻まれた疫病の痕《あと》を露出させている。

当初拓斗の侍女を探す時点でモルタール老らマイノグーラの運営員たちが双子の紹介に難色を示したのも当然だった。

双子の少女はダークエルフたちにとって仲間を食った忌むべき罪の証拠であり、その二人を王へと紹介するには酷《ひど》い後ろめたさがあったのだ。

そして何より、その時の二人は致命的に壊れていた。

だが、そんな痛ましい出来事もすでに過去のものだ。

王の庇護下に入りようやく安らぎを得ることができた二人は、少しずつだが過去との折り合いをつけ、今を生きるようになっていた。

それを成したのはもちろん王であるイラ＝タクトやその他の仲間たちだ。

だがいつも死にたがっていた彼女たちが本当の意味で立ち上がることができるようになったのは、他ならぬ英雄イスラという存在がいたからであろう。

「って、お姉ちゃんさん。いつの間に王さまにそんな素敵なこと教えてもらってたのです？」

「んー？　いつだろー？　秘密ー」

「あーっ！　誤魔化した！　ずるいのです！」

妹の抗議にクスクスと笑いながら、メアリアは視線を月へと移す。

月の美しさと同時に親愛の言葉を伝える。

何と素敵な言い回しだろうか。

それをこっそり教えてくれた王さまは、何と優しく偉大なお方なのだろうか。

見上げる巨大な月はそれだけで不思議な力を与えてくれるようで、どんどんと幸せな気持ちとともに笑顔が浮かんでくる。

自分たちはこれからきっと、幸せになれるに違いない。

今まで苦労した分、世界は自分たちに微笑んでくれるに違いない。

だってこんなにも月が綺麗だから。

きっとこれは世界が自分たちに愛していると伝えてくれている証拠に違いないと。

これからは大好きな王さまと、大好きなイスラと、大好きなダークエルフの人たちと、大好きなマイノグーラの国でずっとずっと幸せに暮らすのだ。

死んでしまった人たちの分まで。死んでしまった本当のお母さんたちの分まで。

生きろと言われた、その想いを胸に――。

まるで童話の終わり際に語られるそれのように、ずっとずっと幸せに暮らすのだと。

そう考えると、過去の出来事で凍り付いているメアリアの心がどんどんと溶かされていくようで、思わず浮かれた気持ちになってしまう。

「キャリア。お月さまが綺麗ですね」

だから妹の手をとり、メアリアは伝えた。

突然のことに少しだけ驚いたキャリアだったが、その意図に気づいたのかパァっと花が咲いたかのような笑顔を浮かべると、少し頬を染めて手を握り返してくる。

「えへへ、お姉ちゃんさん、お月さまが綺麗なのです！」

「ふふふー」

「えへへー」

二人の少女はころころと笑う。

本来であればそれは惹《ひ》かれ合う男女に用意された言葉なのだが、この歳頃の少女がその機微まで察することは無理があるというものだ。

もっとも、説明の時に気恥ずかしさを感じて誤魔化した拓斗にも問題はあったが……。

ともあれ、少々用法に間違いはあるものの、親愛の情を伝えるという点ではその言葉は決して間違ってはいなかった。

そして満天の星と、海のように広がる樹海のみが存在するこの場において、月の美しさを家族に向ける親愛の言葉にたとえることは、最も適切な表現であった。

「そうだ！」

だからだろう。

月のぬくもりが、キャリアに素敵な思いつきを運んできた。

「じゃあ今度、イスラお母さんも連れてくるのです。そうして二人でお月さまが綺麗ですねって、伝えるのです！」

「おーっ……そうする！」

とても凄《すご》いことを思いついたとばかりに、二人は瞳を輝かせる。

その提案がどれほどの意味と価値を持つかは、二人の少女の様子を見る限り明らかだ。

二人の少女にとって、イスラとは第二の母だ。

もちろん二人は本当の母親を忘れたことはない。

本当の母親がその命を捧げてくれたからこそ、彼女たちは今ここで幸せに暮らすことができているのだ。

いつも温かく包んでくれたそのぬくもりを忘れてはいない。

同時に、心を閉ざしていた自分たちにイスラがどれほどの愛情を注いでくれたかも忘れてはいなかった。

なぜ英雄である彼女がそこまで気にかけてくれるかはわからない。

だが、破壊と殺戮《さつりく》しか知らぬはずのその異形の腕で優しく抱きしめてくれたそのぬくもりは確かなものだった。

「ふふふ。きっと今日以上に楽しい日になりそうなのです」

次の満月は何時になるだろうか？　その日が待ち遠しくてたまらない。

三人で見上げる月はどれほど美しく輝いているだろうか？　そのことを考えただけでキャリアは自然とワクワクした気持ちになり、いてもたってもいられず何をするでもなく思わず立ち上がってしまう。

「それまでの秘密だよ？」

「はいです、お姉ちゃんさん！」

「……ふふふ」

「……えへへ」

二人の少女はころころと笑った。

次の満月の時は、二人の新しい母親もここに連れてこよう。

もしかしたら夜更かしを咎《とが》められるかもしれないが、きっとイスラのことだ、何だかんだ言いつつ許してくれるだろう。

三人でこの大きな月を眺めるのだ。

そうしてあの言葉を伝えよう。何よりも、大切な彼女に。

愛していると。

きっとその日は、何よりも素晴らしい一日になるだろうと信じて。


双子の姉妹が次に瞳を開けた時……。

その視界に飛び込んできたのは血液でできた海であった。

「いやあああああああっ!!」

「お母さん!!」

フレマインの自爆による巨大な衝撃がその地に存在するあらゆるものを吹き飛ばした後——。

二人とその母はまだ生きていた。

否——彼女たちの母イスラはもはや死を待つだけの状況で、生きているのが奇跡といった惨状であった。

鋼鉄をも超える強度を持つ皮膚はドロドロに焼け落ち、暴力的なまでの膂力《りょりょく》を生み出していたその巨体はその半分ほどが消失し原形を保っていない。

幸いと表現するにはあまりにも酷い状態であったが、それでも頭部の損傷は免れておりその口腔《こうこう》からはギチギチと弱々しい声が漏れる。

やがて意識が戻ったのか、かつての彼女に較べ

ると酷く緩慢な動作で首をもたげたイスラは、自らの腕の中に抱え込んだ双子の少女へと視線を向け、その安否を確認する。

「だ、だいじょうぶ……です、か？」

戻ってくるのは双子の少女による嗚咽《おえつ》混じりの返答。

その顔は煤《すす》にまみれ、歪《ゆが》んだ表情はボロボロこぼれる涙でどろどろだが、それでも二人が無事であることは確認できた。

その事実に、イスラは強い安堵《あんど》の気持ちを抱く。

イスラは、この二人だけは何をもってしてでも助けなくてはと思っていた。

それは……彼女にとってこの二人が本当の意味で娘と言える存在であったからだ。

なぜか？　イスラは——今まで子供を持ったことがなかった。

『Eternal Nations』というゲームの中の存在であるイスラ。

彼女が生み出す子蟲《こむし》は彼女の子ではあるが、あくまでシステム上のものである。データ上そう設定されているだけで実際にどうかはまた別の話だった。

こちらの世界に召喚された後に生み出された子蟲であっても、子供というよりはどこか端末めいた無機質な印象があり、事実子蟲の思考形態は感情のある生物というよりも群体を構成する機械に似た性質を有していた。

人間的な感性を用いて語るのであれば、それは決して子供とは言いがたい代物であった。

……イスラは自らがただのゲームのデータであることを良く理解している。

《全ての蟲の女王》などという大それた名前を付けられていても、ただ『ゼロとイチ』が生み出しただけの虚構の存在であると。

だからだろうか？　女王という設定を与えられた彼女は、この世界にやってきてからその内心において母性を発揮する対象を強く探していた。

応えれば反応が返ってくる。自らが庇護し愛すべきか弱い存在。

そんな中で現れ、自らを母と慕って甘えてくる双子の少女はきっとイスラにとって何者にも代えがたい宝物だったに違いない。

そう、自らの命をなげうってでも守りたいほどに。

「無事だったのですね。良かった、本当に、良かった……。では、今から言うことを、よく聞きなさい」

「そんなことより、怪我が――！」

「そ、そうなのです！　早く王さまと鳥頭さんにお願いして治してもらわないと！」

「わたくしは……大丈夫、です」

死の足音がヒタヒタと歩み寄ってくる音を聞きながら、イスラは力を振り絞って二人に語りかける。


真実を述べるのなら、双子の少女を犠牲にすればイスラは生きながらえることができた。

その驚異的な能力ですぐさま距離を取り、できうる限りの防御姿勢を取れば良かったのだ。

そうすればいくらフレマインの能力が強力で、かつ『ブレイブクエスタス』のイベントが悪辣だったとしても、同じく『Eternal Nations』のシステム介入によってダメージを受けるだけで済んでいた。

だが自らの子を犠牲にし、自らが生き延びることを良しとする母は、そう多くはない。

血が親子の絆を証明するのだろうか？　過ごした時間が親子の絆を証明するのだろうか？　否、たとえ血が繋《つな》がっていなくとも、たとえその時間が短くとも……。

二人の少女は確かにイスラの娘で、二人にとってイスラは確かに母親だった。

「わかっていると思いますが、わたくしは、もう

ダメです。だから、二人に託したいことがありま
す……」
残された時間はあまりにも少ない。そして残さ
れた手もあまりにも少ない。
突然訪れる最期に、こんなはずではなかったと
叫びたい気持ちを抑え、イスラは必死に己の意識
を保つ。
「いやっ!! いい子になるのです！ だからっ、
だから——！」
「な、何か手は……」
「残念ですが、時間がありません」
「キャリーたちが弱いから、キャリーたちが幸せ
になろうとしたから！ 幸せになろうとしたから、
だからまたバチが当たったのです！」
「どうして？ どうしてみんな死んじゃうの？
ただ一緒にいたいだけなのに。お母さんと一緒に
いたいって言うのは、そんなに悪いことなの？
私たちは、そんなに悪いことをしたの？」
違うと、イスラは叫びたかった。
だがすでにその力も残されていない。
もはや彼女の命は風前の灯火、その前にやらね
ばならないことがあった。
「一緒に死なせてお母さん。もう嫌、もう辛いの
は嫌なの……」
「もう、こんなの生きてても仕方ないのです。生
きててもやっぱりいいことなんてないのです」
「おねがい、さいごの言葉を……きいて」
「「…………」」
そう、彼女の望みは二人を生き残らせること。
この絶望的な状況から、何としてでも安全な地
へと二人を送り届けなくてはならない。
現在イスラたちがいる場所はブレイブクエスタ
ス魔王軍とマイノグーラ軍が戦う最前線だ。
フレマインによる自爆で何もかもが吹っ飛ばさ
れたとは言え、ブレインイーターやダークエルフ
たちマイノグーラの救助が間に合う保証はどこに

もない。

むしろ無限に湧き出る『ブレイブクエスタス』の魔物たちがこの地へと偵察にやってくる危険性だってまだ十分に残っている。

だから、残された手段はこれしかなかった。

「二人に、お願いがあります――」

「「ひっ！」」

双子が同時に悲鳴を上げた。

自らの母が唐突に残った副腕を胸に突き刺し、己の心臓をえぐり出したからだ。

と同時に、イスラの意図を理解してしまった。

「おげぇぇぇぇっ!!」

「ひっ、ひっ、ひぃっ――」

キャリアが嘔吐《おうと》し、メアリアが過呼吸の発作を起こす。

それは彼女たちの最もトラウマとするところであり、凄惨な記憶を思い起こさせることでもあった。


二人は、その話を一度だけ聞いたことがある。

イスラが取得可能な数多くの能力の中に、他者へ自らの力を継承するものがあることを。

その際には、継承者がイスラの心臓を食さなければならないことを……。

それは『Eternal Nations』においては、イスラが撃破された時に別のユニットを英雄化させるという何の変哲も特色もない補助能力だ。

だが現実のものとなった際に継承者に与える衝撃は、決して言葉で表せないものとなっている。

その愛が深ければ深いほどに……。

「先に逝く母をどうかゆるして、そして……最後の、お願いです……どうか、わたくしを食べて、生きながら、えなさい」

「やだ、やだやだやだ！」

「どうして、ひっ、ひっく、ひっ、どうしてよぉ……」

自らの行いがどれほど彼女たちの心に傷を負わ

せるか、イスラは理解している。

理解していてなお、これしか選べる手段がなかった。

彼女たちを苦しめると理解していてなお、愛する二人に生きて欲しいとそう願った。

「大丈夫。貴方たちは、このわたくしの可愛い娘ですもの……」

（主さま……申し訳ございません。どうかわたくしの勝手をお許しください）

そしてイスラは王の裁可を得ずにとあるスキルを取得する。

〈！〉
《全ての蟲の女王イスラ》のレベルアップ！
以下の能力を取得しました
《王位継承》

それこそが《王位継承》。

自らが撃破された際に、同じ国家のユニットに《英雄》スキルを付与するもの。

死にゆく者からの、最後の贈り物。

「王位継承――可愛い私の娘たち。メアリア、キャリア……貴方たちに我が力の全てを譲ります」

ドクドクと未《いま》だ鼓動をうつイスラの心臓が手渡される。ところどころから青白い魔力を放つそれは、少女たちの手の上に乗るとより強い輝く。

やがて最後の灯火が消えるように光はか細くなり、

「――望むままに生きなさい。私の可愛い娘たち」

英雄イスラはその生を終えた。

「――――愛しています」

「「お母さんっ!!」」

少女たちは、母を犠牲にして生きながらえることがどれほど辛く苦しいことかを知っている。

一度でも十分すぎるほどに苦しんだのに、もう一度同じ思いをしなければならないのだ。

だが二人は言われてしまった。

願われてしまったのだ。

最も愛する母に、生きてくれと。愛していると。

だから、二人の少女は――。

また自らの母を――。

………

……

…

……『ブレイブクエスタス』のイベントは続いていた。

進行上において勇者に倒され消滅したフレマインは決して知ることがなかったが、物語には続きがあったのだ。

物語においてフレマインの奸計によって死ぬのは彼の師であり父親代わりの人物。

冒険当初から参加や離脱を繰り返しながらも時としてその強力な戦闘力で戦いを勝利に導いてきた勇敢で誇り高き人物だ。

そんな彼もまた、勇者を守るために自ら犠牲となりその命を失うこととなる。

失意と絶望に嘆く勇者。

だが今際《いまわ》の際《きわ》に告げられた言葉により、勇者は立ち上がる。

こうして師の想いと力を継承し、世界を救うために より強い決意を抱く。

この時受け継いだ力こそが伏線となり、やがて魔王が持つ力を打ち破り世界を平和へと導くきっかけとなる。

愛と勇気と、人の意志を継いだ冒険譚《たん》。

ならばその対象が邪悪なる者であったら？

自らの境遇に絶望し、ようやく手に入れた安寧を無残にも奪われ。

無力と失意の中、また母を食って生きながらえなければならぬ者であったなら？

破滅の王に祝福され、バケモノの意志を継ぐ、全てを憎む少女なら？

イベントは止められない。
都合良く誰かが助からないのなら、世界にとって致命的な何かが生まれることを都合良く止められるなどという妄言もまた実現できぬのが道理であろう。
様々な思いが混じり合った混沌《こんとん》は巨大なうねりとなって世界に満ちていく。

〈!〉

勇者―error―は真なる力に覚醒した!!
対象のステータスを昇格します
………
対象の設定プロファイルが異常です
ステータス昇格をキャンセ……
処理に[redacted]によル介入が入ｒｉまシた
ステータス昇格処理継続
《王位継承発動》
スキル《英雄》を対象に付与します

―error― **覚醒処理が重複しています**
―error― **処理が正常に実行できません**
―erro **覚醒が完了しました**

世界の全てを知る者がいたとしても、この結果を導き出すことは困難であっただろう。
たとえ神という存在がいたとしても、予測は困難だったかもしれない。
それほどまでにあらゆる事象が複雑に絡み合い、もはや原型もわからぬ凄惨な被造物が産み落とされようとしていた。

――そして憎しみの卵は孵化《ふか》する。

はたしてそれは母の愛だったのだろうか? それとも母の狂気だったのだろうか? 通常ならばあり得ない現象が続き、世界の警告すらねじ伏せて己の意志を押し通す。

純粋であるがゆえに、それは決して止まることはない。

世界はいつも残酷だ。

それはいつだって彼女たちを憎み、彼女たちの不幸と絶望を願う。

だが同時に世界は平等でもあった。

だからこそ、全てを等しく地獄に突き落とすだけの力を彼女たちに与えたのだから……。

………

……

…

全てが終わった場所に、小さな影が二つ。

ゆっくりと起き上がり、夜空を見上げる。

それは新たなる生誕の祝福だった。

小さくか弱いただ庇護されるだけの存在から、自らの意志を突き通し己の憎しみを世界にばらまく存在へと生まれ変わった少女たちへの。

一度目の絶望で少女たちは心を壊した。


そして二度目の絶望で少女たちは……。

夜空には――

巨大な月がただ静かに光り輝いていた。

SYSTEM MESSAGE

※緊急通告※
世界に新たなる脅威が現出しました

【後悔の魔女エルフール姉妹】
～月の出る夜を恐れよ。
後悔に苛まれる少女を畏れよ。
その憎悪と悲しみは、世界を焼き尽くすまで
決して消えることはないのだから～

OK

第十話　混乱

イスラの撃破が確認された後、拓斗は茫然自失とした表情で自らの脳裏に流れる情報の本流に身を委ねていた。

なぜ？　の言葉が何度も繰り返され、どこで間違ったのだろうか？　という疑問が浮かんでは答えが出ぬまま消えていく。

マイノグーラ全軍が混乱をきたし、連絡権を持つダークエルフや配下のユニットからひっきりなしに判断を問う念が届く。

その全てを無視しながら、拓斗はある種の穏やかさすら感じさせる思考の空白の中に身を置いていた。

……凡百の存在であればこのまま消えゆくのだろう。

己の心を閉ざし、そのまま膝を抱え現実から逃げるかもしれない。

もしくは誰彼かまわず怒鳴り散らし、自らの失態を隠すかのように叫び回るのかもしれない。

だが、伊良《いら》拓斗という人物はそのどちらでもなかった。

『Eternal Nations』最優のプレイヤーは、その程度で測れる精神構造をしてはいなかった。

拓斗は静かに瞳を閉じ、大きく深呼吸する。

その時間にして数秒。まるで健康的な人間が朝起きて太陽を前にする動作のように緩慢で、自然体だ。

だが……。

再び彼がその瞳を開けた時、そこには明らかに今までとは違ったある種の悍《おぞ》ましさを感じさせる光が浮かんでいた。

『何が起こったのですか拓斗さま!?』

示し合わせたかのようなタイミングだった。

驚愕《きょうがく》の気配とともにアトゥより念話が届く。

先ほどまではイスラや双子の少女たちに意識が向けられていたために返答することができなかったが、今度は静かに意識を切り替え言葉を返す。

『イスラが撃破された。死亡イベントに巻き込まれたらしい』

『そんなことが――――ッ! チィィイッ! あれか!』

返答とともにアトゥが苛立《いらだ》ちの声をあげる。

この時、アトゥの脳裏に四天王のアイスロックより受けた攻撃が思い起こされていた。

と同時に戦闘の興奮と混乱にかまけ、その重要な事象を自らの王へと報告しなかった失態も想起される。

思わずその顔を憤怒に歪《ゆが》めながら叫ぶアトゥ。

だが彼女にとって咎《とが》を報告し罰を受けるのは今ではない。今すべきことは何よりも拓斗の安全を確保することだった。

『イスラの敗北は緊急事態。直ちに進路を変更し王都へと戻ります。護衛を用意しどうかそこから避難してください!』

イスラが破れたということは、現在マイノグーラの王都を守る兵力がほぼ存在しないことを意味している。

無論ダークエルフの防衛部隊もいるし、ブレイブイーターなどの『Eternal Nations』由来のユニットも存在している。

だがそこらの魔物ならともかく四天王級が現れては手も足も出ないだろう。

事態は想像以上に逼迫《ひっぱく》している。

アトゥは今までに感じたことのない苛立ちと危機感を覚えながら、進路を大呪界へと向ける。

『それだけど、待って』

だが、その足を止めたのは他ならぬ彼女の王だった。

『なぜですか、我が王よ⁉』

土埃をあげながら立ち止まり、空を見上げてその意図を問う。

その表情はもはや苛立ちや怒りを超え、すでに泣きそうなほど歪んでいる。

だが自らの王よりもたらされた言葉は、その表情を更に険しく歪めるものだった。

『イスラは死んだ。残念ながらこれは事実だ。だけれどもあの双子が残っているんだ。彼女たちが今、敵を蹂躙《じゅうりん》しながら南下している。おそらく仇《あだ》討《う》ちをするつもりだ』

『あの双子がっ⁉　何をいったい、しかし彼女たちでは――』

『イスラが《王位継承》を使った』

この時点で、アトゥは拓斗が伝えようとしていることと全てを察した。

イスラの能力の一つ――《王位継承》は対象のユニットに《英雄》のスキルを付与する効果がある。

それだけでなく、イスラが破壊された時に有していた戦闘能力もある程度継承されるのだ。

すなわち、今の双子は英雄に匹敵する能力を有している。

イスラが撃破された際にどのような経緯があったのかは不明だ。

だが彼女は最後の最後で自らの力をその娘たちに継承することに成功しており、新たな英雄が生まれることとなっていた。

拓斗は……その英雄の確保を考えているのだ。

『Eternal Nations』で生産できる《英雄》のスキルをもったユニットはあまりにも重要で、簡単に換えがきくような代物ではない。

通常のユニットと同じように破壊されたからすぐに再生産というわけにはいかない。

決して無視できない脅威が世界に存在すると露

呈した以上、これ以上の戦力低下は何としても避けるべき重要事項だった。

『今ここで二人を失うわけにはいかない。英雄ユニットの存在は今後の国家運営に大きく影響を及ぼす。……何より、あの娘《こ》たちは僕らの国の民だ』

理屈はわかる。道理もある。

そして……心情としても理解はできる。だが、それは平時の判断だ。

五里霧中の状況で下して良い選択ではない。

アトゥは相手が自らの王であることも一瞬忘れ、思わず声を荒らげてしまう。

『ならばすぐに二人を呼び戻してください！　一旦王都にて合流し、態勢を整えた上で反攻作戦に出ることを提案します！』

『それはできない。二人の状況は何とか確認できるけど、命令が届かないんだ』

『ありえない！　命令のできぬユニットなど不要！　破棄を具申します！』

『却下だ』

『拓斗さま‼』

危機的状況。非常にまずい状況にある。アトゥの焦りがどんどん強くなり、最悪の事態が脳裏をよぎる。

拓斗の判断がどのような考えによってもたらされたものかはわからない。

だが彼女には拓斗が無謀な決断を行っているようにしか見えなかった。

同時に、自らの失態がここまで事態をこじれさせてしまったことにアトゥは絶望的な気持ちになる。

いくら戦闘後にゴタゴタがあったとして、もっとシステムに関する攻撃の危険性を報告しておくべきであった。

戦争において情報とは何よりも重要視される事項だ。

情報がなければ目隠しで戦いに赴くのと同じで

あり、誤った判断を下した際に被る被害は尋常ではないものとなる。

彼女は歯が割れるほど食いしばり……そして叫ぶ。

『偉大なる我が王よ！　僭越《せんえつ》ながら報告申し上げます。ＲＰＧのシステムは脅威の一言！　このアトゥでさえ後れを取り、イスラも敗れました！　全て我ら英雄の惰弱がこの不始末の原因！　不甲斐《ふがい》なき私たちの責！　だから――だからこのご決断だけはどうかご再考を！』

アトゥは苦渋の表情で叫ぶ。

すなわち自らの価値を底辺まで貶《おとし》め、拓斗への進言を行ったのだ。

自らの力に絶対の自信を持ち、常日頃からイラ＝タクトの剣であり盾であると自負する彼女ら英雄がその誇りを否定するということはどれほどの覚悟が必要なのだろうか。

固く結んだ口端からは血がこぼれ落ち、それだけでアトゥがどれほどの覚悟と決意を持ってこの言葉を告げたかよくわかった。

だがこの進言は諸刃の剣でもあった。

もしかしたら王を余計に混乱させることになるかもしれない。

場合によっては失望の念を抱かれるというアトゥにとってはもっとも耐えがたい苦しみを与えられるかもしれない。

しかしながら自分を生贄《いけにえ》に差し出すことで王が抱いている焦燥感や罪悪感を少しでも和らげ、何とか冷静な判断を下してもらえるのであれば安い代償であった。

全ては王であるイラ＝タクトのため。

そう考え、この場で叫んだ。

だが……。

『そっか……。だとしても行ってくれ。僕らは――イスラに託されている』

拓斗の答えに、意志の揺らぎは一切存在しなかった。

『感傷でマイノグーラを、御身を危険に晒《さら》すわけにはいきません！　貴方さまは――拓斗さまは私にとって！』

魂の叫びは届かない。

このままいけば、今以上に最悪の事態も予想される。

すなわち予期せぬ現象――システムによる双子の敗北、そしてアトゥの敗北。

自らの死は痛くもかゆくもない。

だがアトゥにとって拓斗が死ぬことは何よりも耐えがたい苦痛だった。

他ならぬ自分に原因が存在する状況では、その未来を予想する恐怖は何よりもアトゥを苛《さいな》む。

だから、その言葉を受けた時……アトゥは雷に打たれたような衝撃を受けた。

『アトゥ、命令だ。――君にしか頼めないんだ』

『――――ッ!!』


その言葉で、熱していたアトゥの心がスゥっと冷えていく。

それは落胆や失望ではなく、まるで真理に気づいた狂信者のようだ。

彼女は命令を受けたのだ。であればすることは一つしかなかった。

やがて苦渋の表情からどこか納得したような、諦めたかのような表情を浮かべ、

『仰せのままに、我が王よ』

王の言葉を受け入れた。

『ありがとう、アトゥ。君を信頼している』

アトゥの心変わり、その理由は彼女が全てを思い出し理解したからだ。

自らの王がどういう存在であるかということを。

いつだって彼が下した命令を信じて進んできたことを。

イラ＝タクトは……『Eternal Nations』でもっとも強いプレイヤーだったということを。

ただ混乱し恐慌をきたしていたのは自分だけだったということを……。

そして何より、自らの主が持つ信頼すべきある特徴を。


イラ＝タクトは土壇場にこそ、その真価を発揮する。


いつだってそうだった。

彼は危険になってから、まるで神がかったかのような采配《さいはい》で全ての失態を無かったものとし、それ以上の成果をたたき出してみせるのだ。

それが『Eternal Nations』最高のプレイヤー、イラ＝タクト。

彼女が心から信頼し、愛する存在なのだから。

アトゥの足はやがて南方へ向く。

すでに王から情報の受領は完了している。

どうやら双子の少女たちの視界を通じて土地の状況は把握済みらしく、拓斗との繫《つな》がりがより強くなっているのかアトゥの脳裏にも朧気《おぼろげ》ながら状況が浮かんでいた。

現在は魔王軍が集合する場所の前方にある前哨基地のような場所にて戦闘が始まっているらしい。敵側の戦力を確認したわけではない。双子の戦力を確認したわけではない。

間に合わない可能性ももちろんある。

だがアトゥには今から全力で向かえば、きっと彼女たちと合流できるという確信めいたものが存在していた。

何よりイラ＝タクトが命じたのだ。

であれば結果は一つしかない。

アトゥは駆ける。その踏み込みは大地を削り、人外の脚力が生み出す速度は馬をもしのぐ。

すでに決断は下された。そして覚悟も決まった。

ならばあとは自らの使命を全力で全うするだけだ。

アトゥの瞳に強い意志の光が灯《とも》り、邪悪な気配がより強くなる。

同時に散発的に襲ってくる敵の魔物たちが塵《ちり》芥《あくた》の如く散らされていく。

主のサポートは十全に存在している。

ならば今の彼女の進撃を止められる者など、世界のドコをさがしても存在しない。

ただ……。

『アトゥ。一つ伝えておかないといけないことがある』

『……はい、何でしょうか？』

道なき道を進むアトゥに、静かな声で拓斗より思い出したかのように言葉が届く。

すでに覚悟が決まっている彼女は、いつもどおりその一言一句を聞き逃すまいと意識を集中し返答を行う。

『十分気をつけて――』

だが彼女の表情に少しだけ疑問の色が浮かび。

やがてそれは険しいものへと変わる。

『今の二人は狂っている』

事態は、彼女の予想よりもはるかに混沌《こんとん》としたものであった。

Eterpedia

魔女

ユニット種別

イドラギィア大陸災厄認定《さいやくにんてい》魔《ま》女《じょ》七悪《ななあく》

汚泥の魔女アトゥ
啜りの魔女エラキノ
後悔の魔女エルフール姉妹
※※※※※
※※※※※
※※※※※
※※※※※

解説

魔女は特殊なユニットです。

同時に世界に七体しか存在せず、そのどれもが初期から強力な能力と戦闘能力を有しています。

また魔女ユニットは敵ユニットに対するデバフ効果の能力を有していることが多く、その撃破には大量の軍もしくは同じ魔女や聖女の存在が必須になってきます。

一度撃破されれば再生産が不可能ですので、慎重な運用が必要になると共にゲームプレイのキーとなるユニットでもあります。

現在判明している魔女は上記の通りです。

第十一話　後悔の魔女

大呪界を抜け、ひたすら南に進んだ荒野にて。

ブレイブクエスタス魔王軍の四天王レディウィンドが守る主力防衛陣地に現れたのは一人の少女だった。

少女は身体の半面に爛《ただ》れた火傷《やけど》のような痕《あと》があり、なぜかその傷を露出させるかのような装いに身を包んでいる。

加えてうつむいた表情から見える片側の瞳には魔法陣のようなものが浮かんでおり、何より身に纏《まと》う濃密な魔の気配がその少女がただの娘でないことをハッキリと物語っている。

月明かりにより辺りが照らされているとは言え、時間はすでに深夜。

まるで幽鬼のごとくふらりと現れた場違い極まる少女に、防衛地を預かる四天王レディウィンドは思わずぎょっとした表情を見せると瞬時にして意識を切り替える。

風の四天王レディウィンド。

薄い緑を基調とした踊り子にも似た衣装に身を包み、青白い肌を持つ彼女は四天王で唯一の女性だ。だが無論彼女とてそこらの平凡な魔物とは一線を画した判断力を有している。

ゆえに配下の知恵ある魔物に指示し、その少女を取り囲むのにそう時間はかからなかった。

少女の名前は――キャリア＝エルフールと言った。

「まぁまぁ！　いけないいお嬢ちゃんだわ！　ここが魔王軍防衛陣地、風の四天王レディウィンドのねぐらと知ってのことかしらぁ？」

返答はない。

いや、ブツブツと何か独り言を言っているようだが、距離があるため何を言っているかはわからない。

レディウィンドは訝《いぶか》しみながらも悠然と歩みを進めてキャリアの前へとやってくる。

夜目の利く配下の魔物はすでに戦闘態勢を整えており、包囲網にはネズミ一匹逃げる隙間も存在しない。

魔物たちは今後の世界征服を進めて行くにあたって呼び出された粒ぞろいの精鋭だ。

加えて自分は四天王の一人、風のレディウィンド。

彼女が持つ絶対の自信と、自分たち以外の脆《ぜい》弱《じゃく》な生物に対する強者としての優越感が彼女の心から危機感や警戒感というものを消し去っていた。

「はぁ……どこからやってきたのかはわからないけど、例の街の人間かしら？　あらあら、一人でやってくるとはいい度胸ですわねぇ」

「何でキャリーたちがこんな目にあわないといけないのですか？　何でこんな酷《ひど》いことばかり起きるのですか？　なぜ、世界はこんなにも苦しいのですか？」

返事はなく、かわりに呟《つぶや》かれるその言葉は後悔であり憎悪であった。

彼女の人生にどのようなことがあったのかはわからない。だがおそらく自分たちに差し出された生贄《いけにえ》か何かで、その境遇を嘆いているのだろうかとレディウィンドは推察する。

「何を言ってるのかしら？　無理矢理ここに連れてこられたの？　あら！　あらあら！　それはそれは可哀想なお嬢ちゃんだこと！　じゃあ可哀想だから、ね～んいりにいじめてから、殺してあげますわぁ！」

その言葉の何かに反応したのか、それともただ声量が大きかったから気になっただけだろうか。

少女――キャリアはゆっくりと顔を上げると、

まるで自分が魔王軍のど真ん中いることに初めて気がついたと言わんばかりの表情でじぃっとレディウィンドの顔を窺《うかが》った。

「お前……ずいぶん威勢の良い顔していますね。自分の力に自信がある顔です。自分を疑っていない、強者を自負する者の顔なのです」

レディウィンドはここでようやく気づく。

致命的に会話ができていないと。その歪《いびつ》な文様が浮き出る瞳に映すのは、ただ狂気だけだと。

そして同時に、相手が全力の警戒をすべき存在であるということを。

「……警戒なさい。何だか様子がおかしいわ、あの小娘」

武装である鞭《むち》を取り出し、戦いの構えを取る。

同時に配下の魔物たちが威嚇の声を上げる。

小娘一人だと侮っていたのは事実だ。

だがそうでなくとも相手はたった一人なのだ。

無数の魔物がひしめくこの場所で何ができようと言うのか。

得体のしれない不気味さを覚えながら、レディウィンドは苛立《いらだ》ちで顔を歪める。

「疼《うず》くのです。顔の疵《きず》が……何もかも上手くいくと信じていた頃の自分が叫ぶのです」

少女の独白は続く。

だが先ほどと違うのは、ゆっくりとレディウィンドの方へと歩みを進めてくることだ。

恐怖や緊張という感情がまるごとどこかへと消失してしまったかのような態度にレディウィンドは耐えられず思わず叫んだ。

「うるさい子ね！　ちょ～っとその口を閉じてもらおうかしら？　やってしまえ！」

レディウィンドの命令と同時に魔物がキャリアに殺到する……。

自らが手を下さなかったのはレディウィンドの中に強い警戒があったからだ。相手の存在は未知数。

単純な戦闘力では四天王最下位に位置する彼女なりの生存術という面もある。

システムの制限限界数まで魔物が攻撃に参加し、その小さな体躯《たいく》が魔物の陰に隠れて見えなくなる。

続いて鈍い殴打音や咀嚼《そしゃく》音が響き……やがてレディウィンドは勝利を確信した。

「ああ、お母さん。ゴメンナサイお母さん。キャリーが無力だったから、キャリーがまた希望を抱いてしまったから……」

しかし……狂った少女の独白は変わらずレディウィンドの耳に流れ聞こえてきた。

「な、何よそれ……」

その光景を見たレディウィンドは、思わず驚愕《きょうがく》の声を漏らす。

少女の身体は……魔物の攻撃によって確かに傷ついていた。

爪や牙……そして棍棒《こんぼう》や槍といった得物で攻撃された少女は身体中から赤い血を流している。

だがそれ以上に、彼女に攻撃を加えていたはずの魔物たちがグズグズと腐り果てていくのだ。

オーク、ゴブリン、ヒルジャイアント。果ては魔物のヒエラルキーにおいて上位に位置する魔族ですら……。

まるで何か強烈な疫病にかかったかのように身体に浮腫《ふしゅ》が浮き、ドロドロと血と膿《うみ》が混ざった液体がこぼれていく。

やがて魔物たちの苦しみの声とともに不快な腐敗臭が鼻をつき、あっという間に哀れな配下たちは崩れ落ち金貨へと成り果てていく。

「世界に……誰かに頼ったら、必ず酷い目にあうって知っていたのに。期待するとダメだって知っていたのに。世界はキャリーが嫌いなのです。世界はキャリーのことが大っ嫌いなのです……」

少女はただ懺悔《ざんげ》する。

もはや彼女の瞳には何も映っていないようで、ただその言葉は自分とここにはいない誰かに向けられているようであった。

気がつけば……少女の傷は全て塞がっていた。

(何が起こった!?　魔物がやられた!?　くそっ！　敵かっ!!　けどどうやって……毒系の魔法？　いや……こんな強力な魔法聞いたことがないわ！　それより——なぜあの娘は回復しているの!?)

思わず距離を取り、情報の集収を図る。

何が起こっているかはわからない。

だが致命的な攻撃に晒《さら》されていることは理解できた。

一瞬だ……一瞬でレディウィンド自慢の配下がことごとく殺された。

その攻撃力は計り知れない。

「お前、何さっきからキャリーのこと見てるんですか？」

気がつけば……少女が自分の方へと視線を向けていることにレディウィンドは気がつく。

爛々《らんらん》と輝く瞳は魔族である彼女ですら寒気を感じさせるもので、まるで地獄を煮詰めて人の皮を被《かぶ》せたかのような不気味な気配がある。

レディウィンドは返答をしない。代わりに自らの得物を構え、鞭をしならせ少女を攻撃しようとした瞬間。

「お前も爛れてしまえ——」

「あっ——え？」

どろりと、自らの視界が歪《ゆが》む。

「ぎぃぃぃぃぃぃぃぃやぁぁぁぁぁ！　私の顔がぁぁぁぁぁぁぁぁ!!!」

レディウィンドは叫ぶ、確認せずとも彼女は理解した。

今まさに自らの顔が爛れ崩れ落ちていることを。

密かな自慢だったその顔が、目の前の少女と同じように穢《けが》されていくことを。

予備動作も発動の気配も、何もない不可視の攻撃が突如彼女を襲ったのだ。

「クソがぁ！　吹きすさべ！　《黒き呪いの

風》!!」

だが対するレディウィンドもこのままやられるほど愚かではない。

手で顔を覆い隠しながら放たれたのはレディウィンド必殺の技だ。

これこそが彼女が持つとっておきの技で、彼女だけが有する必殺の能力だった。

《黒き呪いの風》。それは闇の魔力と独自に編み出した呪術で戦闘中の相手の全ステータスを半減させるという、強力無慈悲な持続型減退魔法だ。

全ての能力に影響を及ぼすがゆえ、相手の戦闘能力を累乗《るいじょう》的に低下させることができる半ば反則じみた特性を有しており、システムの恩恵を受けているため一度放たれれば逃れる術は皆無に等しい。

だがこの技には致命的な問題が存在していた。

存在していたがゆえに、彼女は四天王で最弱の地位を甘んじていた。


すなわち……。

〈!〉光の加護が勇者をつつみこむ
キャリアは呪いをうちけした!

「……は？　嘘でしょ？」

自らの使命に目覚めた勇者には一切効かない。

素《す》っ頓狂《とんきょう》なレディウィンドの声とともに示された事実は、この魔法の唯一にして最大の欠点だった。

……『ブレイブクエスタス』の勇者はとあるイベント後に一定の加護を得る。

その加護は勇者にとって理不尽な呪い全てをかき消すものであり、彼が力を振るうのに障害となるあらゆるバッドステータスを無効化する。

共に戦うパーティーメンバーならまだしも、勇者がステータスを半減されるなどあってはならない。

勇者とは、絶対の存在なのだ。

（まずいまずいまずいまずい!!）

辺りを見回すと、見渡す限りいたはずの配下たちがことごとく爛れ落ちていく様が視界に入る。

レベルが高い魔物ほどその速度が遅いとは言え、最終的に行き着く先は同じだ。

そして明確な対処法を有していない自分が辿《たど》るであろう結果もまた同じ。

ここに来て自らが感じていた違和感が本能からくる警告だと理解するレディウィンド。

彼女は繰り返すゲームでの記憶を有していない。

ゆえに自らの技が打ち消されるのはこれが初めて。

勇者の存在もぼんやりと伝え聞く程度で、目の前の少女の力と繋《つな》げられるはずもない。

そもそもが絶対者として君臨していた彼女は、今の今まで自分が狩られる側に位置したことがなかった。

（何なのこれは！　何なのこのバケモノは！　こんなの聞いてない！　こんなバケモノがいるなんて――聞いてない!!）

だからこそ……その動揺は想像を超えるもので。

本来であれば魔王の四天王として誇り高き存在であるはずのレディウィンドが恐慌をきたすに相応《ふさわ》しいものだった。

「あああああああっ!!!」

〈！〉レディウィンドは逃げ出した

絶叫とともに風の魔法を使用し、勢い良く飛び立つ。

彼女が取った手段は、最も愚かで度し難いものだった。

彼女は知っていたのだろうか？　魔王四天王を含むボスモンスターは、一度戦闘行動を取るとシステムの制約で決して逃げ出すことができないことを。

今まで逃げ出したことなどなかったから、その制約を知らなかったのだろうか？　それとも知っていてなお、その場から逃走を選ばなければならないほどに恐怖を抱いていたのだろうか？

どちらにしろシステムは無慈悲だ。

それは定められた法則どおりに世界に適用される。


〈！〉ボスモンスターは逃げることができない

勇者からは逃げられない

魔女からは逃げられない

レディウィンドの逃走は失敗した！


不可視の力に縛られたかのように身体が固定され、浮力を失い墜落する。

地面にぶつかる衝撃で朦朧《もうろう》とするレディウィンドがうめき声を漏らしながら顔を上げると、爛々とした瞳で彼女を見つめる少女――キャリアと目が合った。

風の四天王レディウィンドは……いつかどこかで見た覚えのない記憶を幻視しながら、光とも闇とも表現できぬ存在を前に絶望を抱く。

「あっ、まって……ぐっ、げほっ、げぇ……」

どろどろと、身体が爛れ朽ちていく。

一歩、また一歩静かに死が訪れる。

少女は静かにレディウィンドを見つめる。ただ静かに、地獄を思わせる瞳で。

「た、たすけ……」

やがて小さく命を乞い、レディウィンドは金貨へと成り果てた。


――月は美しく輝いている。

魔に属する者たちがその力を一切発揮することなく爛れ溶かされていく地獄。

その場所よりさほど距離を取らない別の魔王軍駐留地では、また別の地獄が繰り広げられていた。

その場所では巨大な魔法陣が施設されている途中であった。

それは絶えず赤黒く発光を繰り返しており、周囲に規則的に並べられた巨大な水晶状のアイテムから魔力を供給されているようだった。

大きさにすると一国の都市の広場ほどはあるだろうか？　設備も術式もこの世界におけるそれとは全く異質なもので、だが漂う気配から感じる濃密な死の香りに真っ当な目的に使用するものではないことはよくわかる。

配備される魔物は精鋭揃い。先ほどの防衛地点よりもより強力な魔物と魔族がひしめいており、この場所が魔王軍にとって重要な施設であることが一目でわかる。

その地は、疫病で壊滅した先の防衛地以上に奇怪な状況となっていた。

「…………」

「…………」

「…………」

「…………」

「…………」

無言だった。

ありとあらゆる魔物、魔族が無言でその場に立ちすくんでおり、ぼんやりと意思のない瞳でただ目の前を見つめている。

「あはははは!!　あははっ！　アハハハハ!!」

その魔物たちの間を、一人の少女がくるくると踊りながら駆け回っている。

片方の瞳に不可思議な魔法陣を浮かべたダークエルフの少女——メアリア＝エルフールだ。

かつては何を考えているのかわからぬ表情が特徴的だった少女は、今はその瞳に確かな狂気を宿し、ただひたすら笑い踊っている。

静寂と無言が支配するその場所で少女はまるで闇夜に灯《とも》る明かりのように目立っていたが、魔物たちはその様子を視認しても一切行動に移そうとしない。

少女はくるくると楽しそうに踊る。

その少女に視線を向ける者が一人。

数多《あまた》のカラクリ武器を操り、魔王軍における施設建造を一手に引き受ける土の四天王オルドメカニクは、憎悪の瞳でその少女を睨《にら》み付けていた。

〈！〉オルドメカニクは攻撃方法を忘れている！

何が起きたのか、それすらもわからない。

魔法陣の建築は順調であった。

すでに施設の完成は90％を迎えており、あとは起動実験を行うだけでいつでも使用可能な状態に持って行ける。

その事実に満足しながら、配下の岩石騎士へと指示を行った瞬間だった。

先ほどまで忙《せわ》しなく作業を行っていた魔物たちがピタリと動きを止め、まるで仕事を忘れてしまったかのように呆然とし始めたのだ。

「世界は私たちが嫌いなの！　私たちのことが大嫌いなの！」

少女はその時より現れた。

彼女が仲間でないことは理解できる。排除すべき存在であることも理解できる。

自分たち魔王軍に戦時法など存在せず、どのように敵を殺したところで咎《とが》める者がいないことも当然の常識だ。

だが……その方法がどうしても思い出せなかっ

た。

（攻撃を受けている可能性あり。防御が必要。だが……攻撃の質が不明！）

無論オルドメカニクも四天王という地位を有しているだけあって様々な精神魔法に対する抵抗力は持ち合わせている。

眠りや混乱といった基本的な魔法はもちろんのこと、幻惑や憤怒といった特殊なものにも完全な防御が可能だ。

だが、今受けている攻撃はそのどれとも言えなかった。

敵の攻撃はわからない。

だがこのまま茫然自失で立ちすくむわけにもいかない。

なぜなら……。

「世界が私たちのことが嫌いだから、だから愛が必要なんだよ！」

パクリ……と少女が小さな口を大きく開け、何かを咀嚼する仕草を見せる。

瞬間……少女の近くにいた魔物が上半身から虚空に食いちぎられ消え去っていく。

まるで差し出された食糧のように、魔物たちはその少女の胃袋へと消えていくのだ。

「私たちは生きている。食べて食べて食べて、愛する人たちに生かされている！」

どんどんと魔物の数が減っていく。

オルドメカニクは彼女を止める方法を何とか模索しようとするが、まるで記憶が欠落したかのようにその方法が思い出せない。

逃げるわけにいかない。助けを求めるにも……時間が足りぬだろう。

配下の魔物や魔族はあてにならない。自分がどうにかするしかない。

だが……その手段はすでに失われていた。

「聞こえる！　みんなが私に囁《ささや》いてる。肉の一片が！　血の一滴が！　私に生きろと囁いている！

私の中に、みんながいる！　お母さんがいる！　もう寂しくないよ！　もう怖くないよ！」

パクリ。また一人配下の魔族が虚空に消失した。

「ありがとうみんな！　ありがとうお母さん！　嬉しい！　私、とっても嬉しいよ！」

パクリ。まるでお菓子を摘《つま》むかのように、その魔物は頭だけを失った。

「輝いている！　世界がこんなにも残酷だから、だから愛が存在するんだ！」

全ての感情はその存在を認めることで初めて生まれる。

形はなく、知恵ある者が精神の動きを定義づけすることによって発生する概念だ。

だが愛の実在を叫びながら忘却を振りまく少女の心に存在する矛盾は一体何を意味するのか？　すでに思考力を喪失しつつあるオルドメカニクには、そんなことを考える余地すらない。

あらゆる思考は、彼から失われようとしていた。


だが、敵を駆逐するにあたって考える必要などないとしたら？　その手段が偶然にもオルドメカニクに存在していたとしたら？

（緊急事態。――仕方ない、カラクリ鎧《よろい》を自動戦闘に切り替える）

カチリと小さな音が鳴り、オルドメカニクに変化が現れた。

土の四天王オルドメカニクは小さな老人の体躯に蒸気を噴き出す機械が組み合わさった姿をしている。

この外部骨格とも言える鋼の鎧には魔力を用いた機械が組み込まれており、設定を行えば自動で敵を攻撃することができる特性を有している。

自らは補助や回復魔法を使い、カラクリ鎧に攻撃を任せる戦い方。これがオルドメカニク必殺の戦法だ。

オルドメカニク自身が動けずとも、カラクリ鎧がその溢《あふ》れんばかりの膂力《りょりょく》で目の前の少女など容《た》易《やす》く排除するだろう。

設定の切り替えは攻撃にならない。何が起こるのかわからぬまま、耳障りな駆動音を鳴らしカラクリ鎧の巨腕が少女に襲いかかる。

「――だめ」

〈！〉カラクリ鎧は動作を忘れた

だがオルドメカニクの予想は崩される。

カラクリ鎧がバラバラと崩れ落ち、まるで自分自身を忘れてしまったかのように消え去っていく。

ここに来て初めて、オルドメカニクは少女が繰り出す不可視の攻撃が生命以外にも作用することを知る。

（危険度極大。我が生命捧げてでもここで止める。魔王様お許しください――魔法陣暴そ）

「だーめっ」

〈！〉魔法陣は動作を忘れた

魔力を暴走させ、巨大な爆発を起こそうとしていた魔法陣はその方法を忘れてしまう。

説明や予兆すらなく終わる。

オルドメカニクが残った思考で生み出した全ての作戦は少女のたった一言で無力化された。

あまりにもあっけない幕引きだ。

その魔法陣が何を目的としていたのかは不明だ。少女は最初から知らないし、オルドメカニクもそのことはすでに忘れている。

だがそんなことをいくら考えたところで意味はない。

なぜならすでに魔法陣は自らの役割を忘れ、その機能を停止しているからだ。

少女と――目が合った。

「貴方は……愛を信じている？　愛はあるんだよ？」

〈!〉 オルドメカニクは ちから を忘れた――

オルドメカニクは すばやさ を忘れた――

オルドメカニクは ゆうき を忘れた――

途端、オルドメカニクの心をとてつもない空虚感が襲う。

自分の精神がバリバリと食われていくように喪失していく。

戦うことはもちろん、逃げだすこともすでに忘れている。

オルドメカニクはただ自らに許された感情をひたすらに発露することしかできない。

「ひっ、ひぃっ！……」

どこか無機質で、彼が作り出す数々のカラクリ武器と同じで感情がないと言われていた四天王の男。その男が初めて見せた感情は恐怖だった。

情けない声が漏れ、膝がガクガクと揺れる。

かつて世界を恐怖に陥れ、数々の人間とその国家を滅ぼしてきた土の四天王とは思えないほどの有様だった。

そんな有様を見て、少女は瞳を輝かせる。

「怖い？　怖いの？　ねぇ、怖いの!?　アハハっ！　怖いんだ！　怖いんだぁぁぁ!!」

少女が駆けてき、彼の頭を両手で掴《つか》みその瞳を見つめる。

それはまるで自分が抱く恐怖をあますことなく味わうかのようで、その姿が何よりも恐ろしく。

ついにオルドメカニクは自らの誇りも何もかも捨て去り情けなく叫んだ。

「う、うわあああ!!　魔王様！　お助けください魔王様！」

否、すでに誇りなど彼の中から失われていた。

「大丈夫。怖かったら忘れちゃえばいいんだよ」

〈！〉オルドメカニクは恐怖を忘れた
オルドメカニクは魔王の存在を忘れた
オルドメカニクは自分が何者であるかを忘れた

ビクリと、一瞬痙攣《けいれん》しオルドメカニクは呆然と立ちすくむ。

その瞳はすでに数を半数ほどに減らした彼の配下たちと同じようで、完全に自分という存在を忘れているようであった。

少女――メアリアはそんなオルドメカニクをある種の慈愛に満ちた瞳で見つめる。

「忘れよう。全て忘れるの。辛《つら》いことも嬉しいことも、世界も何もかも……全部私が消し去ってあげる」

「あ、えっと……あれ？　え？」

「そうすれば、愛だけが残るから」

オルドメカニクにはもはや何も残されていない。

精神性が人物を構成するのだとしたら、もはや彼のそれは失われつくしてしまった。

ここにいるのはその抜け殻だ。

だが、彼の心は不思議と温かな気持ちに満たされている。

もしかしたらそれこそが唯一忘れず残された愛だったのかもしれない。

だがそのことを知ることなく……。

四天王の一人オルドメカニクは自らが生きていることすら忘れた。


――月は美しく輝いている。

Eterpedia

キャリア=エルフール

戦闘ユニット

戦闘力：22　移動力：2

《捕食》《疫病感染》
《邪悪》《英雄（偽）》
《勇者（偽）》《狂信》

※月が出ているほど狂気と戦闘能力が増す。
満月の日にその力は最大となる。

Eterpedia

メアリア=エルフール

戦闘ユニット

戦闘力：25　移動力：2

《捕食》《白痴感染》
《邪悪》《英雄（偽）》
《勇者（偽）》《狂信》

※月が出ているほど狂気と戦闘能力が増す。
満月の日にその力は最大となる。

解説

～世界は私たちの事が大嫌いだから――
――私たちも世界の事が大嫌いなのです～

第十二話　幕切れ

一人の男が、大地に佇《たたず》んでいた。

年齢不詳のその男は、くたびれた黒色の外套《がいとう》から鋭い視線を向けている。

視線の先には二人の少女。

世界と運命に翻弄され、月の魔力に魅入られた哀れな娘たちだ。

その地は、一言で表すのなら奇妙という単語がしっくりときた。

何らかの建築を行っていた様子があり、どこから持ち出したのか土塊《つちくれ》や木材が見て取れ、場所によっては足場さえ作られている。

だが肝心のそれらを建築すべき存在の気配が一切せず、まるで建築途中で放棄されたかのような空虚感のみがある。

ここにはすでにその男しかいない。

その事実を如実に物語る光景だった。

——男が、静かに語り出した。

「貴様らか……我の配下をことごとく打ち倒してみせた者は。かようなか細さでそれをなし得るとは、つくづく運命とは我を翻弄するのが好みらしい」

男はどこか楽しそうに語る。

思慮深さを感じさせる深みのあるその声音は、まるで会話というものを楽しんでいるかのように弾んでおり、だが同時に警戒や油断というものが一切存在していない。

「しかしだ……。であればこそ我は貴様らにここで死んでもらわねばならぬ。それが約定《やくじょう》だからな」

ＲＰＧ『ブレイブクエスタス』。

最終ボス……魔王

この男こそが、エルフール姉妹が行う後悔の旅――その終着点であった。

「貴様らがどのようにして我が配下をうち滅ぼしたかは知らぬ。だが矮小《わいしょう》なる存在では我の身体に傷を付けることすらできぬぞ」

言葉と同時に世界が歪《ゆが》んだ。

空気中に存在する魔力が急激に変動し男の身体を取り囲む。

次いでそれは漆黒の衣となって絶対の防御を作り上げた。

〈!〉魔王は闇の障壁をはった!

先ほど見えた男の表情はすでにうかがい知ることができない。

光や空間を歪めるほどに強力な不可侵の力場《りきば》がそこに存在していることをそれは表していた。

しかし……。

〈!〉勇者の力が闇を打ち払う!

闇の障壁は消え去った!

双子の少女――エルフール姉妹の身体が一瞬淡い光を放つ。

同時にパキンと軽快な音が鳴ったかと思うと、ガラスが割られるかのように魔王を包みこむ障壁を打ち砕く。

先ほどまで漆黒に包みこまれていたその顔は、今は驚愕《きょうがく》の色が濃く浮かんでいた。

「その技……勇者の力に目覚めたというのか? どういうことだ? この世界には勇者は存在しないはず……その約束だが、一体何が?」

初めて魔王に困惑が見て取れた。

無数に存在する彼の記憶をたぐり寄せても、この現象を使用できるのは勇者ただ一人のみである。

そして勇者とは彼が知る人物ただ一人。

闇の障壁はあらゆる攻撃を減退させる彼が誇る絶対防御だ。

この力があるからこそ彼はかつての世界を恐怖に陥れることができたし、魔王を倒せるのは勇者のみであると人々の間で語り継がれていたのだ。

その前提が……彼が知る絶対不変の法則が崩れている。

魔王は、生まれて初めて混乱という感情を経験することになった。

「その力は誰から与えられたものだ？　何が貴様らに勇者の力を授けた？」

少女たちは答えない。

ただ静かに、その歩みを進めていく。

言葉を知らぬのか、それとも言葉を交わす意思がないのか。

魔王は、そういえば自分が知る正統たる勇者も同じように無口だったなと思い出し小さく笑った。

「まぁ……良い。全て滅ぼし、征服しなければならないのだ。それが約束だからな」

そして、魔王は意識を切り替える。

会話から戦闘へ、みすぼらしい見た目の男から魔王へと。

……切り替わったのは彼の意識だけではなかった。

魔王の身体が突如膨れ上がる。

同時に外套を切り裂いて無数の刃がその身体から突き出される。

それはおさまることを知らずにドンドンと肥大化し、最後は小さな屋敷ほどの大きさとなった。

「……最初から変身することが不思議か？　それともゲームのように段階的に戦うのがお好みか？　制限の多くが失われたこの世界では、そのような無粋を言う者もいまい」

先ほどの男と同じ鈍い声がその巨大な物体から出され、血のように赤い瞳が爛々《らんらん》と輝く。

魔王の身体は……この世全ての争いそのものので

あった。

比喩ではない。

その身体は無数の動く死体で構成されており、更には剣や斧、鎧や盾といった装備を数珠《じゅず》つなぎにし鎧としている。

不和と争いを象徴する四つ足の獣――それが魔王の真なる姿だった。

ぎょろりと、死体と金属の山からむき出しになった巨大な眼球がエルフール姉妹を捉える。

ガチャリと、巨大な刃の群れが生きているかのように蠢《うごめ》く。

『ブレイブクエスタス』における制限と、この世界に引き継がれた制限。

短い間にそれらの検証を完了させていた魔王は、最初から全力で二人の少女を排除することにした。

彼が持つ魔族の王としての超感覚と、胸騒ぎにも似た警戒感がそれを成していた。

曰く……目の前の少女たちを決して侮ってはいけない。

それは見た目が少女の形をしているだけの、恐ろしい存在であると……。

「おそらく……。貴様らをうち倒すことが、我に課せられた試練なのだろうよ」

会話はすでに意味を成していない。会話とは相手がいるから成立するものであって、一切聞く耳を持たず殺意のみをもって向かってくる少女たちでは致命的に成り立たないものだ。

そのことを理解しながら、どうしても聞かねばならぬことがあったと魔王は思い出す。

孤独の魔王はまるで開戦の合図を行うかのように、最後に彼女たちに問う。

「戦いの前に一つ……確認をしたい」

――全ての魔物が爛《ただ》れ、生きることを忘れ、食われてしまった中。

最後に残った魔王は彼にとって最も重要な事柄について、口にした。

「貴様らは神の存在を信じるか？」

「「そんなものドコにもいない」」

少女たちは憎悪の籠もった声で吐き捨てた。


〈！〉魔王があらわれた！


全ては死んでしまった人たちのために。

過ぎ去った大切な思い出のために。

決して戻ってこない過去へ手向けるための戦いが始まる。


激戦という言葉は、まさしくこの戦いのために存在しているのだろう。

メアリアとキャリアは姉妹特有の連携をもって魔王に不可視の攻撃を仕掛け、魔王もまた己が持つ全力をもってその全てを凌《しの》いでいた。


「刃よ！　我に人の死を捧げよ！」

魔王の背から彼を構成する無数の武器が射出される。

上空に打ち出されたそれは放射状の軌道をとり、エルフール姉妹に降り注ぐ。

大盤振る舞いとも、空を埋め尽くすほどとも表現できようそれは、狙われた方からすれば死の宣告に等しい。

その数ゆうに百を下らず、狙いは酷《ひど》く正確だ。

だが対する相手も凡百ではない。

それどころか世界に生まれたばかりとは言え……魔女だ。

イドラギィア大陸における七つの災厄。その一つなのだ。

この程度で落ちるほど、慈悲に溢《あふ》れる存在ではなかった。

「あははは！　綺麗！」

姉のメアリアが瞳を輝かせて両手を空に向ける。

彼女の瞳に浮かぶ紋章が鈍く輝いた瞬間、双子の少女を狙っていた無数の武器は全てその目的を忘れた。

「キャリアッ‼」

「……わかりましたです。お姉ちゃんさん」

次いで妹のキャリアが瞳を光らせる。

同時に、魔王の足下がグズグズと崩れ始め、体勢を崩す。

「くっ――小癪《こしゃく》なぁ！」

魔王へ直接攻撃を放たないのは、彼のレベルと防御力の高さゆえだ。

双子の少女の持つ《白痴感染》と《疫病感染》は強力な能力ではあったが、相手の戦闘能力が高いと基礎能力で抵抗《レジスト》されるというデメリットが存在していた。

有象無象であれば瞬時に殺害が可能ではあるが、強力な存在に向かって使うにはそれなりに時間が必要だった。

加えて距離と魔王の再生能力だ。

双子の能力をその観察眼ですぐさま見抜いた魔王は、先ほどからアウトレンジ攻撃に徹している。

更に彼が持つ強力な再生能力がかろうじて与えたダメージや忘却を回復させてしまう。

無論魔王側の攻撃もメアリアの《白痴感染》で全て忘れさせることができるため、戦況は膠着《こうちゃく》状態と言える。

だからこそこのタイミングでメアリアは魔王の足下を腐らせ、彼の意識を一瞬奪った。

そう、全ては接近戦を挑むため。

武器を持たぬ二人が、その手段を得るため……。

〈！〉エルフール姉妹は魔王の武器を手に入れた

…………魔王の武器は呪われていた！

撃ち放たれた無数の武器。戦場に転がるそれを素早く拾い上げる二人。

メアリアは双剣。キャリアはハルバード。

無論……。


〈！〉メアリアの《白痴感染》！

魔王の武器は呪いを忘れた！


呪いの罠など考慮に値しない。

「我の身体をも御して見せるか！　何たる傲慢！　何たる不遜！　それでこそ我が試練よ！」

大地が爆《は》ぜ、二人の少女が疾駆する。

迎撃するかのように撃ち放たれる武器の山が瞬時に消失し、行動阻害とばかりに魔王の身体が爛れ崩れる。

それでもなお、魔王は落ちぬ。

鋼鉄すら容易《たやす》く切り裂くその爪をもって双子の少女を迎えると、人の身では視認すら困難な剣戟を繰り広げた。

魔王は逃げ出すことができない。

たとえそれが可能だったとしても、彼に逃げ出す選択肢は残されていないだろう。

戦いは、わずかにエルフール姉妹に傾こうとしていた。


………

……

…


魔王の変身は最初から最終段階を迎えている。

今の彼にこれ以上の手は残されておらず、じりじりと傾く天秤をひっくり返せずにいる。

デバフ系――能力減退系の魔法を放っても全てがかき消される上に、そもそも通常の攻撃すら満足に相手に通すことができない。

逆に接近戦によって相手の攻撃は確実に自分を滅びへと誘《いざな》っている。

脳裏にはすでに敗北の二文字が浮かんでおり、すなわちそれは永遠の無に堕《お》とされることを意味していた。

「負けぬ！　我には神がついている！　神に選ばれし我が、このような場所で負けるはずなどない！」

魔王は叫ぶ。

それは自らに英知をもたらし、この世界へと導いた神に対する祈りであった。

世界に闇をもたらすはずの存在が、神を信奉するとは何たる皮肉だろう。

「平穏だ！　何よりも望む平穏がすぐそこにあるのだ！　我は神の試練を乗り越えてみせる！」

そして彼らが軒並み平穏を望んでいるとは、何たる喜劇だろうか。

イスラとともに散った炎の四天王フレマインしかり、魔王しかり。

彼らはなぜこの世界に連れてこられたのか。なぜ意思など持ってしまったのか。

もし彼らが心を持たず、ただただゲームのデータ上の存在として生き続けることができれば、どれほど幸せだっただろうか。

魔王の脳裏にこの世界にやってきた時の出来事が思い起こされる。

無限に広がる白の世界、そして自分の存在がいかにちっぽけでくだらないかを知らしめる圧倒的存在感。

次いで語られる世界の真実。

そう――神は実在する。

ソレは彼らの前に姿を現し、確かにその御言葉を下した。

その約束が……神と交わした約定があるからこそ、魔王はこの地でも世界を征服することに疑問を持たなかった。

自らがそれしかできぬ存在であると知ってなお、決意を抱くことができたのだ。

全ては神にもたらされる永遠の幸福と平穏のた

めに。

　自らがゲームの存在から確固たる意思を持つ存在に昇華するために。

「アハハハハ！　ねぇ！　ねぇねぇねぇ！　神様はいないんだよ？　神様はドコにもいないの！　世界は私たちに残酷なんだよ！」

「神様、神様とさっきからとてもうるさいのです。ぎゃあぎゃあ喚《わめ》くその口を閉じろ」

　魔王の願いに、二人の魔女は侮蔑をもって返答とする。

　彼女たちは、致命的なまでに魔王とその願いに興味がなかった。

「神は！　神はいるのだ！　神こそが平穏を与えてくださる！　神は我々の苦悩を理解してくださる！　それが約定だ！　その証《あか》しとして、我はここにいる！」

　魔王は叫ぶ。

　神の慈悲、神への懺悔《ざんげ》、神への願い、神への宣言。

　ぐるぐるとあの時の光景が魔王の中で反芻《はんすう》される。

　一人のみすぼらしい男。彼が抱いた野望が崩れ去ろうとしている。

　たった二人だ。たった二人の小娘の前に、その願いは消え去ろうとしている。

「我は自由を手に入れる。自由を手に入れ、争いのない世界に行くのだ！　閉じた世界の外側へ！　ゲームの外側へ！」

　魔王は叫ぶ。

「願い、信じれば！　偉大なる神は応えてくださるのだ！」

　――その言葉を確かに耳にした二人の少女は、まるで汚物を見つめるかのような視線を向けるだけだった。

　二人の少女は知っている。

　この世には夢も希望も何もないのだ。

全ては憎むべき対象で、信じれば信じるほど裏切られる。

唯一信じて良いのは過去のみ。優しく、そして優しいがゆえに失われてしまった者たちだけが、彼女たちにとって信じられるものだ。

彼女たちの心も力も身体も、意思も信念も想いも、全て過去に向けられている。

死んでしまった人たちへの後悔を胸に、ただ亡くなってしまった人たちのためだけに、月に狂った二人の少女は突き進むのだ。

「世界だ、世界を捧げれば神は願いを叶えてくれる！　貴様らの神は何だ？　貴様らが信じるものは何だ⁉　貴様らの神の名を言え！」

「『神などいない』」

二人は再度答えた。

神なんていない。

そんな都合の良い存在は、この世界のドコにも存在しないのだ。

一瞬、優しかった王の笑顔が脳裏をよぎったが、それすらも振りほどく。

チクリと、胸が痛んだ気がした。

——月は美しく輝いている。


結局、戦いは予定調和の如く終了を迎えた。

魔王の戦闘能力は、満月の下で最大まで強化された双子の少女に及ばない。

純然たる事実で、そこに奇跡などが入る余地はなかった。

もしこれが戦闘能力にそう大差ないものだったのならまた話は違ったのだろう。

だが……残念ながら事実はそうならなかった。

ゲームとは一つの世界とも言える。

それは多くの人を楽しませ、物語を紡ぎ、そして人々に感動と興奮を与える。

数多くの記録や伝説を作り、ＲＰＧにおける不朽の名作とも呼ばれ、未《いま》だにリメイクやメディアミックスが行われ根強いファンが多数いるＲＰＧ『ブレイブクエスタス』。

その最後に鎮座するラストボス。魔王の最期にしてはあっけなく、そして何よりも寂しいものだった。

「ああ、我が朽ちていく。我の夢が、希望が……消えていく」

グズグズに崩れ落ち、全ての武器が消失し、それでも魔王はまだかすかにその生命を維持していた。

双子の少女はすでに魔王に興味を失ったようで、ぼんやりと月を見上げている。

戦いは終わったのだ。

敗れ去る者にかける憐憫《れんびん》の情などどこにも持ち合わせていない。

だが……エルフール姉妹にとって終わった戦いでも、魔王にとってはそうではなかった。

「できぬ……我は死ぬわけにはいかない。この意思が存在する限り、我が神の名に誓って……我は死なぬ！」

時として、強い意志が運命を変えることがある。

決して覆せぬはずの出来事を、強引にねじ曲げてしまうこともある。

特にそれが……イベントで定義付けされたものならなおさらだ。

なぜならシステムは対象を考慮しないのだから。

〈！〉強い意志が魔王をささえる
魔王の傷がみるみる消えていく！

危機の際に意志の力で覚醒を迎える。

それは最も陳腐で、最もありきたりと言える現象だった。

だが陳腐でありきたりだからこそ、当然のようにその現象は現れる。

世界は残酷だ、だが同時に平等でもあった。

無力で哀れな少女が後悔と憎悪の中、新たな力を得るのであれば。

力持つ魔の存在が願いと希望の中、新たな力を得ることもまたあり得る。

「おお、おお！　やはり、やはり我はここで終わる存在ではないのだ！　我は神に愛されている！」

魔王の身体を新たな魔力が包みこみ、強い光を放つ。

強く、気高き光だ。

意志と力の籠もった鋭い瞳がようやくこちらに視線を向けた少女たちを射貫く。

「やはり神は我をご覧あられた！　この我に勝利をもたらしてくれる！」

そして高らかに宣言する。

自らが信じ、全ての夢をかける神の名を。


「聞けい！　我が神の名は——」

〈！〉みだりに神の名を口にしてはならぬ
「——え？」

その瞬間。何者かが空より飛来する。

エルフール姉妹でもなく、魔王でもない。その場に招かれざる第三者。

軽妙な金属音とともに銀光が一筋走り、轟音が響く。

砂埃が舞うより早く魔王の身体に縦の線が生まれた。

襲来の刹那、イスラから継承した超感覚と膂《りょ》力《りょく》でその場から瞬時に距離をとったエルフール姉妹はわずかに体勢を崩しながら鋭い視線を魔王の方へと向ける。

「「……………」」

そこには、身体を真ん中から二つに切断された彼女たちのかつての敵が存在していた。

切り口は驚嘆の一言。

定規を使ったかのように美しく一直線に切断されたそれは少しの歪みも存在していない。

更には魔王の強靭《きょうじん》な身体を切り裂いたにもかかわらず、無駄な力が一切かかっていないのか周囲への影響が驚くほど少なかった。

その事実を証明するかのように、鉄と死者ででき たその身体は未だ自らが正常であると言わんばかりにその場で静止している。

だが時間の経過とともに変化は大きくなっていく。

やがて左右を分かつよう離れていった魔王の身体はゆっくりと地面に伏し、あり得ない量の金貨の山となった。


〈!〉魔王を倒した!

ブレイブクエスタス魔王軍は滅びた!


二人の少女は一瞬確認するように顔を見合わせ、再度視線を戻す。

特大級の横やりが入った。

無粋極まりないそれは、まるで何かの意図が働いたかのようなタイミングで飛来し魔王を討ち滅ぼしたのだ。

何者が？　何の目的で？　どうやって？　いくつもの疑問が瞬時に湧き、だがその答えを見つけることなく消えていく。

予想外の状況だ。だが二人は意識を揺らすことはない。

彼女たちの内に秘める英雄と勇者の素質。そして何より魔女としての本能がまず何よりも先に魔王を容易く討ち滅ぼした存在に最大級の警戒を見せるからだ。

「……誰かな？」

「……何で邪魔したのです？」

土煙が収まり、その場に現れたのは一人の男だった。

年齢は……そう老けてはいない。むしろ若すぎる位だ。少女たちよりも四～五歳年上といったところだろう。月夜に照らされて美しく光る湾曲した片刃の武器と、少女たちが今まで見たどの文化のものとも違う見慣れない黒の服装の男だった。

どこか軽薄そうな様子のその男はフッと自らの武器を振り、血糊を飛ばす動作をするとその鞘《さや》の中にしまう。

少女たちの視線は男へと向かっている。

困惑や警戒もあるが、何より憎しみが強い瞳だ。

魔王は……彼女たちの敵《かたき》であった。

第二の母親を失った彼女たちは、その原因である敵対勢力を全て滅ぼすつもりでいた。

元々が非戦闘員で突発的な現象に巻き込まれて現在の状況になっている彼女たちは、ブレイブクエスタス魔王軍の情報についてそのほとんどを知らない。

だがイスラより受け継いだ《英雄》としての超感覚と、イベントによって覚醒した《勇者》の能力がこの悲劇の裏にある真実を的確に見抜いていた。

ゆえに、彼女たちは魔王を全ての元凶であると確信し、この戦いを死んだイスラに捧げるべくその力を振るっていた。

無力だった頃とは違って、今の彼女たちは力を持っている。

何者にも侵されない。何者にも邪魔されない世界を滅ぼす可能性すら秘めた力だ。

その力をもって母の敵を討てば、心に巣くう海のように深い虚無感も少しは晴れるだろうと考えていたのだ。

世界はそれすら許さぬと言うのだろうか？　双子の怒りがぐらぐらと煮え立ち、その感情は濃密な魔の気配とともにまるで陽炎《かげろう》のように辺りの空間を歪める。

相手は一体何者なのだろうか？　だがその視線を受けた男は一瞬ビクッと驚いた様子を見せると、この場には似つかわしくないやや軽薄な態度でバツが悪そうに自らの頬をかき……。

「あれ……何かまずかった？」

一言だけ、そう答えた。

第十三話　落月

　この光景を劇作家が見ていたら、間違いなく駄作の称号を与えるだろう。

　男の闖入《ちんにゅう》はそれほどまでに唐突で、それほどまでに意味不明で、それほどまでに異質だった。

「お前、何なんです？」

　妹のキャリアが静かに尋ねる。

　怒りを押し殺した声だ。今にも飛びかからんとしている様子がひしひしとうかがえる。

　そうしないのは相手がまがりなりにも魔王を一撃で倒したことに由来する。

　まるでそこらの雑魚を強者が一刀両断するかの如き所業だった。妙技と言って差し支えないだろう。

　だが魔王を相手に披露して良い技ではなかった。

相手の底が知れない。

　ゆえに、姉妹はまず相手の出方の確認と誰何《すいか》を行うことにしたのだ。

「いや……えっと、君たちが襲われていたから助けようと思って？」

　その男は、危機感の一切ない様子でそう答えた。

まるで昼下がりの公園で、近所に住む顔見知りにでも偶然出くわしたかのような態度だ。

　この地は文明圏から遥か南方に位置する荒廃した大地である。

　その場に男がいる理由も、その場でこのように気楽な態度を取れる理由も、どこにも存在していないはずだ。

　エルフール姉妹は互いに目配せをする。

　この男は自分たちの敵か味方か、どちらなのだろうか？　という疑問が、狂気の中に幾分残っていた理性によって湧き出てきたのだ。

とは言え万が一味方だとしても、今まさに敵《かたき》を討たんとしていた彼女たちにとってそれは大いなる侮辱となった。

「助ける？　助けが必要に見えましたですか？　ずいぶんと優秀な目をお持ちなのです」

「あははっ、おかしいね。別に助けなんて呼んでないのに。どうして助けが必要だと思ったの？」

魔女の勘が、その男の行動に違和感を覚えさせる。

指摘をさせるに十分なほど、男の行動は奇妙だった。

「もしかして……」

だからこそ。

「何か目的があって邪魔したの？」

その指摘に男は押し黙った。

メアリアの瞳が限界まで見開かれ、狂った視線が男に突き刺さる。

この時点でようやく男はエルフール姉妹が孕《はら》む狂気を理解したらしく、何やらギョッとした表情を浮かべるとジリとたじろいだ。

男には、確かに二人に隠していることがあったからだ。

無論魔女はその変化を見逃さない。

「あ、あはは！　そんなぁ。やだなぁ！　偶然、偶然だよマジで！　信じて！　ほらっ、そんな怒った顔は可愛い君たちには似合わないな――！　な、なんて……」

二人の少女が無言で武器を構えた。

魔王から奪取し、主が死んでからも消えることを忘れてその場に残る武器だ。

ここととは別の世界からやってきた人の悪業と戦争を具現化したハルバードと双剣は、月の光を鈍く反射し次の獲物を今か今かと待ち受けている。

「ま、待て待てって！　そんなつもりじゃなかったんだよ！　本当に助けようと思ったんだ！」

男が両手を前に出し、エルフール姉妹を落ち着かせようと必死で説得する。

だがこの狂った二人を止めることができる者などこの世界のどこにも存在しない。

否……過去存在していたが、それはもう失われてしまった。

二人が放つ異様な気配を察したのか、それとも何らかの勘が男に働いたのか……。

説得が不可能と判断した彼はやれやれとばかりに大げさに肩をすくめると、先ほどまでのどこか軽薄な表情を消し去り静かに腰に差した剣の柄へと手をかけた。

「やめろ、今の君たちじゃ、――俺には勝てない」

姉妹の殺気に呼応して、剣を抜き放とうとしているのだ。

だが不思議なことにその言い草にはどこか芝居めいたものがあった。

まるで台本があって、そのとおりに自分を演じているかのような。

今までとは違った役柄を強いられているかのような。

そのような違和感溢《あふ》れる態度だった。

……だからどうしたと言うのだ。

抱いた違和感に双子の姉妹は内心で唾を吐き捨てる。

そんなことどうでも良い。心底どうでも良い。

重要なのは目の前の男が自分たちの過去を穢《けが》したという事実だ。

過去への贖罪《しょくざい》が、崇高なる祈りが、この男によって台無しになってしまった。

母へ捧げる戦いの結果が無粋なる横やりの結果奪われ、自分たちは永遠に敵を討つことが叶わなくなってしまった。

これがどれほどの屈辱か、これがどれほどの怒りか。

もはや双子の姉妹本人たちですら把握できない

ほどに肥大化した憎悪は、そのまま濃密な魔の気配となって彼女たちの周りに漏れ出る。

世界に静寂が訪れる。

嵐の前の静けさだ。

声が届くほどの距離、すでに互いの間合いの範《はん》疇《ちゅう》。

あとは何かのきっかけがあればそのまま次なる戦いの始まりが告げられるだろう。

男が腰を深く落とし、迎撃の体勢を取る。

姉妹が腰を深く落とし、跳躍の体勢を取る。

そうして互いが互いを知らぬまま。

不毛な殺しあいが始まった――。

「そこまでです」

「「――――ッ!?」」

今日はやけに横やりが多い。

そして奇妙な出来事もまた多い。

静かな声によって、始まってしまったはずの戦いは強制的に中断させられ巻き戻された。


何が起こったのか一瞬の混乱。その後に双子の少女たちは自らの足が突如出現した氷によって縫い止められていることに気がつく。

「凄《すご》いですね。すでに開始された行動にすら強引に停止事象をねじ込むのですか……。今これ時間歪《ゆが》んでませんでしたか？」

ただの氷ではない。

イスラの英雄としての素質を継承し、勇者としても目覚めた少女たちをただの氷で止めることはできない。

それどころか、すでに攻撃に移っていたにもかかわらず行動が止められたのだ。

何らかの不思議な法則が働いたとしか考えられなかった。

その事実を瞬時に理解しながら、少女たちは声の方向へと視線を向ける。

そこにいたのは……《汚泥のアトゥ》と呼ばれる彼女たちの英雄だった。

完全に発動した事象を切り返す。

先に使用した技はアトゥが四天王の一人、アイスロックから奪取した《氷河撃破斬》という必殺技である。

対峙《たいじ》した時は必中の能力を持つ技かと思われたそれは、どうやら相手の行動を強制的に阻害し自分の行動を差し込むという能力だったらしい。

……必中など目ではないほどに凶悪な能力だ。

RPGの強制力とはこれほどまでに理不尽なものなのかと思案しながら、アトゥは一瞬思考を切り替え念話で拓斗にいくつかの状況報告を行うと静かに双子の近くへと歩みを進めた。

「うわっ、また女の子っ!?」

アトゥを見て男が叫ぶ。

「…………」

チラリと視線を男へ向けるアトゥ。

その表情が一瞬驚愕《きょうがく》のものへと変わり、次いで苦渋に満ちたものとなる。

小さく何度も頷《うなず》いていることからどうやら拓斗からの連絡を受けているらしい。

双子とは違い、彼女たちは男について何らかの情報を持っていると思われた。

「それで……貴方は何者ですか？　なぜここに？」

「いや、それは……えーっと、企業秘密ってやつ？　あっ、企業って言ってもわからないか……ハハ」

男の言葉に内心で「わかりますよ企業くらい」と答えたアトゥは、そのまま男の言葉を無視して拓斗へと相談を行う。

その間も視線は男に固定されており、警戒は緩めていない。

「ええ、承知しております、タ——我が王よ」

ほんの数秒。何らかの指示を受けたアトゥはじぃっと男を観察してから、不意に視線を外す。

そうして男が動揺している間に姉妹へと声をかけた。

「王よりすでに事情は聞いております。貴方たちには帰還命令が出ています。目的も――達したのでしょう？　なら帰りますよ」

イレギュラーがあったが、アトゥが受けた命令は双子の回収だ。

姉妹を無事マイノグーラの街へと帰還させることが彼女に求められることだ。

幸い姉妹たちの目的である魔王も撃破されたようだし、帰還だけであれば問題はないかと思われた。

だが……。

「その人は邪魔をした」

「逃すわけにはいかないのです」

エルフール姉妹にはまだやり残したことがあった。

彼女たちは、その憎悪と後悔を解消するはけ口を強く求めていた。

「は？　我らの王がそう言ったのですよ？　何で聞かないのですか？　貴方たち――何か勘違いしていませんか？」

この言葉に苛立《いらだ》ちを見せるのはアトゥだ。

彼女にとって拓斗は最優先すべき存在である。

そして同時に同じ価値観をその国民であるダークエルフたちも持つべきだと考えている。

王の慈悲によってたまたまその国民となる栄誉を賜ったみすぼらしい闇妖精ごときが、その言葉に異を唱えるなどあってはならないことなのだ。

「邪魔をしないで欲しいのです」

「邪魔をすれば、アトゥさんも許さないよ？」

「小娘の分際で――力を得て驕《おご》ったか？」

ブチリ、と何かが切れる音が聞こえた気がした。

アトゥの背後から無数の触手が湧き出る。

ゆらゆらと揺れるそれは、一つ一つが明確な意志を持っており、拓斗の命令を拒否する愚か者に対して今にも襲いかからんばかりに殺気を放っている。

アトゥの現在の戦闘力がどの程度のものかは不明だ。

だが汚泥のアトゥの真価は単純な戦闘能力にあらず。敵より無限に奪取できるその能力にある。

そして彼女は――先の魔王軍との戦いでたらふくその能力を獲得することに成功している。

確かに双子の少女の能力は厄介極まりない。

本人たちの戦闘能力も決して軽視できないものだ。

だが何も問題ない。

先と同じように《氷河撃破斬》で行動阻害を行い、触手を用いた遠距離攻撃で回避不可能な先制攻撃をお見舞いしてやれば良い。

相手は少女の身とは言え英雄の素質を継承したものだ。死にはしないだろう。

ダメージによる行動不能なら重畳《ちょうじょう》。気絶なら最上。再起不能でも……まぁ必要な損害だ。

冷静に判断し、高速で頭の中で戦闘予測を組み立てる。

生まれながらの英雄。

マイノグーラが誇る希代の戦人が持つ圧倒的戦闘センスは、今の双子が有する力をもってしてもすでに撃破困難なものとなっていた。

互いに折れることはできない。

姉妹は過去のために、英雄は王のために。

仲裁を考えているのか、先ほどから手を差しのばしては引っ込める動作を繰り返している男を差し置いて、一触即発の空気が三人の間に流れる。

その時だった……。

――月の光が……陰った。

何のことはない。夜明けが来たのだ。

気がつけばすでに月は大きく大地に沈み、その輝きは失われつつある。

同時に反対の方角からは強い光が差し込み、太陽が代わりとばかりに顔を覗《のぞ》かせていた。

「………キャリア。もう、やめよ」

「お姉ちゃんさん……」

「…………？」

沈む月を見ながらそうぽつりと呟《つぶや》いたのは姉のメアリアだった。

どうやら姉の名前を呼ぶ妹も同じ意見らしく、二人で気が抜けたように月を見つめている。

やがて二人は悲しげな表情で月から視線を離すと、アトゥの方を向き直って大きく頭を下げた。

「……アトゥさん。ごめんなさい」

「失礼なこと言って、ごめんなさいなのです」

同時に謝罪の言葉を述べる彼女たちは、アトゥが知る以前の二人と寸分違わぬ様子だった。

これなら話も満足にできるだろうし、帰還の命令も聞くだろう。

アトゥはチラリと月へと視線を向けると何やら納得したとばかりに頷き、比較的好ましいと思っていたかつての二人が戻ってきたことに少しだけ表情を崩した。

「……なるほど。まぁ状況が状況ですし、命令を聞いてくれるのであれば先ほどの暴言は聞かなかったことにしましょう。ただ、王にはちゃんと謝罪するように」

「うん、あやまるー」

「はいなのです」

そうしてとててとアトゥの側《そば》にやってきた二人。

何やらペコペコしているところを見ると早速念話を使って王に謝罪しているらしい。

やけに日本人じみているな……などと考えながら、アトゥはこの場で最も警戒すべき相手に向き直った。

「それで……貴方はいつまでそこに？」

視線の先には一人の男。軽薄そうな印象で年齢は十六～十八歳程度。

服装も初めて見るものだが、知識として

は存在している。

　視界を共有することによって王にも確認済みだが、もし彼がそうだとすると非常にまずい事態ともいえた。

　アトゥは先の双子とのやりとり以上に緊張感を抱きながら、静かに男の出方を待つ。

「いや、ああ、ハハハ。何か込み入った話をしているみたいだったし、変に会話に入るのも空気読めないかと思ってさ」

　実際男は終始蚊帳《かや》の外だった。

　戦闘に横やりを入れたことも余計であったし、アトゥが双子を説得する際にも余計だった。

　まるではじめから存在していた物語に無理矢理異物を入れたかのような場違い極まりない空気がその男だけには存在している。

　さてどうしたものか、戦闘を避けることは拓斗から厳命されている。

　そもそも双子が大人しくなったので戦う理由も存在していない。ある程度いきさつは双子の視界を通じて観察していた王より聞いていたが、魔王を倒したところを見るとある意味姉妹を助けようとしてくれたとも言える。

　だがその身から滲《にじ》み出る表現に苦慮する胡散臭《うさんくさ》さが、アトゥにこれ以上彼と会話を重ねることを拒ませていた。

　そんな態度が出たからだろうか？　男もいよいよバツの悪さが限界に達したのだろうか？　彼はシャキッと片手を上げると、何やら一方的にまくし立てはじめる。

「じゃ！　俺はここらで！　何かほら……君ら大丈夫そうだし、お邪魔かなって！」

　そうして踵《きびす》を返す。

　首だけこちらを振り返り様子を窺《うかが》う男に、アトゥは小さく頷いて返答とした。

　ここで迂闊《うかつ》に接触を持つことは危険すぎる。

　もしアトゥや拓斗が想像するとおりの相手だと

すると、何が起こるかわからない。　そこの二人も――

「余計なことしてごめんな！　そこの二人も――じゃ！」


そうして男は脱兎のごとく駆け出し、やがて恐ろしい速度で地平線の彼方《かなた》へと消えていった。

その後ろ姿を眺めていたアトゥは、ふぅ……と小さいため息を吐《つ》く。

これで良かったのだ。

拓斗からも早く戻ってくるよう通達が来ている。

これ以上のトラブルはすでにマイノグーラ全体の処理能力を超えており、何とか態勢を立て直す時間が欲しいところだ。

ゆえに、男の動向については気になるが……現状は放置する他なかった。

なぜこれほどまでアトゥと拓斗が男を警戒したのか？　彼らが見逃したその男には一つの特徴があった。

――彼が身につけている衣服は拓斗が過ごした以前の世界で学生服と呼ばれるものであり、彼が使っていたその武器は刀と呼ばれている。

どちらも、この世界には決して存在していないはずのものだった。

何か、非常に面倒なことが起きている。

当初この世界に来た時はその立地の悲惨さに難易度が酷《ひど》いと暴言を吐いていたアトゥと拓斗だったが、もしかしたらその程度では済まされないかもしれない。

そう考えると、いよいよもってアトゥのため息も深くなってくる。

ともあれまずは帰還しなければ始まらない。

アトゥは大人しくなってくれた聞き分けの良い二人に向き直ると、いつもの調子で声をかける。

「さぁ……帰りますよ。これから少し忙しくなります。貴方がたにも手伝ってもらわなくてはいけませんからね」

気がつけば、双子の姉妹はアトゥから少し離れた場所にいた。

　そこは魔王が倒れ伏した場所で、その死体の代わりに大量の金貨が山となっている。

「……どうかしましたか？」

「あの、これは……何なのです？」

　先ほどまで迷惑をかけた手前少し気後れしているのか、キャリアが控えめに尋ねてくる。

「『ブレイブクエスタス』の金貨ですね。かの地の魔物は、死ぬと同じだけの価値を持つ金貨になります。——魔王ともなればその量は異常の一言ですね」

　金貨の山を見上げながら説明してやるアトゥ。

　呆《あき》れた量だ。

　加えて道中で彼女が倒した敵たちも金貨をバラバラ落としていた。

　今頃この地一帯はゴールドラッシュ顔負けの金埋蔵量となっているだろう。

　無論市場に出すと経済が崩壊することは目に見えているのでおいそれと使うこともできない。

　放置するにも誰かに見つかっては面倒なことになりそうだし、一体どうするんだ？　と疑問に思う。

「イスラお母さんは……生き返るでしょうか？」

　そんなことを考えていると、静かに問われた。

　アトゥは……少しばかり考え、何か方法はないかと自分が持つ知識を探り。

「残念ながら、イスラは死にました」

　ただ静かに答えた。

「ひっく……うくぅ、ひっ、ひっく……！」

「うぐぅ……うっ、ううっ！」

　二人の少女が瞳に涙を浮かべる。

　メアリアは立ったまま嗚咽《おえつ》を漏らし、キャリアは膝から崩れ落ちる。

　後悔の果てに得たものが、これほどむなしいとは思わなかった。

　自分たちの願いがここまで軽んじられるとは思

わなかった。

戻らぬ過去を思い、二人はただただ涙をこぼす。

美しく輝く金貨が、まるで何かの褒美のようにも思え……。

それがたまらなく悲しかった。

「うわぁぁん！　ああああああ!!」

「ひっくっ、うぐっ！　あああああっ！」

ただ大声で泣き叫ぶ。

今はそれしかできない、それしか術が残されていないとばかりに。

そんな二人を目にしながらアトゥは自らの王へと少し帰還が遅れる旨を念話にて告げる。

月の輝きはどこか遠くへ消え去り、もはや彼女たちを照らしてはいなかった。

Eterpedia

王位継承

スキル

このスキルを所持するユニットが撃破された際、同じスタックにいるユニット１体に《英雄（偽）》のスキルを与える。

NO IMAGE

解説

泣かないで愛しい娘たちよ。
悲しまないで大切な娘たちよ。

想いは確かに伝えました。生きる術は確かに渡しました。
これから先、何があったとしても——。
貴女たちならきっとどんな困難にも打ち勝てるでしょう。
どんな苦難も乗り越えられるでしょう。
ここに我が王位を授けます。

さぁ、巣立ちの時です。
この力を持ちて、この世界を強く生きなさい。

貴方たちを、愛しています——。

第十四話　そして神々の遊戯が始まる

【イドラギィア大陸南部――未開の領域】

男が一人、何もない荒野の真ん中で膝をついていた。

「こ、怖ええええええっ!!!」

叫ぶ。

その顔は引きつり、酷《ひど》いストレスを感じているようにも思える。

いや、明らかに先ほどまで何かしら望まぬ状況にいたことが明らかな態度であった。

年齢にして十六～十八歳程度。

黒の学生服に身を包み、腰には鮮やかな装飾の刀を差している。

男は、この世界の人間ではなかった。

彼は先ほどまでのやりとりを思い出し再度「怖ぇぇぇ！」と地面に向けて叫ぶと、ようやく落ち着いたのかフラフラと立ち上がる。

魔王を倒した彼は自分が先ほどの乱入劇を繰り広げた経緯を思い出し、何で自分がこんな目に遭わねばならぬのかと神を呪った。

「な～にがっ『いたいけな美少女がピンチでの、今すぐ助けに言って欲しいのじゃ～！』だ！　ぜんっっぜんピンチじゃなかったし、むしろ怒られたじゃねぇか！　あのアホ神がっ！」

空に向けて叫び散らす。

地団駄を踏みながらギャーギャーと騒ぐその姿はいっそ滑稽《こっけい》で道化じみている。

だがその言葉には聞き捨てならぬ文言が含まれ、その内容は聞く者が聞けば驚きに目を丸くする内容だった。

そう、神は実在する。

神とは、彼をこの世界に送り出した存在である。

神とは、彼に力を与えた存在である。

神とは、何らかの目的を持つ存在である。

神とは、自らをそう名乗る存在である。

青年が出会ったその不思議な存在は、自らを神と名乗り、自分がしでかした何らかの不始末を解消するために彼に第二の人生を与えた。

青年が持つ過去の記憶は、目の前で光る二つのライトの明かりで一旦途絶している。

おそらく自分は何らかの事情で死んだのかもしれない——と、理解するまでもなく神より真実が告げられ、その詫びとして絶大なる力と第二の人生を与えられたのが始まりだ。

それからだ。

白く無限に続く世界での邂逅《かいこう》の後、彼はずっと神の指示に渋々従ってきた。

それは大抵とりとめもなく、やれ「遠くに現れた魔物を適当に倒せ」だの、やれ「全力でダッシュしてみろ」だのまるで子供が初めて手に入れた玩具で遊ぶかの如き支離滅裂で無目的じみたものだった。

無論彼にも自由意志があるため逃げ出すことは容易だった。

だが神という存在に対する一定の敬意があったことに加えて、見渡す限りの荒野と一向に発見できない人の気配に不安が残ったことで渋々とそのお遊びに付き合ってきたのだ。

ある種の恩もあったと言えよう。

そんな中で初めて意味がある依頼を受けた——と、その時の彼は考えていた。

彼に魔王の撃破を願ったのは、他ならぬ神と自らを呼称する存在だった。

とても重要で、とても急ぎの話だと乞い願われたのだ。

だが蓋を開ければこの有様だった。

どうやら彼の参戦は完全に余計なお世話だったらしく、遭遇した三人の少女からは鋭い視線とキツイ対応を受けた。

以前の彼なら両足を震わせながら引きつった笑みで謝罪をするばかりだっただろう。

その点ではメンタルの強さも与えてくれた神に感謝したいと少しだけ考え、彼は大きく頭を左右に振った。

そもそもあのふざけた神が余計なことを言い出さなければこんなことにはならなかったのだ。

全ての行動が裏目に出ていた。

「いや、まぁ確かに俺にも悪いところはあるよ。女の子を助けてもしかしたら……！　みたいな展開を考えなかったかと言われれば嘘になるし、そのせいであんまり良く観察せずに割って入ったしさ」

彼は読書家であり、その流れでアニメや漫画、映画なども見るようにしていた。

その中で流行だったジャンルに異世界転生というものがある。

ひょんなことから異世界で第二の人生を送ることになった主人公は、苦難や冒険を乗り越え偉大なる功績を残しながら成り上がるのだ。

そんな主人公の傍らに付き従う多くの美女美少女。

話題になったいくつかの作品を思い起こしながら、もしかして自分もと思ったのが運の尽きだった。

「けどあのダメ神も『助けた美少女がお前さんに一目惚れでうっはうはじゃぞ！』とか言って煽《あお》ってくるしよぅ！　いやー、まんまとはめられたわ。女の子のあんな冷たい視線、前世でも味わったことないぞ。いやマジで」

ともあれ、現実はいささか彼に厳しかったようだ。

助けるべき女子はそもそも助ける必要がなく、

むしろ余計なお世話とばかりに彼に殺気を飛ばしてきた。

どうやら彼の知る物語の中とは違って、女子とはなかなかに逞《たくま》しい存在だったらしい。

もっとも、彼が全面的に悪いのかと言われれば疑問は残るが。

「腹立ってきた！」

彼が叫ぶ。

全ての原因が神にあると思い出したからだ。

「おーいっ！　クソ神！　出てきやがれ！　今すぐ出てきてこの状況をきっかりしっかり説明しやがれ！　納得いかねーぞコラーっ!!」

彼はさらに叫ぶ。

だがまるでその言葉が届いていませんとばかりに返事はない。

都合が悪くなるとすぐこれだ。彼は相変わらず調子の良い神を思い起こし、更に怒りを増すと地団駄を踏む。


「ご主人さまーっ！」

そんな最中、誰もいないはずのイドラギィア大陸未開地域にある荒野のど真ん中で、彼に声をかける者が現れた。

「んっ？　ああ、――[redacted]」

「はい！　貴方さまの奴隷、[redacted]です」

それは彼がこの世界に来て初めて出会った少女だ。

神がどこからか手に入れてきた奴隷の少女らしきこの娘は、まるで雛鳥が親について歩くかのように彼を絶対の主として従い尽くしてくれる。

神に対して不満ばかりの彼だったが、この奴隷の少女がいるからこそある程度は神を許している部分があった。

何と言っても彼も男。可愛らしい少女にはめっぽう弱かったのだ。

「そういや今まで隠れてたんだよな。怪我とかなかった？」

「大丈夫ですよ、神様の不思議パワー？　とかで守られていましたから！」

「アイツ何か言ってた？　ってか変なことされなかった!?」

「えっと、伝言を頂いてます。あの……『ごめーんねっ♪』だそうですぅ」

「次あったら絶対許さねぇ……」

主の怒りが伝わるのだろうか、それとも彼女も神の自由奔放さに辟易《へきえき》していたのだろうか、奴隷の少女は苦笑いを浮かべながら男の言葉に小さく頷《うなず》きその意見に同意する。

「まぁ……チート能力くれたことは正直感謝するけど。いやまぁ、現実は小説みたいに上手くいかないもんだなぁ！」

「ちーとのーりょく？　って何ですかご主人さま。あっ！　あぶなっ――」

チン――と、小さな音が聞こえる。

少女がその音色が刀の鞘《さや》に刃が収まる音だと認識した時には……。

岩陰から顔を覗《のぞ》かせこちらに獰猛《どうもう》な視線を向けていたヒルジャイアントは、その身体をバラバラに切断され地面へと崩れ落ちていた。

「あー、大丈夫大丈夫。――もう終わってるから」

目にもとまらぬ早業。

奴隷の少女が主の背後の岩陰にヒルジャイアントを発見して警告しようとする前に、全てが終わる。

絶技とも妙技とも表現でき、ともすれば奥義とも言って差し支えない神速の斬撃が無造作に放たれていた。

「しゅ、しゅごい！　しゅごいですご主人さま！　流石《さすが》ご主人さま！」

「はは、何てことはないんだけどな。何せチートなんで」

過分な評価に思わずポリポリと頬をかく。

だが自らの主が持つ無限にも等しい力の一端を

垣間見た少女は、興奮のあまりたまらずぴょんぴょんと跳びはねる。

その愛らしく無邪気な姿を見ていると、彼の中にあった怒りも自然と静まり「まぁいいか」という気分になってくる。

いろいろと神に対して言いたいことがあるのは事実なのだが、この少女とともにいることだけで彼は満足だった。

彼は静かに地平線の向こうへと視線を向ける。

見渡す限りの荒野には巨岩が転がるだけで、人の気配はない。

だが当てはなくても歩みを進めねばならぬだろう。

ここにいる理由はどこにもないのだから。

「さて……ドコに行くべきかな?」

「北がよろしいと思いますよ?　ご主人さま」

神に与えられた奴隷の少女が、柔らかな微笑みを浮かべながらそう提案する。

何か考えがあるわけでもなかったし、事情を聞ける神もどうやら自分たちとの接触を拒否して絶賛逃亡中のようだ。

どちらに行っても良かったがゆえに、彼は奴隷の少女の意見を受け入れる。

「そうだな……そうすっか!」

「はいっ!　お供しますご主人さま!」

このまま行けばいずれどこかに着くだろう。

そうでなくても問題があれば神が接触をしてくるのは間違いない。

なぜなら……神と彼には目的があったから。

「あーあ、あのおふざけクソ神は今度あったら説教一万時間コースだとして…………世界を救うねぇ。できるかね俺に」

「できますよご主人さまなら!　だってこーんなにもお強いんですものっ!」

間髪をいれずに少女が彼を賛美する。

少しばかり期待が重いと思いつつも、彼は奴隷の少女が持つ美しい黒髪をふわりと撫《な》で上げた。

「アニメや小説のチート主人公になってみたいとは思ったけど、実際なると結構大変なことばっかりだなぁ……」

主の言葉に奴隷の少女はニコニコと屈託のない笑みを浮かべるだけだ。

きっと彼の勝利と栄進を疑っていないのだろう。根拠はないが、それだけで無限の強さが湧いてくるような……そんな気がした。

「けどまっ、いっちょやってみますか！」

「はいっ、私だけのご主人さまっ！」

彼は進む。

神との約定は世界を遍《あまね》く正義の光で満たすこと。

空の全て、海の全て、そして地の全てを制し、この世から悪を駆逐すること。

それこそが、この異世界転生を果たした男に対して《ふざけた神》が望んだことであった。

【エル＝ナー精霊契約連合
絶対防衛地点エトロクワル】

聖王国クオリアで発生した魔女事変。

神に祝福されし王国が魔女の悪意に為《な》す術もなく翻弄され、聖女すら膝を屈していたその同時刻……。

イドラギィア大陸におけるもう一つの二大善属性国家であるエル＝ナー精霊契約連合もまた、かつて経験したことのない脅威にさらされていた。

「報告！　前方に未確認の人影！　複数！」

「よしっ！　総員警戒態勢！　精霊戦士はエトロクワル前方にて迎撃態勢を取れ！」

伝令より報告がなされ、司令官らしき男が兵士に向けて発令する。

清涼さと神秘さが感じられ、どこか荘厳な雰囲気すらあるエルフの森に作り上げられていたのは木材でできた巨大な要塞であった。

その高さは城壁にも匹敵し、控えるエルフの戦士は無数の一言。

随所に彫り込まれたエルフ族秘伝の精霊印が淡く光を放ち要塞の強度を高め、具現化した上位の精霊がまるで蛍の群れの如く辺りを哨戒している。

深い森の中に忽然《こつぜん》と姿を見せる巨大施設。

この地こそがエルフたちが誇る絶対防衛地点エトロクワルと呼ばれる要塞だ。

そして要塞というものは必ず敵を想定して作り上げられるものだ。

これほどの規模ならば戯れに作ったなどということはあり得ない。

そのことを証明するかのように、エトロクワルは敵襲を受けようとしている。

「来たぞっ！　淫婦の集団だ！」

戦士が叫ぶ。

要塞から弓を構え前方を注視していたエルフの現れたのは、美しい女性の集団であった。

いや、美しいなどと言う表現は彼女たちが持つ美に比べれば生ぬるいにもほどがあった。

非現実的なまでの美だった。

それは容姿に優れたものが多いと言われるエルフ族の男ですら目を見張るもので、その豊満で淫《いん》靡《び》な身体から放たれる強烈な雌の香りは敵でありながら思わず見惚れてしまいそうな魅力がある。

だが彼女たちが何よりも恐ろしい存在であることをエルフの戦士たちはよく知っていた。

そのことを証明するかのように、彼女たちの身体には人種には決して見られない特徴が存在している。

山羊《ヤギ》の如き角、蝙蝠《こうもり》の如き羽、そしてこの世のあらゆる生命体にも似ない特徴的な尻尾。

彼女たちは——サキュバスと呼ばれる存在だった。

「一本、二本、三本……。あはぁん……！　なんてことかしら♡　素敵な殿方がこんなに一杯！

涎《よだれ》が止まらないわ♡」

先頭に立つ女が楽しそうに喜声を上げた。

その言葉だけで要塞より出撃し、迎撃の体勢をとっていた歳若いエルフが思わず頬を赤らめ股間を押さえる。

上位のサキュバスはその声音だけで男を誑《たぶら》かす。世迷い事とあざ笑われていた伝承は、現実に現れるとすぐさまその力を証明して見せていた。

「それにしてもこんなに沢山の歓迎初めてね♡一体何本いるのかしら？　頭がフットーしちゃいそうね♡」

その女はひときわ目立っていた。

身体のラインを強調する特徴的な衣装に身を包み、誘うようにボディーラインを見せつけるその仕草からは自分の美に微塵も疑いを抱いていないことがありありと伝わってくる。

また他とは違って特徴的な装飾を身につけ、どこか豪華さのある装いをしている。

どうやら彼女がこの集団のリーダーらしい。

集団から一歩前に出て舐《な》め尽くすかのようにエルフの戦士たちを吟味する女――その両サイドから長身と小柄という対照的な体躯《たいく》の二人が声をかける。

「クイーン、男性を本数で数えるのは流石《さすが》に品がない」

「クイーン、きちゃないから早く涎ふいてくださいよぅ……ふぇぇ」

どうやら付き人のサキュバスのようだ。

彼女たちの苦言に「うふふ」と軽く笑った女は、返事の代わりに男好きのしそうな淫靡な笑みを浮かべる。

クイーンサキュバス、ヴァギア。

サキュバス一族の中で最も強力とされるこの女こそが、現在エル＝ナーを襲う大災厄の原因であり、この絶対防衛地点エトロクワルにて必ず押しとどめるようエルフ氏族の評議会より厳命された

対象であった。

「おのれ、忌まわしきサキュバスめ！　徹頭徹尾ふざけおって！」

次期氏族長として有望とされるエルフであり、この防衛拠点エトロクワルの指揮官であるザイス＝ティースロイは怒りのまま吐き捨て叫んだ。

エルフたちの現状は想像以上に危うかった。同胞の状況確認を優先するあまり後手に回り、今日までサキュバスの侵攻を防げずにいる。

聖王国への救助要請はその過度なプライドと同じく危機的状況にある王国への配慮から依然として評議会に却下され続けている。

結果彼らは多くの同胞を失った。

否――同胞はその色香で寝返ったのだ。

エルフ族という誇り高く神聖なる種族をコケにしたかのようなその下品極まりない事実に、彼の怒りは限界まで膨れ上がっている。

だが誇り高きエルフがいくら怒ろうとも、相手が同じ土俵で対応するとは限らなかった。

「ふざけているなんて心外だわ♡　私たちは全力で楽しんでいるの♡　そう……生きることをね！」

何が誇らしいのか、無駄に不敵な笑みを浮かべたクイーンヴァギアがポーズを取る。

瞬間、パァンという奇異な効果音とともにその上着が爆《は》ぜ、ふくよかな双丘があらわになった。

ヴァギアが脱いだのだ。なお意味はない。

「クイーン。一々脱がなくていい」

「クイーン。お、おっぱい見えちゃってますよ！　ふぇぇ……」

流石にサキュバスたちの間でもマナー違反だったのか、付き人の二人が苦言を呈す。

だが本人は一切話を聞いていない。人の話を聞かないサキュバス族の中でも、ヴァギアは特に話を聞かない性格だった。

「はしたないぞ淫婦！　服を着ろ！」

無論ザイスとしても文句を言わずにはいられない。

いきなり服を脱がれたことの驚きもあるが、何より目の毒だ。このままではこれから始まるであろう神聖なる戦いに集中できない可能性がある。

無論ザイスも男である。男であるがゆえに、この状況でも集中を維持できるとは断言できないのだ。

悲しい男の性《さが》だった。

「えっ？　服着ろって……もしかしてアタシのおっぱいそんなに魅力なかった？　ちょっとショックね、ぴえん♡」

「いや、魅力がないとは言ってないが……そうではなくて！」

「良かったわ♡　じゃあついでにちょっと触ってみる？　ほら、ちょっとだけ、先っちょだけだから♡」

「ええい！　黙れ！　そういう話をしているのではない！」

相手に服を着させるだけなのになぜここまで叫ばなければならないのか、思わず辟易してしまうザイスだったが、ふと我に返る。

相手のペースに乗せられてはいけない。

これ以上会話を重ねてしまえば相手に取り込まれる。

今までの同胞がそうであった。気づけば彼女たちに賛同し、その色香にほだされてしまっているのだ。

事実ザイス自身もどこか憎めない性格のヴァギアに親近感を覚え始めていた。

「淫婦の女王よ、魔女ヴァギアよ――ここで貴様を止める。テトラルキア評議会が定めし精霊の法にて、このザイス＝ティースロイが貴様の魔の手から同胞を救ってみせる！」

言葉と同時に、ザイスの背後にあるエトロクワルに刻印された精霊印の輝きが増す。

辺りを漂っていた精霊が巣に帰るかのように建物の内部へと集まり、やがてその輝きは一筋の光となってザイスの身体に降り立った。

もはや言葉は不要。敵は討ち滅ぼすのみ。

そう言外に語っているようだ。

「我がエルフに伝わる大規模精霊儀式だ――周辺一帯の精霊と魔力を一手に集めたこの力、いくら貴様が魔女だとしても耐えきれるものではない！」

「ふふ、確かに凄《すご》い高まり。そう――身体で語り合うのね♡　そういうの大好きよ♡　さぁ、貴方の雄力をこのサキュバスクイーン、ヴァギアがじっくりねっとりずっぽりはかってあげるわ！」

ザイスが己が武器である槍を構えた。

精霊印が施されたそれはエトロクワルから補助の魔力を受け、螺旋状のうねりを伴いながら強烈な輝きを放つ。

同時にザイスの背後に控えていた精霊戦士団が各々の武器を構え、要塞に詰める弓兵たちが弦を引き絞る。

「エルフ。どこからでも来なさい」

「エルフさん。あ、あの……お手柔らかにお願いします」

「ふふふ♡　さぁ、お姉さんといいことしましょ♡」

「精霊よ！　我に勝利を！　征《ゆ》け！　勇敢なる精霊の戦士たちよ！」

「「「「おおおおおおっ!!!!」」」」

言葉と同時に、ザイスは光の一筋となってヴァギアへと全精霊力を込めた一撃を放った。

衝撃で森が揺れ、木々の合間から鳥たちが慌てて飛び立っていく。

あふれ出た力は地面を波打たせ、光の鉄槌《てっつい》は確かに魔女へと叩き込まれた。

全てのエルフが頼もしき次期氏族長の勝利を確信し、サキュバスたちですら驚きに目を見開く。

だが、ザイスだけは。

「……なっ！」

――ザイスだけは。

ぽよんと、柔らかな感触にその一撃が防がれたことを理解していた。

「喰らえ必殺おっぱいビンタ！」

「ぐぼはぁっ!!」

衝撃を受け、ぐるぐると大地を転がりながら叫ぶザイス。

その頬は真っ赤に腫れ上がり、その一撃が言葉とは裏腹に強烈なものであることを物語っている。

だがそんなことはザイスにとって心底どうでも良かった。

頬の痛みなどよりも彼を大いに混乱させる事実がそこにはあったからだ。

「な、何が起こった!?　何が――」

転がった先で同胞のエルフに支えられながらよろよろと立ち上がるザイス。

目の前でふんぞり返るヴァギアは先ほどと一切変わりなく、一撃を叩き込んだはずのその美しき胸には傷一つついていなかった。

「知ってたかしら？　男はおっぱいには勝てないの……悲しい事実よね♡」

「ふざけるな！　精霊の加護だぞ！　精霊儀式だぞ！　エトロクワルの全精霊力を集めた一撃だぞ！　ありえん！　そんなことあり得ない！」

己の常識を覆す事象を前に混乱をきたし叫ぶザイス。

自らの信念がガラガラと崩れさる音を聞きながら、ならばこの魔女をどうやって滅ぼせば良いのだと絶望にも似た感情に支配される。

そんなザイスを見て、ヴァギアは静かにその口を開いた。

「えちえちサキュバス公式通信ＶＯＬ．14」

「……え？　何て？」

ザイスは思わず素になって問いかけた。

明らかにそんな雰囲気ではなかったにもかかわらず、全く突拍子もないことを言われたからだ。

と同時にその言葉が意味することを自分は何も理解していないことに気づく。

一体何を言おうとしているのか？　次期氏族長と目されるほどの能力を持つ男がただ混乱しかできない中、ヴァギアは言葉を続ける。

「――サキュバスクイーンのレベルは90オーバー。その攻撃能力は単体で最新の空母打撃艦隊に匹敵し、防御力は戦術核ですら満足なダメージを与えることはできない……56ページより抜粋♡」

「くーぼ？　せんじゅ……何だそれは？　何なんだそれは!?」

およそ個人が持つには規格外すぎる戦闘能力が明かされる。

だがザイスにその言葉の意味を理解できるはずもない。

ここはまた別の世界。また別の法則が支配する世界で猛威を振るった兵器のことなど知りようがない。

ドヤ顔で胸をさらけ出しながらふんぞり返るクイーン。ただただ混乱するばかりのザイスを見かねてか、付き人である二人のサキュバスが端的に補足する。

「エルフ。お前たちが想像している以上に、我々は強大な存在だ」

「エルフさん。種族として格が違うんですよぉ、ふぇぇ」

ノーブルサキュバスと呼ばれる貴族階級の二人は、彼我《ひが》の戦力差を冷静に分析し事実だけをそう述べた。

地面にはザイスとともに突撃したエルフの精霊戦士たちが転がっている。

どれもこれも弛《たゆ》まぬ訓練と過酷な儀式を経て精霊の称号を得た者たちだ。

クオリアの聖騎士と肩を並べる、エル＝ナーの誇りである彼らが、束でかかっても一蹴される。

言葉以上にこの事実が、ザイスへと受け入れがたい現実を突きつけている。

「まぁ、そういうこと♡　この設定を見た時エロゲーにそんな設定挿れてるメーカーは馬鹿なんじゃないかなーって思ったんだけど♡　けど意外と役に勃つものね♡」

ヴァギアは語る。

己が出自を。己がいかなる存在かを。

だがその言葉を理解できるものはエルフたちの中にはいない。

理解できないことを承知で、彼女は語っていたのだ。

「だってこんな危険な世界に召喚されることになっちゃったんですもの♡」

やがて誰ともなくクスクスと笑い始める。

サキュバスたちの間から漏れる蠱惑的《こわくてき》な笑い声はだんだんと勢いを増し、まるでエルフたちを包み込むかのように伝播していく。

男を誘う淫靡な合唱にエルフの戦士たちも敗北の気配を察し、恐慌が広がる。

だが逃げ出す者は一人もいない。

なぜなら、すでに彼らはこの非現実的な美しさを持つ集団に心を捕らわれていたのだから。

「とは言え今の貴方たちには関係ないこと。そして今の私たちにも関係ないことっ♡」

パチンと、クイーンが指を鳴らすと同時に、後ろに控えていたサキュバスたちが前に出る。

全員が全員陶然とした笑みを浮かべ、これから起こる狂祭に待ちきれぬ様子でクイーンの言葉を待っている。

そして、無慈悲な女王によるこの世の快楽を尽くした宴の始まりが宣言された。

「さぁみんな、ディナーの時間よ！　ニッチな企画物ＡＶですらドン引きするようなプレイをエルフたちにみせてヤリなさい！」

「「「わーいっ!!」」」

正気に戻ったエルフたちが慌てて逃げ出す。

だがサキュバスたちが持つ規格外の戦闘能力に一人、また一人と捕まっていく。

捕まった者がどうなるかはあえて語るまでもないだろう。

そこらかしこで始まった男女の交わりを視界の端に捉えながら、付き人である二人のノーブルサキュバスはクイーンに向き直った。

「クイーン。これからどうするつもり?」

「どうするって？　ナニのこと?」

「クイーン。他のゲームから来ている敵さんたちのことですよぉ……うう、何でシリアスで暴力的なゲームばっかりなの？　お馬鹿でエッチなゲームから来た私たちじゃきっと負けちゃいますよぉ」

「負けたら負けたで敗北エッチだからいいんじゃない？　あり寄りのありだわ♡」

クイーンの言葉に小柄なノーブルサキュバスがあわあわと顔を真っ赤にし、やがてぽつりと「いいかも……」と呟《つぶや》き押し黙る。

サキュバスらしいその態度に相方である長身のノーブルサキュバスは軽く首を振ってため息を吐《つ》くと、どうしようもないとばかりに天を仰ぐ。

そんな愉快な二人の姿を見ながら、酷くご機嫌な様子でヴァギアは笑う。

「憎しみとか殺しあいとか戦争とか……ぜんぶぜ～んぶ、無駄よ無駄♡　無駄で無意味で無価値で無生産よ♡　エッチなのよエッチ♡　全て忘れてエッチすればナニもかも解決するの♡　そのために私たちはここに来たのだから……」

カラカラと豪快に笑うその声ですら男性を堕《お》とす魔力を秘めている。

彼女の全ては男を虜《とりこ》にするために存在していた。

そのためにヴァギアは生まれた。そのために生きている。

ヴァギアに目的はない。夢もなければ叶えたい願いも特にない。

ただ彼女の神と自分がそうしたいからそうするだけだ。

究極の欲望は、唯一無二であるがゆえに限界まで研ぎ澄まされ、鋭利になるのだろう。

時としてそれは世界を切り裂くほどの力すら持ってしまうのだ。

クイーンヴァギアは微笑む。全ての生命を堕とすその魅力をたずさえ。

「さぁ、我らが愛しき《《拡大の神》》の望むがままに……この《貞淑の魔女》クイーンヴァギアが、世界征服と逝こうかしら♡」

新たなる脅威は、確実に世界に浸透していた。


【聖王国クオリア北方州――魔女事変発生域】

雪に全て閉ざされた世界。

大地が凍り、街が凍り、人だったものが凍り付く。

魔女事変の発生中心部ではこの日、二十二回目の魔女と聖女の邂逅が行われていた。

「やぁやぁ初めまして久しぶり。お元気にしていた聖女ちゃん」

「貴方はいつもそれなのですね、エラキノ」

「んんん～？　そうなの？　まぁエラキノちゃんにそれを聞かれてもよくわかんないんだけどねっ♪」

果たしてこのやりとりを何度交わしたのだろうか？

まるで初対面かのように同じやりとりを求めるエラキノに辟易しながらも、決して気を抜くことなく相手を睨《にら》み付ける。

「今日こそは、貴方の秘密を解き明かします」

手にもつ聖杖《せいじょう》を構え、静かにソアリーナはそう告げた。

これ以上の言葉は無粋。

否――危険なのだ。

聖女ソアリーナは、魔女エラキノに対して能力的に優位にいる。

ソアリーナが把握しているエラキノの能力は基本的に《啜《すす》り》と呼ばれるものであり、これによって人々を都合の良い人形へと作り替えることができる。

死者が動き出すゾンビにも似たそれは、生前の力以上の腕力を振るい、頭部を破壊する以外の生半可な攻撃では動きを止めることはできない。

翻ってソアリーナの能力は《花葬》と呼ばれる、辺り一帯に大規模な火炎を召喚する技だ。

啜られた者たちからの猛攻も奇跡の一つで全て灰に帰すことができる。

ソアリーナ本人が受ける心の痛みを除外すれば、聖女の中で最も効率良く魔女の技を封じることができるといえる。

だからこそ、エラキノはソアリーナに絶対勝てない。

絶対に勝てないからこそ、聖女ソアリーナは最大級の警戒を持って魔女エラキノに対峙《たいじ》する。

エラキノの総殺害回数は……すでに二十一に達していた。

「いやぁ、記念すべき二十二回戦だね聖女ちゃん！　そろそ～ろ、エラキノちゃんは聖女ちゃんに勝ちたいなって思うのだ！」

確実に殺している。

死体を完全に焼却したこともあるし、神聖な封印術を施したこともある。

最近ではわざわざ死体を持ち帰ってバラバラに切断して塩漬けにしたことすらあるのだ……。

その全てにおいて、エラキノは素知らぬ顔で復活し、ソアリーナの前に現れた。

明らかに未知の邪法によってその異常を成している。

その事実がソアリーナを警戒させる。

何より……。

「前の聖女ちゃんが負けちゃったこと——警戒してるのかな??」

魔女エラキノは《顔伏せの聖女》を打ち負かしている。

命は何とか助かったものの、現在かの聖女は絶対安静の状態。

他の聖女が急遽治療に当たっているとのことだが、クオリア特有の権力闘争が足を引っ張り詳細な情報は未《いま》だ入ってこない。

優位に立っていたはずの顔伏せの聖女が敗北した理由がわからないのだ。

何もかもが後手に回っている。

その事実とともに失われていく命が、ソアリーナの心を鈍く蝕んでいく。

だが……。

「貴方がどのような技を使おうとも、私はただ神の名のもとに邪悪を討ち滅ぼすのみ」

彼女は聖女だ。

こぼれ落ちるものが一人でも残っているのなら、それを救うために苦難を受け入れることに何の迷いがあろうか。

彼女が……救わなくてはいけないのだから。

「かーっ！　相変わらずのカタカタだなぁ聖女ちゃん！　ダメだよそんなんじゃ、もっとゆる～くいこ？」

砕けた口調を伴いながら、エラキノが手をゆっくりと振り上げる。

戦いが始まろうとしていた。

それはいつも一瞬で終わる。

エラキノが何かを発動し、神の加護の前にその効果が打ち消され、ソアリーナの聖杖が魔女の心臓を打ち抜くのだ。

ある意味で八百長にも似た流れが、ここ数回の戦いの全てだった。

だが、二十二回目のその日は何かが少し違った。

「いやね、まぁぶっちゃけエラキノちゃんもそろそろ勝たないと怒られるんだよね。――だから」

いつになくエラキノが真剣な面持ちを浮かべている。

それはどこか決意を感じさせるものであり、同時に浮かぶ焦りの表情が彼女にも何らかの事情があることを示していた。

だがソアリーナはここで致命的な過ちを犯してしまう。

どのようなことがあっても神の加護が自らを守ってくれると過信してしまったのだ。

事実彼女が持つ神の加護は今までエラキノが放つ不可視の悪意を全て防いできた。

何らかの攻撃に晒《さら》されながらも、その力をソアリーナまで通すことなく消し去ってきたのだ。

だから。

「――今日もサイコロを振るね」

だからその予兆を見逃してしまったのかもしれない。

「またソレですか。結果は変わりません。どのような悪しき企みを行おうと――」

カランコロンと、何かが鳴った。

エラキノの《啜り》判定1d100＝【100】
判定：クリティカル

「――あっ」

二十二回目の戦いはあっけなく終わった。

ソアリーナが小さく驚きの言葉を漏らし。それで終わりだ。

気がつけば聖王国クオリアの決戦兵器はその身体から力を抜き、瞳から意思の光を消している。

エラキノの能力が、彼女の魂を捉えた証左であった。

「え、えっと……もしかしてクリった？」

なぜかしばらく唖然としていたエラキノ。

彼女は信じられないといった表情を見せると、どこかおぼつかない足取りでソアリーナのすぐ目の前までやってくると虚無の表情で立ちすくむ彼女を確認するかのようにその目の前で手をひらひらとさせてみる。

やがて何らかの確信を得た彼女はフルフルと震えながらうつむく……。

そして。

「よっしゃあああああ！　エラキノちゃんはやったぞぉぉぉぉぉ！」

大地に響き渡る大声を上げて、空に向かって拳を突き上げた。

「いやぁ、苦節二十二キャラ目。設定を変えに変えてもらったエラキノちゃんは、ついにつよつよ最強キャラとして君臨することができたのだ！」

ソアリーナの周囲をスキップしながらぐるぐると回るエラキノ。

ウキウキとしたその表情はまるで少女のようで、数多くの人々を不幸のどん底に陥れた存在と同じとは到底思えない。

吹雪が強くなる。

だがこの場所だけはなぜか春の如く陽気な気配が漂っており、それは魔女エラキノただ一人から発せられていた。

「マスター！　マスター！　見てるマスター!?　やったよ、エラキノちゃんはやったよぉ！　褒めて褒めて！」

不思議なことが起きた。

エラキノが何かに向かって声をかけ始めたのだ。

彼女の視線は空に向けられている。無論その視線上に何かが存在するわけでもなく、何らかの技術によってここにはいない誰かと話をしているようだった。

その相手は……マスターと呼ばれていた。

「うんうん、なるほろなるほろ。確かにそうだね！　って、検証は必要かもかも？　流石マスター！　エラキノえ？　ええっ!?　ちょ、ちょっと！　聖女ちゃちゃんというかわかわＰＣがいながら、聖女ちゃんにうつつを抜かすとは激詰め案件だよっ！」

空に向かってわーわー叫ぶエラキノ。

その顔は興奮により紅潮し、何かに対して非難しているものの喜びからか顔の緩みが隠せずにいる。

どうやら相手はエラキノとそれなりに親しい仲のようだ。そしてエラキノより上位の立場にいると察せられる。

その内容はこれからの作戦を相談しているようで、エラキノが何らかの組織に属していることを示している。

「それで……これからどうするのマスター？」

相談は続く。

無言で立ち尽くす聖女ソアリーナを置いて、魔女は何者かからの指令を受け取る。

ウンウンとわざとらしい仕草で頷いていた彼女だったが、やがて何かに気づいたかのようにポンッと手を打った。

「おおっ？　そうだね、そうだねマスター！　神様のお願い事があったよね！　アイサー！　アイサー！――」

「アイサー！　マイ、ゲームマスター♪」

そして自らが絶大な信頼を寄せる存在に届くように、エラキノは少女然としたお辞儀を行った。

「ふふふ、マイノグーラ……か。ワクワクしてくるね！」

エラキノが顔を上げた時、そこにあるのは魔女のそれだった。

彼女はすでに命を受けている。

出だしは順調そのもので、今回ばかりは天運が彼女に味方している。

だからこそここで決めねばならない。でなければ彼女に後はないのだから。

「さぁさぁエラキノちゃん。踏ん張り時だゾ！　《《ダイスの神》》の思し召しのままに！　ダイスの出目の示すがままに！　エラキノちゃんは突き進むじぇ！」

エラキノが両手を広げて楽しそうにジャンプする。

彼女の決意に呼応するかのように、唆られて心を失った者たちがぞろぞろと現れまるでパレードのように魔女エラキノとそれに伴う聖女ソアリーナの後ろをついて行く。

願いがあるのだ。絶対的な、何を捧げても叶えたい夢が。

そのためには決してここで負けるわけにはいかない。

「世界征服の時間だ！　ひゃっほーーーーいっ!!」

エラキノは南に進路を向ける。

彼女がマスターと呼ぶ者のために……。

《《ダイスの神》》との約定のために。

世界を征服するために……。

【マイノグーラ　樹上居住区】

『ブレイブクエスタス』魔王が撃破され、ようやく混沌《こんとん》とした一連の出来事に一つの区切りが付いた頃の話だ。

『Eternal Nations』指導者の権能を使いアトゥやエルフール姉妹たちのやりとりを眺めていた拓斗は、最悪の中にあって最悪を重ねる愚を犯さなかったことに安堵《あんど》のため息を吐く。

「はぁ……終わった、か」

大きな、大きなため息だ。

拓斗がいる場所は普段からすればいささか珍しいところだった。

街の一角にある入居者が決まっていない住居で今の今までやりとりをしていたのだ。

これは万が一の都市への敵勢力侵攻にも対応できるように、国民から離れて隠れる意味もあった。

「疲れた」

再度大きなため息。

すでにアトゥらには帰還の命を下している。

特に問題なければエルフール姉妹とともにほどなくして戻ってくるだろう。

モルタール老らドラゴンタンへの派遣部隊も進路を変えこの場所へと帰還中だ。

やるべきこと考えることは数多くあるが今は少しだけ時間があった。

この時間をどのように有効活用すべきか？　精神的な疲労を感じながら顔を上げると、ふと自分の周りには幾人かの護衛がいることに気づく。

戦士団の一部だ。自らの主を守るため、いざという時にはその命すらなげうって拓斗を生かすため、今もこうやって付き従っている。

「少し一人にさせて」

「はっ！　いえ……しかし」

どこか不安げな表情が残る彼らに視線を向け、拓斗は静かにそう命令した。

護衛の兵士たちに動揺が走る。

王の命令は絶対ではあるが、だが確実に危険が去ったとは到底言いがたいこの状況においてただ言葉のまま従って良いのだろうかという当然の反応だ。

無論拓斗がその程度のことを理解していないはずがない。

にもかかわらず、彼は再度同じ命令を下した。

「一人にさせて」

「し、失礼いたします！」

慌てた様子でバタバタと兵士たちが退室してい

く。

情けない姿を見られた気恥ずかしさがあったのかもしれない。

思いもよらず強い口調になってしまったと拓斗は自己嫌悪に陥る。

王からの強い言葉に血相を変えて退席した護衛の兵士たちの気配が遠くなることを確認しながら、やがて拓斗はバタッと床に大の字になった。

「かっこ悪いなぁ……」

最高にかっこ悪かった。

舐めて舐めて舐め腐ってこのざまだ。

自分の判断ミスが原因でこのような状況になり、さらにはまた愚行を犯して護衛の兵士を遠ざけた。

指導者としての権能があり領内に侵入した敵がわかるとは言え、万が一それらを突破する能力を持つ敵が近くに潜んでいたならどうするつもりか？

国家の指導者が緊急時に引きこもるなど、兵たちの士気低下を考慮しているのか？

自分の内側からもう一人の自分が責め立ててくるようで、それがまた拓斗の心を暗く沈み込ませる。

一体どれほど甘えればいいのだろうか。

自責の念は尽きることなく溢《あふ》れ湧いてき、この世界に来た頃のどこか楽観的な希望や、誰もが幸せに過ごせる国家を作りたいという夢がガラガラと音を立てて崩れていく。

「イスラ……」

拓斗はぽつりと呟く。

もっと話をしたかった。アトゥほどではないが、彼女のことも『Eternal Nations』を通じてよく知っていたし、これから実際に交流を重ねて知るつもりだった。

彼女は自分をどう思っているだろうか？　尋ねることも二度とは叶わない。

戦力上のダメージ以上に心を蝕む空虚感に呆然

としながら、拓斗は何とかならないものかと考えを巡らせる。

……英雄の再召喚は事実上不可能。

全く不可能というわけではないが、それはあくまで救済措置的な手段だ。

撃破された英雄を再度召喚するにはいくつかの条件が存在しており、未召喚の英雄やアトゥがすでに国家にいる状況ではその条件も満たせない。

つまり……《全ての蟲の女王イスラ》という存在は、『Eternal Nations』のどのようなシステムを用いても、二度と会うことが叶わないのだ。

「……メアリア、キャリア」

双子の少女から――永遠に母親を失わせてしまった。

その事実が、重い枷《かせ》となって拓斗を苛《さいな》む。

エルフール姉妹がどれだけイスラを慕っていたかはよく知っている。

彼女たちがどのような状況で母を失い心を凍らせて生きてきたかもよく知っている。

自分たちは死ぬべきだったと悲しげな瞳で告げられたあの日の会話が何度も頭の中で繰り返され、その信頼を裏切ってしまった事実とともに無能の烙印を自分に押しつける。

失われたものは、どう足掻《あが》いても戻ってはこない。

イラ＝タクトという存在は、この瞬間確かに敗北者だった。

「――くそっ！」

それは自分への怒りか、それとも苦し紛れの誤魔化しか。

耐えられないとばかりに勢い良く起き上がった拓斗は床に拳を打ち付ける。

少しでも痛みを感じられるのなら、心の痛みも紛れるかもしれないと思っての行動だ。

痛い思いは昔から嫌だったが、けれども今は自分を罰するための何かが欲しかった。

だが……。

「へっ？」

バキリと鈍い音が大きく響く。

硬い感触を想像していた拳がぐっと床に沈む。

一瞬「床が溶けた？」と思った拓斗だったが、ほどなくしてそれが勘違いだったことに気づく。

切り出したばかりの真新しい木材で作られた住居の床は、拓斗が殴りつけた部分からバキリと割れ折れてしまっていたのだ。

「ちょ、まっ！」

床の破壊に声を上げる拓斗だったが、驚きはそれだけではなかった。

どうやら拓斗の一撃は運悪く床下に組まれた支柱の一本を砕いてしまったようで、木材が爆ぜる鈍い音とともにあれよあれよというまに崩壊が連鎖し建物が崩れていく。

「うわっ！　わわ！　わぁぁぁぁ！」

ダークエルフが作る住居は彼らの文化様式に則って樹木の高い位置に存在する。

当然崩壊したそれが待ち受けるのは空中から地上への落下劇だ。

高さにしておよそ数十メートル。人の身体はその衝撃に耐えられるほど強くはできていない。

一瞬の浮遊感とともに視界が空転し、鈍い感触とともに暗転する。

身体中を衝撃が襲い、拓斗は二度目の死を覚悟した。

「ててて……あれ？」

だが目を開いて見えた景色は、以前と変わらぬそれであった。

「痛くない」

住居を構成していた木材の山から頭を出し、キョロキョロと辺りを見回す。

見上げると確かにダークエルフたちの建物が見える。

……ただ落ちて、無事だった。

現状を考えるとそう判断せざるをえなかった。

「…………」

訝《いぶか》しげな表情を見せながら拓斗は静かに立ち上がる。

指導者の権能でダークエルフの護衛たちが慌てた様子でこちらへ向かってくるのを確認しながら、人気《ひとけ》を避けるように歩く。

キョロキョロと辺りを見回しながらしばらく歩いていた拓斗。

やがて街からも少しばかり離れると適当な大きさの樹木に目を付け何かを確かめるようにポンポンとその幹を叩く。

何の変哲もない巨木だ。強いて言うのならば他のそれより一回りほど巨大で、マイノグーラによる呪われた土地の効果も相まって不気味に見える位だろう。

そんな樹木に向かって……。

拓斗は無造作に手を振った。

ズン……と鈍い地響きとともにそれはあっけなくへし折れた。

「何で……？」

その言葉に、どこかで誰かが答えた気がした。

「……そうか、そうだったんだ。そういうことか」

ベキベキと周辺の樹木を巻き込みながら倒れる樹木を一瞥《いちべつ》しながら、拓斗は静かにその場であぐらをかき目をつむる。

静かで奇妙な行いは、自らとの対話だ。

瞑想にも似たそれによって自らの奥底に深く入り込み、イラ＝タクトという存在が持つ無限の可能性と破滅の王として相応《ふさわ》しき力の存在を確認する。

問いに、答える者がいる。

——それは最初からそこに存在していた。

ただ悠然と、己が力を振るわれる時を待っていた。

「はは……なら最初から勝てたじゃないか。最初からいけたじゃないか。最初から……」

瞳を開いた拓斗は乾いた笑い声を上げながら顔に手を上げる。

何もかもが滑稽で、自分の愚かさがあまりにもバカバカしかったのだ。

同時にもはや我慢の限界でもあった。

ブチリ――と、拓斗の中で何かが切れた。

【マイノグーラ宮殿　緊急会議】

宮殿に作られた会議場には一種の異様な雰囲気が流れていた。

集まるのは英雄アトゥ、エルフール姉妹、モルタール老ら国家運営を担う重鎮たちだ。

加えて今回は幾人かの文官や戦士団において隊長的な役割を持つ者たちも集まっている。

そして……議場の最も奥で静かに座るのはマイノグーラの指導者であり破滅の王であるイラ＝タクトであった。

「では拓斗さま。エルフール姉妹の命令違反について審判をお願いいたします。偉大なる王の言葉に背いた罪。相応の罰が必要だと進言いたします」

アトゥが静かに議題を述べ、拓斗に意見を伺う。

話題に上がったエルフール姉妹は壁際で静かに立っており、その沈痛な態度はまるで斬首を待つ死刑囚のようでもあった。

姉妹たちとて自らが犯した罪の大きさはよく理解している。

感情のままあの場で突き進んだが、本来ならマイノグーラの街へと戻り防衛体制を整えるのが正しかった。

力を持つ者は大切な仲間を守らなくてはならない。他ならぬ母に教えられたはずなのに、それを裏切ってしまった。

だから、二人の姉妹はどのような罰であっても甘んじて受ける覚悟でいた。

たとえそれが死であっても。

「うーん。何もなし。罪には問わないよ」

だがあっけらかんとした物言いは、彼女たちが予想したどれとも違った。

否――この場にいるアトゥたち全員の予想を覆す決断だった。

「しかし拓斗さま！　それでは国家の規律を保てません。特に今回のような緊急事態においていたずらに配下を許しては今後どのような勘違いをする者がでることか……」

アトゥが慌てて物言いを行う。

国家において罪に対する刑罰は必須。無論温情や情状酌量などの判断によって罪が軽減されることもある。

だが無罪放免というのは聞いたこともない。どのような形であれ、最低限の罰は形式上必要であった。

皆が驚きの目で拓斗を見つめる中、少し驚いたように肩をすくめた拓斗はサッと手を上げるとまるで先ほどの件はもう終わりとばかりに話題を変えた。

「緊急事態――か。そのことについて、僕はみんなに謝らなくちゃいけない」

アトゥを含め、一部の者がギョッと目を見開く。

そしてその先は絶対に言わせまいと席を立とうとするその直前……。

「本当にすまなかった。僕の油断と慢心が招いた事態だ」

王は、自らの過ちを認め配下に謝罪した。

「お、おやめください！　王が謝るなど、あってはなりませぬ！」

「そうです！　我らが不甲斐《ふがい》ないばかりに！　全て我らが怠慢が招いたことです！」

ダークエルフたちが慌てて叫ぶ。

それだけはあってはならなかった。それだけはしてはならなかった。

王とは絶対の存在である。その絶対の存在を信じ、配下は己の命を投げ出すのだ。

ゆえに王は間違ってはいけない。

間違いを認めてはいけない。

過ちを行うのは人の領分であり、決して王の領分ではない。

人に落ちた王に民は付いてこない。民を率いる重責は、人にとっては重すぎるからだ。

だから、何としてでも先の言葉はなかったことにしなければいけなかった。

立ち上がっていたはずのアトゥが、魂が抜けたように椅子へと座る。

もはや混乱は彼女の処理能力を超えており、この状況をどうにかする術などいくら考えても浮かんでこなかった。

そして、彼女たちを襲う混乱がこれで終わりなどとは誰も宣言はしていない。

「そして約束する。イスラを生き返らせると」

「ほ、本当ですか？」

「……生き返るの？」

姉妹の瞳に光が宿る。

王が謝罪することの意味を理解していなかった二人はそのやりとりを不思議そうに見つめていたが、母のこととあっては話が違った。

先ほどから何か虫の知らせめいた不思議な感覚に包まれていた二人だが、そのことも忘れて拓斗へと確認する。

その言葉に、拓斗は確かに頷いた。

「た、拓斗さまお待ちください！　どのような方法によってですか!?　現状では……決して英雄を復活させることは叶いません！」

アトゥは混乱する。

拓斗を信頼してはいるが、今の彼女では全く彼の考えを推測することができなかったからだ。

アトゥが以前姉妹に伝えたとおり、英雄イスラを復活させる方法は存在しない。

できぬ約束をすることを拓斗は許す性格ではなかった。

まさか乱心したのか？　アトゥの心に認めたくない予想がよぎる。

だとしたら最悪という言葉では生ぬるいほどの状況だ。

だが、真実は彼女らのあらゆる予想を凌駕していた。

「天上に招待された国民たちは、やがて絶頂の幸福と無限の平穏のもと永遠に暮らすであろう」

拓斗は朗々と語った。

その言葉の意味を知るアトゥが驚きで顔をあげる。

「そこには苦しみもなく、痛みもなく、死者すら甦り、愛しい人とまた巡り会い、その幸福を分かち合う――。

――勝利を讃えよ。新たなる次元へ到達した喜びを祝福せよ。

ここに神の国の門は開かれ、汝らは神の愛の中、永遠の存在へと至った」

拓斗は静かに立ち上がり、大きく手を広げた。

「《次元上昇勝利《アセンションヴィクトリー》》。この世界が『Eternal Nations』のシステムを参照するのであれば、必ず僕はその勝利をつかみ取る。失ったものは、全て取り戻す」

それはとある勝利を達成した際に流れるセリフだった。

次元上昇勝利と呼ばれるそれは、『Eternal Nations』においても一風変わった特殊な勝利で、複数の条件を達成した後に得られるものだ。

問題は……その勝利条件の達成が非常に困難であることだった。

次元上昇勝利はあまりにも難易度が高く、『Eternal Nations』でも積極的に採用するプレイヤーは存在しない。

縛りプレイや動画配信の見栄えなどを気にして挑戦する者が現れる程度だ。

事実拓斗も何回か挑戦したことがあるものの、すぐに興味をなくして和平勝利や制覇勝利を選んでいたはずだ。

「じ、次元上昇勝利は条件が厳しすぎます。前提となる王権《レガリア》の作成ですら他国の介入を招く恐れが……」

唯一そのことを理解しているアトゥが震える声で尋ねる。

確かにこの勝利条件ならばイスラの復活も叶うだろう。天上の世界がどのようなものかはわからないが、確かにその世界ではあらゆる死者が生き返るのだから……。

「他国の介入……まぁ確かにあるだろうね」

「はい、善勢力どころか、全世界が敵に回ります。それこそフォーンカヴンですら……」

問答は続く。

ダークエルフたちはその言葉の意味を理解できない。

王が時として自分たちの理解の外にある言葉を語ることは知っていたが、この言葉もいわゆる神の国のそれなのだろうと判断する。

だが、その言葉に含まれる何か底知れぬ圧力のようなものはひしひしと感じられた。

同時に自分たちの王が語る未来がどれほど困難な道なのかもを……。

英雄をもってすら困難だと判断する選択だと。

一体どのような理屈でその選択をするのだろうか？　全員が不安にかられる中、拓斗はまたしてもあっさりと宣言した。

「大丈夫だよ」

「なぜ!?　なぜ大丈夫だと判断されるのですか拓

斗さま！」

「だって邪魔する奴は全員殺すからね」

刹那、アトゥは恐怖で固まった。

ダークエルフたちは、魂の奥底まで脅かされる恐怖に生きたまま死を経験した。

彼女たちはここに至って理解した。

拓斗は何も混乱していたのではないのだ。

度重なる問題に心を押しつぶされ、躁状態でありもしない未来を語っていたわけではないのだ。

ただその代わり――。

イラ＝タクトは激怒していた。

それはあまりにも怒りが深く、表面上は躁状態で饒舌に何かを語っているように見えただけだ。

その怒りの源泉がどこにあるかはわからない。

だが今まで破滅の王と言えどどこか親しみが感じられ、おおよそ誰かに怒りを向けるという行いをしなかった拓斗が初めて見せる怒りは、その場にいる全ての存在の精神をわしづかみにした。


どろりとした圧力がまるで質量があるかのように重しとなって彼女たちに襲いかかる。

冷や汗がドンドンとあふれだし、言葉を発しようとしても乾いた息切れしか漏れない。

最も邪悪な存在であるアトゥですら底冷えの恐怖を感じさせるナニカが、すぐそこに鎮座していた。

「よく聞いてね。手段は簡単だよ」

アトゥらが言葉を出せないことをどう捉えたのかは知らないが、拓斗が饒舌に語り始める。

次元上昇は世界そのものを変えてしまう。

無論敵対する全ての存在は勝者である国家の意図するとおりに改変され、時には消滅すらしてしまう。

ゆえに次元上昇勝利を狙う国家は全ての国家に対して敵対宣言をすることと同じなのだ。

たとえ同盟関係であっても敵対に回る。回避する方法は併合や属国化しか存在しない。

今まで築き上げてきたものを全て打ち壊す覚悟が必要だと理解していて、なお、その選択をするのか？　怒りがキーとなり、本来の力を取り戻した『Eternal Nations』トッププレイヤーの判断は至ってシンプルだった。

「………まず世界を征服する」

有無を言わせぬその言葉は、聞く者全てに得体の知れない畏れを感じさせた。

「次元上昇勝利は条件の達成や維持が大変だからね。だから最初に邪魔する全部に消えてもらうんだ」

空を堕とし、地上を全て耕し、海を飲み干し、生きとし生けるあらゆるものを滅ぼし尽くし、悠々と次元上昇に取りかかる。

拓斗が言っていることはまさしくそれだった。そこには、当初存在していた平和主義の指導者は存在していない。

否——はじめからそんなものは存在していなかったのかもしれない。

「できること、やれることが沢山浮かんでくるんだ。これほど冴えたことは今まで一度もないかもしれない」

ガシャン——と、突然大きな音がなり、アトゥらはビクリと身を震わせた。

そしてこの緊迫した状況に無粋な横やりをいれた馬鹿は誰だと、視線だけで辺りを窺《うかが》う。

その音は、拓斗のちょうど背後から鳴っていた。

「………？」

——ガシャガシャと数多くの音が重なる。

拓斗の緊急生産だ。マイノグーラの国家運営要員であれば全員一度は目にしたことがある現象である。

だが生み出されたものが一切わからなかった。

音からして何か固さのあるものであることは確かだったが、彼女たちが知るあらゆる知識を総動員してもその答えはわからない。

唯一の例外、アトゥを除いて。

足下に転がってきた銅色の小さなそれが弾丸であると気づいた時、アトゥは思わず驚きの声をあげる。

拳銃、マシンガン、ライフル、爆薬――拓斗が死ぬ前に過ごした世界における武器が次々と拓斗の背後から生み出される。

かつての世界において、地域によっては人の命とはとても安価なものだった。

更に付け加えれば、それら人命を奪うためだけに作られた道具もまた、驚くほど安価で手に入った。

それこそ、少し高級なブドウと変わらぬほどに。

ガシャガシャと山のように積み上げられた兵器の中から手頃な拳銃を一つ手に取り、観察するように眺める拓斗。

緊急生産は魔力さえあればあらゆるものを生み出せる。

その基準はあくまでコストであり、物品としての価値を考慮しない。

神の国――生前の世界の物品を生み出せるという裏技じみた行為において、そのルールは凶悪に作用していた。

「これから皆には今まで以上に手伝ってもらわないと駄目かもしれないね」

いつの間にか生産した、見たこともない紙の資料と拳銃を比べ、ウンと頷く。

彼が予想したとおり、遥かに安い魔力コストで兵器の生産が可能だった。

そして失われた魔力の当ても、また彼の中に存在している。

ありとあらゆる状況が、辛酸を舐めさせられたこの世界に復讐しろと拓斗に囁《ささや》いていた。

「正直大変だと思う。けど……。皆ならできるよ！　もちろん今までもしっかり働いてくれてたけど、これからも僕の言うことをちゃんと聞いてね！」

どこか子供のように無邪気な言葉で宣言する拓斗。

王から放たれる悍《おぞ》ましい圧力を持った言葉の前に、彼の配下はただ震えながら頭《こうべ》を垂れるしかできない。

「さぁ、世界を征服するよ」

後に歴史書を記したとして、世界が滅びに向かう決定的な瞬間が存在したのだとしたならまさしくこの時がそうなのかもしれない。

終末の訪れは刻一刻と迫っている。

どこかで、《《名も無き神》》が大きく笑っていた。

第三章：了

挿話　人肉の木

まだマイノグーラに平穏が訪れていた日のことであった。

時期としてはちょうどイスラが召喚され、アトゥがドラゴンタンへの防衛協力に向かう数日前のことだ。

マイノグーラの国家運営は日々問題の発生と解決の繰り返しである。

ゲーム上では特に表現されていなかったそれではあるが、実際国民としてダークエルフたちが存在し、システムではない統治機構が組み上げられている以上どうしても問題は発生する。

無論ダークエルフたちとて無能ではない。

自分たちで解決できることは自発的に処理する仕組みができている。

だが当然彼らに与えられた権限の範疇《はんちゅう》を超える問題というのも発生する。

そういった細々とした、だが重要な問題に関して相談を受けるのはもっぱらアトゥの役割だった。

本日もまた何やら問題が発生したらしい。

街中を視察し、自らの国家が繁栄していく様をその目に焼き付けていたアトゥへと声がかかった。

「あのアトゥさん。すいません」

「はい、何でしょうか？」

「実は現在運用中の《人肉の木》に関して相談したいことがありまして……」

やってきたのは内政に関する業務を一手に引き受けるエムルだ。

その範囲は多岐にわたり、本来は彼女がすべきではない事柄まで請け負っている。

いずれキャパシティを超える可能性が高いが、

現状まだ国家の規模が小さいことと彼女が優秀なことから文句も言わず献身的にこなしてくれている。

その働きぶりに満足気な笑みを浮かべながら、自分で良ければ可能な限り力になろうとアトゥは彼女の嘆願を機嫌良く受ける。

「国家をより良く巨大にし、国民を幸福に導くことこそが拓斗さまの望み、私で良ければいくらでも相談にのりますよ」

「ありがとうございます。では早速――その、実際に見てもらった方が早いのですが……」

「ふむ。見る方が早いとは一体どういうことですか？」

言葉で説明するよりも目にする方が早いということは、土地か建築物に関する問題が発生したということだろう。

国家運営に関する相談であれば数値や情報で説明した方が早いし、国民による何らかの嘆願があるのであれば言葉どおりそのまま伝えれば事足りる。

どこか困惑した表情を見せるエムルに、現状建築物関連ではそこまで難儀するような問題が発生していなかったはずだが……と、首を傾《かし》げるアトゥ。

彼女が案内されるままやってきた場所は、マイノグーラ固有の食糧生産施設であり食料庫の代替施設。

《人肉の木》生育地区だった。

「あの……これはどれほど大きくなるものでしょうか？」

開口一番、エムルが今回の疑問を口にする。

エムルの言葉を受け、目の前に存在する人肉の木を大きく見上げたアトゥ。

（お、大きすぎる……）

彼女は思わずその口元を呆《あき》れでひくつかせる。

そう、人肉の木は大きすぎた。

彼女の知っているそれを超えて、あまりにも巨大に成長しすぎていた。

その樹高はすでに一般的な果樹の二倍ほどで、以前にも増して存在感が強い。

アトゥの知る限り、人肉の木はそこまで大きくなる植物ではなかった。

少なくともゲーム上で表現されるビジュアルではこれほどまで巨大になるものではない。

「ええっと、いつからこの状態に？」

「最初から、でしょうか？　私も一般的な果樹程度の大きさになればそれ以上生長しないものと思っていたのですが、現在もぐんぐん育っている状況でして」

困惑気味のエムルの表情がアトゥを突き刺す。

自分だって同じ気持ちだと叫びたかった。

一体これどこまで育つんだ？

樹木の先端をその超常的な視力で確認すると生長途中の新芽と枝がハッキリと見える。

どうやらまだまだ大きくなるらしい。

無論、限界がどこにあるかは人肉の木本人しか知らないだろう。

（正直わからないですが……と、とは言えここで動揺するのは英雄の沽券《こけん》に関わる!!）

「ふふ、どれほど大きくなると思いますか？」

いかにもすべてお見通しといった表情を浮かべながら、アトゥは必死で誤魔化す。

内心は冷や汗がこれでもかと溢《あふ》れている。ここで変にしつこく追及を受け、答えを求められたらおしまいだからだ。

だが運は彼女に味方する。その思わせぶりな態度にエムルは感動の表情を浮かべ、さすがマイノグーラの英雄だとでも言わんばかりの態度を取り始めたのだ。

「い、いえ……見当も付きません！　我々のような矮小《わいしょう》なダークエルフでは神の国の植物について推測するなど恐れ多いです!!」

勝った！　内心でガッツポーズを取り、自らの勝利を確信するアトゥ。あとは適当に煙《けむ》に巻いてしまえばどうとでもなる。

「そこまで卑下することはありませんよ。皆さんは我が国の大切な国民なのですから……」

いかにもな言葉にエムルは感動しっぱなしである。年の割には純粋なこの女ダークエルフに少しばかり罪悪感を抱くアトゥだったが、ここまで来てしまっては後戻りはできない。

「ふふふ、この問題に関しては答えは秘密。としておきましょうか、後でどれほど王が偉大なのかをその目で確認するのも乙なものでしょう」

「はい！　わかりました！　わざわざありがとうございますアトゥさん！」

「どういたしまして。では、また何か気になる点があったら教えてください。あっ、監視は継続するようお願いいたします」

こうしてアトゥが考える完璧な誤魔化しは成功した。とは言えエムルが持ち込んだ問題は非常に厄介だ。アトゥはエムルと別れた後、彼女の姿が見えなくなるのを確認すると慌てて宮殿へと走るのであった。

……………

……

：

「拓斗さまぁぁぁぁぁぁぁぁ!!!」

アトゥが自分の手に余ると感じた問題がどうなるか、答えは一つしかない。

自らの王であり、この世で最も信頼する拓斗に泣きつくことだ。

まるで幼児が駄々をこねるようなわがままさで宮殿に戻ってきたアトゥは、そのまま涙目で拓斗に泣きつく。

「拓斗さま！　何か人肉の木が大きくなってるんですが！　あれどこまで巨大化するんですか!?」

ワーワーと文句を言い出すアトゥ。

全くもって困った様である。

だがいつもなら彼女の態度に少し呆れた態度を見せる拓斗も、今回ばかりはアトゥに同情的であった。

「いや、僕も見ていたけど……あれどうなるんだ?」

イラ＝タクトは自らの配下全ての視界を共有することができる。

それは無論英雄たるアトゥとて例外ではなく、先ほどのやり取りも視界共有を通じて確認していたのだ。

正直な所、アトゥ同様に拓斗もこの問題に関して答えを知らない。

初めての出来事だし、拓斗とてエムル同様一般的な果樹同様の大きさにまで育つものだと考えていたからだ。

拓斗は頭を悩ませる。

人肉の木の設定にそのようなものはなかった。

この生産施設の特徴は、人肉を食べていると思わせる謎肉を実らせると設定されているだけであって、植物としてどのような生態を有しているかまで記載されていないのだ。

ゆえに未知数。

しかも『Eternal Nations』の設定にはあやふやな部分がある。

特にこの世界におけるそれはかなり融通とオリジナリティが加味された形になっており、ブレインイーターたちの愉快な性格を筆頭にかなりの改変が見受けられる。

だとすればこの人肉の木の巨大化問題も、それら未知の部分が余計に作用した結果といえるかもしれなかった。

「もしかしたら、土地が合ったのかもしれないね」

苦し紛れな推測であるが、現状は答えの一つとして上げられるかもしれない。

そもそもこの場所は大呪界と呼ばれる未知の土

地である。この地では食糧生産能力がなく、異常なサイズの巨木が乱立している。

そのような環境において、人肉の木が何らかのシナジーを受けて巨大化したと考えることもできるだろう。

つまり食糧生産の需要があり、周りにもライバルとなる木が存在するため人肉の木が張り切ったと……。

はたしてそんな突拍子もないことが起こりうるのだろうかと首を傾げるばかりであるが、見るからに青々と葉を茂らせ、奇っ怪な形の実をこれでもかと実らせる例の巨木を考えるに違うだろうと断じるにはいささか不安がある。

ふと胸元を見ると、自らの胸に顔を埋めてご機嫌になったアトゥと目が合った。

「とりあえず、みんなを呼ぼうか」

少しばかり気恥ずかしさを感じた拓斗は、誤魔化し気味にそう答え、そっと彼女を離すのであった。


「正直に言うよ。人肉の木が予想よりも大きくなってるんだ」

拓斗が取った戦略は全てをぶっちゃける、であった。

余計な誤魔化しをして解決を困難にするよりも、さっさと全員の知恵を出し合ってこの問題に対する一定の方針を決めたいといったところだろう。

マイノグーラが抱える問題は山積みだ。

特に今はフォーンカヴンとの交流を深め、様々な益を獲得する重要な時期。

この程度の些事《さじ》で時間をとることを彼は良しとしなかった。

この決断によりアトゥはエムルから何とも言えない視線を受けるが、すでに本人は以前の誤魔化しなど忘れているので問題ない。

基本的にアトゥは拓斗至上主義なので、彼の決断であれば結果自分がどう評価されようと特に気にしないのであった。

ともあれ喫緊《きっきん》の問題はこの人肉の木である。

王であるイラ＝タクトより集合の令を受け、件《くだん》の食糧生産施設という名の暴走樹木の前に集まった面々は、拓斗の言葉を聞くや否や何とも表現し難い微妙な表情を浮かべた。

「もしかして、みんな気づいてた？」

その言葉にビクリと反応するダークエルフたち。

無論このまま王である拓斗の問いかけを無視するわけにもいかない。

この中で最も知恵深き者の一人であるモルタール老が控えめに答えた。

「いやはや、立派な樹木だなとは思っておりましたじゃ……」

見上げる人肉の木は食べて食べてと言わんばかりに自らをアピールしている。

人と同じように判断して良いかどうかという疑問はさておき、彼らのやる気を鑑みるなら最低でも他の樹木と同じ程度の高さまで伸びるのは間違いないだろう。

つまるところそれは、住居を建築することが可能なほど巨大な、人肉味の謎肉を実らせる不可思議な樹木がこのマイノグーラに出現することを意味している。なお単体ではなく複数である。

皆が皆、その可能性にうっすらと気づいていたのだろう。

組織における大きな問題というのは、時としてこのように引き起こされる。

複数の人間がそれとなく気づいていたのだが日々の業務と重要度の低さから放置し、結果として巨大な難題に膨れ上がるのだ。

それは何もダークエルフたちだけではなく、マイノグーラが誇る英雄とて例外ではなかった。

「そ、そうですわね。こんなに大きかったかしら？　と思ったり思わなかったり……」

次いで答えるはマイノグーラが誇る二番目の英雄、全ての蟲の女王イスラである。

昆虫特有の複眼では何を思っているのか推し量るのは難しいが、あからさまに動揺した声で顔をそらしているのでバツ悪く思っているのは間違いなかった。

ブルータスお前もか！　と思わず叫びそうになった拓斗だったが、ネタが通じるかどうかわからなかったことに加えそんな度胸もないので小さく「そっか」とだけ答える。

正直な所、全員がこの問題から目をそらしていた側面はあるだろう。

そもそもマイノグーラの役職持ちは忙しい。

拓斗としてもアトゥを通じてエムルから報告があったから検討を始めただけで、この報告がなければよしんばその変化に気づいていたとしても放置していたのは間違いない。

皆が皆、そのような態度であるからこの木はすくすくと育っているのだ。

元気いっぱい、空高く。

責任は全員にあった。

「実際問題、他の木と同じくらい巨大化するとしたら、食糧生産率はどうなる？」

ともあれ行うべきことは責任の所在を確認することではない。

無論今後同様のことが起こらないようにホウレンソウ——つまり報告、連絡、相談の徹底は必要ではあるが、今やるべきことはこのやる気が空回りしつつある樹木の対処だ。

チラリとモルタール老へと視線を向け将来的な推測を尋ねる。

現在の収穫量としてはすでにダークエルフたちが生存するに十分な量となっている。

むしろ供給過多気味になっており、干し肉ならぬ干し謎肉に加工する必要があるだろうなと話していた所だ。

食糧は足りぬよりも余っている方が良い。だが余り過ぎるというのはまた別の問題を生む。

モルタール老は拓斗が何について懸念を覚えているのかその問いかけからすぐさま察した。

「僭越《せんえつ》ながら申し上げます。ざっくりと……あくまで想像による概算ではございますが、我が国の民が全員腹いっぱい食べた上で大量に余り、倉庫が破裂するかと。率としては現状の数倍、下手をすると数十倍になるやもしれませぬ」

大変なことになってるな、と拓斗は内心で冷や汗をかく。

明らかに供給過多だ。追加で倉庫を作ったところですぐに満杯になるのが関の山だし、延々と倉庫建造のチキンレースをやり続けるのも無意味だ。

また破棄を選んだとしても問題がある。

人肉の木によって生み出される実——通称謎肉は無駄に人肉の再現度が高い。

明らかに筋のようなものがあるし、血管らしきものや脂肪まである。

むろん果汁は血液そのものである。

そんなものを無計画に破棄しては疫病の発生は免れない。

マイノグーラの国民は邪悪な勢力ということで疫病や毒にある程度の耐性があるが、それもあくまである程度という範囲だ。

衛生状態が悪くなれば無論病《やまい》の流行は発生するだろうし、満足に働ける者が減る。

それどころか人肉の木が生み出す謎肉には際限がないのだ。

いずれ放棄地を埋め尽くし、マイノグーラの国を謎肉で満たすだろう。

下手をすれば世界を謎肉でいっぱいにするかもしれない。

数多くのゲームオーバーを経験してきた拓斗だ

が、これほど恐ろしくかつくだらないゲームオーバーは初めてだ。

無論全力で阻止しなければならない。

「その前に土地の栄養が枯渇しませんこと？　環境そのものが破壊されるのはよろしくないかと……」

イスラがその副腕をシュタッとあげて疑問を口にする。

自然界はエネルギー保存の法則や質量保存の法則が働く。

植物は生長しその実をつけるために光合成とともに大地から栄養素を吸収しているのだ。

このため同じ作物を生産し続けると土地が痩せるなどの問題が発生する。

一般的な作物でさえそうなのだ。いわんや大呪界の樹木に負けじと張り切り巨大化する人肉の木であるならどうなるかは想像に難くない。

マイノグーラの英雄たるイスラは、アトゥ同様ある程度拓斗が持つ現代世界の知識を有している。

そのことに加え、自らが持つ一般的な常識からマイノグーラの大地が疲弊しないかと懸念したのだ。

なお彼女は一つ大切なことを忘れている。

自分たちの常識が、この世界とシステムの常識ではないということだ。

「その前にそもそもこの土地は栄養が一切ないよ」

「そういえば、食糧生産もなかなか難儀しておりましたなぁ」

拓斗とモルタール老の言葉でイスラが抱いていた懸念もあっさりと解決した。

エネルギーや質量の保存法則を無視して謎肉をひたすら生み出す。

もはや錬金術の如き所業である。

問題点はコントロールが不可能になりつつあることだ。

「土地の疲弊に関してはそこまで考慮する必要がないってことですか。では喫緊の問題は大量に生み出されるであろう食糧、いわゆる謎肉の処理……ですね」

「で、ございますなアトゥ殿。なんとかせぬと、大変なことになりそうですじゃ……」

むしろ土地が疲弊してくれた方が良かったたな。

全員が全員、口に出すには少々問題視される感想を抱きながらいつの間にかマイノグーラの将来を左右する大問題に発展した謎肉の処理について頭をひねる。

「適度に間引くのはいかがでしょうか主さま？　樹木の剪定と結実量の管理も重要な事柄かと思いますわ」

先の失態を挽回しようとしているのか、イスラがいの一番に案を出す。

本来であればなかなか的を射た解決方法であり、常識的な果樹の管理方法からヒントを得る冴えた手法であった。

だがこれもまた、一つ問題があった。

「いや、それは……じゃあイスラ、試しにあの枝切り取ってみて」

「ご命令のままに……」

言葉で説明するよりも見せた方が早い。

拓斗はそう考えイスラに命令し、イスラも拓斗が命令するのであれば何か答えがあるのだろうとその意のまま自らがもつ巨大な鎌を振るう。

手近にあった不幸な人肉の木に生えていた枝がその強靭《きょうじん》な膂力《りょりょく》と研ぎ澄まされた刃の如き切れ味によって切断される。

その刹那。

『ギャアアアアアアアア!!』

耳をつんざくほどの絶叫が、人肉の木から街中に響き渡った。

　ザワザワと街中のダークエルフたちが騒ぎ出す中、王としての権能で国民に問題ないと通達した拓斗は、想像していたよりも何倍も強烈な絶叫に疲れた表情を見せ何とも言えない笑みを浮かべながら答えを告げる。

「人肉の木はね……伐採したり引っこ抜いたりしようとすると大声で叫ぶんだよ」

「マンドラゴラか何かですか……」

　そう、人肉の木は勝手に抜こうとしたり伐採しようとしたりすると、鼓膜を破らんばかりの勢いで絶叫するのだ。

　この事実に気づいたのはつい先ほど、何かヒントはないかとエタペディアを確認した時のことだった。

　いつの間にか増えていた設定に頭を抱える拓斗。

　おもしろ生物ということで許しておくとしても、『Eternal Nations』の設定に変更が加わるのは少々懸念事項だ。

　拓斗の戦略は全て過去にプレイした『Eternal Nations』での経験と、データ集であるエタペディアによる情報から組み立てられている。

　それら綿密に計算され尽くした作戦がいつの間にか生えてくる設定で覆されてはたまったものではない。

　やりにくいにもほどがある。

　もちろん随時戦略を修正すれば良いとは言え、いつ国の未来を揺るがす問題に発展するかわからないため非常に扱いが難しい。

　とは言え最初の問題が人肉の木ゆえに何とも締まらない感じではあるが……。

　もっとも、当初からこの傾向は存在していた。

　この世界において『Eternal Nations』の設定はそのまま適応されるのではなく、ある程度世界に順応される形で変更が加えられている。

　緊急生産で生み出される物品などがその最たる例であり、これは『Eternal Nations』からの差異が良い形で影響したパターンだ。

ゲームと同じように考えていると痛い目を見る。

拓斗はそのことを薄々感じていた。だが同時に、何とかなるだろうという楽観めいた感情もこの時は抱いていた。

「つまり我々はこのやる気満々の木が日々生み出す人肉の味がする謎肉を、適切な形で処理しないと駄目というわけですか……」

アトゥが疲れ切った様子で呟《つぶや》く。

こうしてここにルールは判明した。
一、人肉の木はやる気たっぷりで生育している。それは最低でも大呪界の樹木と同等にまで巨大化するだろうし、何ならそれ以上になってしまう可能性もある。
二、樹木の伐採や剪定は不可能である。人肉の木は自らが切断されるたびに街中に響き渡る声で絶叫し、国民に嫌がらせをするからだ。
三、謎肉は適切な形で消費しなくてはならない。処理ではなく消費である。なぜなら生産量が膨大になるため処理ではいずれ限界が訪れるからだ。
「罰ゲームか何かかな?」

はじき出したルールを再確認し、拓斗は絶望的な気持ちになる。

ただでさえやることが沢山あるのに、何でこんなくだらないことに時間を費やさねばならぬのだろうかという絶望だ。

最悪ゲームシステムを使った施設の破壊という手段も存在するが、それをやってしまうと今度は食糧の生産がゼロとなり国民が飢えてしまうので手段になりえない。

「みんな、何か意見はあるかな?」

とりあえず案を募集する。

三人寄れば文殊の知恵とはいうが、人が多ければ多いほど意外な案が提出される可能性は高まる。

できれば解決、最低でも現状維持となるような妙案を拓斗は切実に欲していた。

「ではフォーンカヴンとの交易に使うのはいかがでしょうか主さま?」

「それができたら一番なんですけどねイスラ……」

良い案だ。実に素晴らしい。

唯一の欠点は、謎肉は口にすると人の肉を食っているという気分にさせられるというはた迷惑な特性を持っていることである。

そしてフォーンカヴンに住まう人々は人肉を食べるという習慣が残念ながらない。

却下。

「マイノグーラ固有の国民であるニンゲンモドキの増産を急いではいかがでしょうか王よ?　多産を奨励するなどして……」

「残念ながら、人肉の木は都市の規模に連動してその生産力も上昇するのです。つまり人口が増えたらその分人肉の木も増産する可能性が高いです」

人肉の木のボーナスは連動型だ。

このためゲーム中では終盤まで効果的な施設となっていたが、現状では絶望以外の何ものでもない。

「主さま。でしたらわたくしが生み出す子蟲《こむし》の増産を採用してみてはいかがでしょう?」

『それに将来的に市場を作ればいらぬ食糧を換金できる可能性があります』

未確定の部分はあえて個別の念話とし、イスラがそのような提案をしてくる。

なるほど。拓斗は思わず内心で膝を打つ。

「それは盲点だったね」

イスラの提案はこの閉塞した状況において一種の光明となり得た。

問題の先送りにしかならないが、イスラが生み出す子蟲と呼ばれる特殊ユニットは労働者としての能力を有しているため使い所は沢山ある。

よしんば労働力が余ったとしても戦闘用に転用

すれば実に精強で巨大な軍隊として活躍してくれるだろう。無論数に応じて食糧を消費する。

また市場の指摘も天啓とも言えるだろう。

『Eternal Nations』の施設には《市場》と呼ばれるものが存在する。

これは主として貨幣としての価値をもつ〝魔力〟の生産力を増加し、貿易等にボーナスを与えるのだが、同時に《物資売買》システムの解禁をもたらす。

物資売買とはゲーム中において〝魔力〟を基準とし、〝資材〟や〝食糧〟または戦略物質等の売買を行えるシステムである。

しかもこのシステムはある特徴があり、物資の売買によって価値の変動が起こらず売買量に上限もないのだ。

おそらくゲーム的にあまり使われない機能な上に、複雑な仕組みを搭載するのも処理を圧迫するために簡略化されたのだろうと思われるが……。

もしこの非現実的な無制限がこの世界でも同様に利用できるのだとしたら、今度はこの余った食糧を元手に様々な物資や魔力を購入することができるため一気に戦略の幅が広がる。

言うことを聞かない謎肉全力製造マシーンが、一気に金を生むガチョウとなる。

無論検証もできておらずあくまで希望的推測のため、こちらは腹案に留めておく必要はある。

だがその作戦がハマった時の威力は計り知れないだろう。これは採用に値する。

「さしあたってはイスラの作戦でいこうか」

拓斗の言葉に全員が大きく頷く。

これ以上時間をかけても良い案が出てくるわけではないことを薄々感づいていたからだろう。

「将来的な対策は一旦保留とするよ」

「そうですな。時間をかければまた新たな案が生まれるやもしれませぬからな」

問題の解決策の模索にはいくつか手段がある。

その一つが一旦問題を棚上げし、状況がより鮮明になり組織の対応力が上がった段階で再度検討することだ。

これは一見して問題解決の放棄と先送りに見えるかもしれないが、今の段階で取れる対策が皆無だったり現状維持が何とか可能な場合にある程度有効となる。

継続的な監視と管理は必要不可欠だが、判断としてはそう間違ってもいなかった。

「そうですね。実際どの程度巨大に育つかも、確認するまで不明ですし」

アトゥの言葉ももっともだ。もしかしたらそこまで大きく育たず杞憂に終わるかもしれないし、逆に想像以上になる可能性もある。

どちらにせよ、具体的な対策を取るためには情報の精査が必要だ。

「それに現在人肉の木は特定の地区のみで管理されているのでしょう？　であれば我々が人為的に苗を植えない限り繁殖することはないのですから」

「つまり我々は最低限、この管理された地区に生えている本数分の管理を適切に行えば良いというわけですな」

「それなら結構簡単に解決しそうですね。肉の処理についても今は供給過多となっておりますが、将来的にマイノグーラが支配する都市が増えるようになれば需要も追いつくでしょうし」

「おーっ、そういえばそうだった」

ポンと拓斗が手を打つ。

いくら人肉の木の生長能力が高いとは言え、伸びるのはあくまで縦だ。

横に太くなるにも限界があるし、何より本数が増えるわけではない。

現在の状況さえ耐えることができれば、いずれは改善の方向へ向かうと推測できた。

「最悪の事態だけは免れそうだね」

何とかなりそうだと安堵《あんど》のため息を吐《つ》く一同。

いくらマイノグーラという国家には様々な超常的現象を起こす存在が多いとは言え、ただの都市施設……もとい植物に国家存亡の危機まで感じさせられてはたまったものではない。

拓斗はやれやれと肩をすくめ、人肉の木の側《そば》まで行くと「あんまり手を煩わせないでね」と声をかけその幹をポンポンと叩く。

なぜか人肉の実が、空より大量にぼとぼとと降り落ちてきた。

「……しょ、植物とは言え、これもマイノグーラの一員。拓斗さまのお手を煩わせるようなことをするはずがないですからね!!」

「そ、そうでございますわ！　きっとこの木も王の御心を寸分違えることなく、己の職務を適切に全うすることでしょう!!」

英雄二人が何やら誤魔化すようにフォローの言葉を入れているが、拓斗は嫌な予感しかしなかった。

マイノグーラにはまだまだこの世界に現れていない様々な要素がある。

人肉の木を始めとする特徴的な建築物、足長蟲《あしながむし》やブレインイーターなどの忠誠心あふれる魔物。

そして何より頭のネジがすべて外れた英雄たち。

そんな火薬と火種を一緒くたに詰め込んだかの如きびっくり箱が自らの封印を解かれる時を今か今かと待ちわびているのだ。

どちらにしろ、刺激的な日々になりそうだ。

何とも言えない感想を抱きながら、拓斗はやけに心労貯まるその日の業務を一つ終えた。

Eterpedia

人肉の木

建築物

食糧	＋1
食糧生産	＋10%
魔獣ユニットの回復力	＋10%
《人肉嗜食《じんにくししょく》》を持つユニットの回復力	＋50%

NO IMAGE

解説

～枯れた土地でも食物を実らせる素晴らしい樹木である。人肉の味がすること、生贄力と繁殖力に際限がないこと、切り倒そうとすると絶叫することに目を瞑ればだが～

人肉の木はマイノグーラ特有の施設で、食料庫の代替です。
通常の能力に加え、魔獣ユニットの回復力を増加させる効果があります。
また《人肉嗜食》を持つユニットの回復力を大幅に増加させます。

ブレイブクエスタス wiki

設定資料集

名作RPG「ブレイブクエスタス」に登場する魅力的なキャラクターたち。
ここではゲーム中では見ることのできない貴重な設定画稿を紹介する。

魔王

勇者が倒すべき世界の脅威。
人々が歴史の中で積み上げてきた罪や悪行が形となった存在。

【第１段階】

【第２段階】

氷将軍アイスロック

自らを武人であると名乗る四天王。
その割には仲間を呼ぶなど姑息なところがある。

炎魔人フレマイン

残忍さで仲間からも恐れられる四天王。
正体は邪法で魔族となった元人間の魔術師。

あとがき

ご無沙汰しております。鹿角フェフです。

まずは『異世界黙示録マイノグーラ』三巻を手に取っていただき心から感謝いたします。今回も皆さんにご満足いただける内容になったと自負しております。


さて、三巻も大幅な加筆と修正を加え、パワーアップした出来になっております。

本作は元々小説投稿サイト「小説家になろう」様にて連載していたものを書籍化した作品となっております。

ですからWEBでも読めるのですが、そちらに比べストーリーなどが変更されている部分が多いと思っている読者の方も多いのではないでしょうか？

WEB版をご覧いただいている方にも新たな衝撃と感動を体験していただけるよう様々な工夫を凝らしていますので楽しんでいただければ幸いです。

加えて、今回もイラストレーターのじゅん様より素晴らしいイラストを頂いております。

WEB版をすでに読んだ方も、イラストを通じてより世界への没入感が増すこと請け合いです。

もちろん、書籍版のみの方や、コミカライズ版から本書を手に取っていただけた方も楽しめるよう全力を込めました！　気に入っていただけると嬉しいです。

そうそう、コミカライズ版です。

緑華野菜子先生が描く、コミカライズ版『異世界黙示録マイノグーラ』一巻が絶賛発売中となっております。

邪悪で愉快な仲間と、とっても可愛らしい英雄アトゥが暴れまわるコミカライズ版。作中の描写をこれでもかと描き出してくださった素晴らしい作品となっています。

まだお手に取っていない方はぜひこの機会に書店へＧＯです！

またコミカライズ版は「ComicWalker」様と「ニコニコ静画」様にて連載中ですので、まだ読んだことないという方はぜひそちらで一度御覧ください。


では、恒例の謝辞に移らせていただきます。今回も沢山の方のご尽力により、本作を世に出すことができました。

イラストレーターのじゅん様。引き続きありがとうございます。

毎回ふんわりした指定であそこまで完璧なイラストを描き上げてくださるその実力に脱帽です。まだまだ描いていただきたいシーンが沢山あるので、今後ともどうぞよろしくお願いいたします。

ＧＣノベルズ編集部及び担当編集川口さん。

毎回ふんわりとした仕事に全力で応えてくださり感謝しています。

特にエタペディアやメッセージ欄のデザインは全投げでしたので大変助かりました。

校閲様、デザイン会社様、その他様々な方。

いつもありがとうございます。様々な面でご助力頂き大変感謝しております。皆様のおかげでこの作品がありますう。

そして読者の皆様。本当にありがとうございます。

本作を書き始めてから様々な形での応援が数多く届いており感謝が尽きません。

ぜひ次もあとがきでお会いしたいと願いつつ、今後とも応援よろしくお願いいたします。

マイノグーラ3巻、おめでとうございます!!
じゅん

理ならば。この世界ごと――壊す。
定
異世界黙示録マイノグーラ
～破滅の文明で始める世界征服～
04
Mynoghra the Apocalypsis
-World conquest by Civilization of Ruin- 04

喪われた物は戻らない、それが世界の
今夏発売予

GC NOVELS

異世界黙示録マイノグーラ 03

～破滅の文明で始める世界征服～

Mynoghra the Apocalypsis -World conquest by Civilization of Ruin- 03

2021年2月6日　初版発行

著者　鹿角フェフ
イラスト　じゅん
発行人　子安喜美子
編集　川口祐清
装丁　伸童舎株式会社
本文組版　STUDIO 恋球
印刷所　株式会社平河工業社
発行　株式会社マイクロマガジン社
〒104-0041
東京都中央区新富1-3-7　ヨドコウビル
TEL 03-3206-1641 FAX 03-3551-1208（販売部）
TEL 03-3551-9563 FAX 03-3297-0180（編集部）
URL:https://micromagazine.co.jp/

ISBN978-4-86716-107-4
C0093

ファンレター、作品のご感想をお待ちしています！

【宛先】
株式会社マイクロマガジン社
〒104-0041
東京都中央区新富1-3-7　ヨドコウビル
株式会社マイクロマガジン社 GCノベルズ編集部
「鹿角フェフ先生」係
「じゅん先生」係

■ご協力いただいた方全員に、書き下ろし特典をプレゼント！
■スマートフォンにも対応しています（一部対応していない機種もあります）
■サイトへのアクセス、登録・メール送信時の際の通信費はご負担ください。